Sein
erotischer Roman

ELYSION

www.Elysion-Books.com

Lilly Grünberg
Unter verschiedenen Namen hat sich die Autorin Lilly Grünberg in die Herzen der Erotik- und SM-Leser aber auch in die der Fantasy-Liebhaber geschrieben.

Unter dem Namen »Lilly Grünberg« sind bei Elysion-Books bisher die Romane »DEIN« und die überarbeitete Neuauflage von »Verführung der Unschuld 1« erschienen, sowie eine Kurzgeschichte in der Anthologie »Nuancen der Lust«. Eine Neuauflage von »Begierde« ist für 2013 geplant, eine Fortsetzung von »Verführung der Unschuld« für 2014.

Aktuelle Infos unter www.lilly-romane.de

Lilly Grünberg

Sein

– erotischer Roman –

ELYSION

www.Elysion-Books.com

WWW.ELYSION-BOOKS.COM
ELYSION-BOOKS TASCHENBUCH
BAND 4053
1. Auflage: Juni 2013
VOLLSTÄNDIGE TASCHENBUCHAUSGABE
ORIGINALAUSGABE

UMSCHLAGGESTALTUNG: Ulrike Kleinert
www.dreamaddiction.de
FOTO: © fotolia/Lwilliamlangeveld und fotolia/konradbak
LAYOUT &WERKSATZ: Hanspeter Ludwig
www.imaginary-world.de

PRINTED BY OPOLGRAF
ISBN 978-3-942602-32-7

Inhalt

Das Feierabendspiel 7
Wieder allein 14
Die Kosmetikerin 18
Eine erotische Strafe 31
Die BDSM-Party 38
Die Voyeurin 48
Zwiespältige Gedanken 64
Quälende Nächte 68
Ein unmoralisches Angebot 82
Das Wiedersehen 89
Ruben, der Dominus 106
Ausgeliefert 109
Erotische Qualen. 139
Verfluchte Zweifel 142
Mut zum Risiko! 149
Verwirrung 159
Abenteuer Sklavenausflug 170
Eine heiße Wanderung 192
Morgenstund' 202
Geheimzugang 213
Showtime –
eine perfekte Sklavin. 228

Das Feierabendspiel

Lachend versuchte Nadine sich aus der Umarmung ihres Ehemanns zu befreien. Prinzipiell hatte sie nichts dagegen einzuwenden, dass er Sex haben wollte. Einen aufregenderen Liebhaber als ihn gab es nicht. Jedenfalls war sie vor ihm nie mit einem zusammen gewesen, der mehr Leidenschaft und Fantasie gezeigt hatte. Zudem hatten sie sich drei Tage lang nicht gesehen, weil Laurin geschäftlich unterwegs gewesen war, weshalb ihr Hunger nach intimem Zusammensein groß war.

Laurin löste mit einer Hand seine Krawatte, ohne den Druck des anderen Armes, den er um ihre Taille geschlungen hatte, zu lockern. Als Rechtsanwalt war er stets makellos gekleidet, wie es bei Gericht und Kundschaft von ihm erwartet wurde, ohne dabei zu steif und unnahbar zu wirken. Seine Anzüge waren modern geschnitten und machten ihn zu dem, was er war: ein etwas eigenwilliger und zuweilen recht strenger, für Nadine aber vor allem liebenswerter Mann.

»Komm schon, hast du mich denn nicht vermisst?«

»Du weißt, dass ich dich immer vermisse.« Nur – der Zeitpunkt war denkbar ungünstig. In nicht mal einer Dreiviertelstunde hatte sie ihren Termin und sie wollte auf keinen Fall unpünktlich sein oder unter Stress nach einem Parkplatz suchen müssen.

Was für ein Zufall, dass sie und Laurin sich ausgerechnet jetzt im Eingangsbereich ihres Hauses begegneten. Gerade als Nadine aus dem deckenhohen Schuhschrank die Wahl unter ihren unzähligen Pumps traf, hatte sich sein Schlüssel im Türschloss gedreht.

»Nicht jetzt, mein Schatz. Ich muss los, sonst komme ich zu spät.«

»Wieso bist du ausgerechnet heute verabredet?«, grollte Laurin mit tiefer Stimme. »Und mit wem?«

»Du hast mir nicht gesagt, dass du früher nach Hause kommst.« Nadine verstand sich ausgezeichnet darauf, mit leicht vorgeschobener Unterlippe die Unschuld in persona zu geben, für den Fall, dass sie ihm einfach nicht richtig zugehört und vergessen hatte, wann genau er heimkommen würde. »Und ich habe einen Termin bei der Kosmetikerin ausgemacht, die Sophie mir empfohlen hat.«

Laurin ergriff ihre Handgelenke und zog ihr behutsam ihre Arme auf den Rücken. Nadine wusste, was er vorhatte und dass Widerstand zwecklos sein würde.

»Nicht jetzt«, wehrte sie in einem letzten Versuch lachend ab. »Wir haben doch noch den ganzen Abend Zeit für uns.« Es war schwer, seiner dominanten Ausstrahlung zu widerstehen, wenn er sie mit diesen blitzenden Augen verschlang.

»Meine Lust kann nicht solange warten. Ich will dich jetzt«, knurrte er. »Während der ganzen Fahrt habe ich an nichts anderes gedacht als an dich und deinen weichen aufregenden Körper.«

Das war bestimmt eine reichlich übertriebene Behauptung. Wahrscheinlich hatte er vor allem über das Symposium nachgedacht, dass ihn drei Tage und fünfhundert Kilometer von ihr fortgebracht hatte. Dennoch war die Vorstellung aufregend, er wäre voller Ungeduld nach Hause geeilt. Nur ihretwegen.

In ihrem Schoß setzte ein begieriges Kribbeln ein. Sein heißer Atem streifte ihre Ohrmuschel und sein Zweitagebart schabte an ihrer Wange. Nur wenn er keine Gerichtstermine hatte, verzichtete er gerne mal einige Tage auf das ihm lästige Rasieren, wodurch er ein wenig verwegener als sonst aussah. Entschlossen zerrte er seine Krawatte unter dem Hemdkragen hervor und schlang sie ihr um die Handgelenke. Ob das gute Stück vom Knotenbinden ruiniert würde, war ihm vermutlich egal. Vielleicht würde es ihm später leid tun, vielleicht auch nicht. Er besaß eine ganze Sammlung davon, für jeden Anlass und zu jeder Kleidung passend. Und im Improvisieren war er ein Meister, wenn die nötigen Utensilien nicht greifbar waren, das wusste sie.

Nadine entfuhr ein lüsternes Keuchen. Diese einfache Geste genügte, ihr das Gefühl zu geben, sie sei ihm ausgeliefert. Was folgen würde, war klar. Sex. Ob sie nun Einwände hatte oder nicht. Er brauchte nur eine Hand zwischen ihre Schenkel schieben und würde sofort fühlen, wie sehr sie sich nach ihm verzehrte.

Trotz alledem wurde dieses Spiel nie langweilig, denn stets war es ein wenig anders. Noch hatte er nicht alle Überraschungsmomente ausgeschöpft und sie hoffte inständig, dies würde auch niemals geschehen. Es war viel zu aufregend, nicht jeden seiner Schritte vorhersehen zu können. Würde er diesmal sofort zur Sache kommen, um ihr nicht den Termin zu vermasseln? Oder würde er sie erst recht die Treppe hinauf ins Schlafzimmer schieben, oder gar über seine Schulter werfen und empor tragen, sodann mit gespreizten Schenkeln ans Bettgestell fesseln und warten lassen, bis sie es vor Verlangen nicht mehr aushielt und ihn anflehte, sie endlich zu vögeln? Allein durch seine lüsternen Blicke oder indem er die Innenseite ihrer Schenkel mit einer Feder kitzelte oder ihre Nippel mit heißem Wachs folterte, schaffte er es, dass ihr Schoß vor Begierde glühte. Kniete er sich zwischen ihre Beine, stuppste gar mit seiner Eichel ihre Schamlippen an ohne in sie einzudringen, dann schmerzte ihre Vagina vor Verlangen und zog sich erwartungsvoll enger zusammen. Wenn er endlich Erbarmen hatte und zu ihr kam, war es ein von solcher Lust geprägtes Eindringen, dass es ihr die Luft nahm und sie zum Olymp der lustvollsten Eruptionen trug.

Dementsprechend unmöglich war es, ihrem Mann zu widerstehen. Sie wollte ihn. Zu jeder Zeit und auf jegliche Art, die ihm gefiel. Denn was ihm gefiel, war auch für sie in höchstem Maße erregend, selbst wenn er sie dabei kitzelte oder übers Knie legte.

Deshalb liebte sie ihn und war von ganzem Herzen seine ergebene Lustsklavin.

Seine Hände umfingen nun ihre Brüste. Sofort verhärteten sich ihre Nippel. Durch die Bluse hindurch fühlte sie seine Finger, wie sie fest über ihre Knöpfe rieben und in ihrem Unterleib setzte das vertraute, lüsterne Ziehen ein. Sie war verloren. Zeit und Raum und Termin waren ohne Bedeutung.

»Ich werde dich jetzt nehmen«, knurrte er mit tiefer, fast unheilvoller Stimme. »Deine Zeit gehört mir, vergiss das niemals. Hast du nicht überhaupt vergessen, mich um Erlaubnis zu fragen, ob du das Haus verlassen darfst?«

Dem Spiel gemäß wand sich Nadine und versuchte sich, gegen die Fesseln zu wehren. Umsonst. Natürlich. Laurin zog seine Knoten immer so stramm zu, dass sie sich nicht selbst befreien konnte. Sie sollte nicht nur das spielerische Gefühl haben, ihm ausgeliefert zu sein. Nein, sie war ihm tatsächlich ausgeliefert, was für sie kein Problem darstellte. Denn sie vertraute ihm. Niemals würde Laurin sich über ihre Grenzen hinwegsetzen und sie überfordern. Selbst der Hinweis auf das Einholen einer Erlaubnis war eher rhetorischer Natur und gehörte zu ihrem erotischen Spiel.

Nadine war es sehr recht, dass Laurin ein überwiegend softer Dom war. Ganz im Gegensatz zu dem ihrer Freundin Sophie, die sich monatelang auf die Suche nach einem Herrn gemacht hatte, der von ihr die vollkommene Unterwerfung erwarten und sie mit entsprechend starker Hand zu seiner persönlichen Liebessklavin erziehen würde. Sex als reine Belohnung, stets an eine Aufgabe und absolute Unterwerfung geknüpft.

Nadine hatte nie verstanden, warum Sophie soweit gehen wollte. Mittlerweile waren sie und Leo zwar das Traumpaar der örtlichen BDSM-Szene, aber zu welchem Preis? Sophie hatte ihrer Freundin einiges über Leos strenge Regeln erzählt, bei denen Nadine vor Schreck fröstelte. Wie konnte sie nur bereit sein, sich damit einverstanden zu erklären? Leos Vorstellungen von Sex und Gehorsam, von einer sogenannten 24/7-Beziehung, die eine vollkommene

Unterwerfung Sophies einschloss, überstieg bei weitem das, wozu Nadine sich jemals bereit erklärt hätte. Erstaunlicherweise ging es Sophie in dieser merkwürdigen Beziehung sehr gut, sie schien seither ausgesprochen glücklich zu sein. Dennoch, Nadine würde nicht mit ihrer besten Freundin tauschen wollen.

Geschickt knöpfte Laurin soeben ihre Bluse auf und streifte sie über ihre Schultern nach hinten, öffnete den Verschluss ihres Büstenhalters und schob ihn herab. Nadine seufzte auf. Sie war zufrieden mit ihren Brüsten, die zwar nicht besonders groß, jedoch schön gerundet waren. Und das Wichtigste für sie war, dass Laurin Gefallen daran fand, sie zu liebkosen.

Zwischen zwei Fingern ihre Nippel einklemmend, streichelte er mit seinen Daumen über ihre Knöpfe, die sich längst erwartungsvoll verhärtet hatten. Sie wand sich vor Lust unter seiner Berührung. *Verdammter Kerl,* er kontrollierte sie mühelos, indem er ihren Körper in Bereitschaft versetzte. Ihr Schoß war feucht und heiß darauf, sein Geschlecht aufzunehmen.

»Ah!« Sein Unterleib presste sich gegen ihren und sie spürte seine Erektion durch den dünnen Stoff seiner Anzughose. *Wow!* Das Kribbeln nahm zu und dehnte sich wie ein wuselnder Ameisenhaufen über ihren ganzen Körper aus. Jeder Zentimeter ihrer Haut erwachte in sensibler Empfindlichkeit, bereit Laurins Berührungen mit voller Intensität aufzunehmen.

Nadines Stöhnen ging in ein katzengleiches Schnurren über. Sie genoss jede Sekunde.

»Wusste ich es doch, dass du es genauso brauchst wie ich, mein widerspenstiges Kätzchen«, murmelte er. »Ich werde dich am besten gleich hier nehmen.«

Was, im Flur? Das war neu, und wenn ausgerechnet jetzt jemand läutete und sie beide durch die Tür hindurch stöhnen oder schreien hörte?

»Lass uns hinauf ins Schlafzimmer gehen«, keuchte sie. »Oder wenigstens ins Wohnzimmer.«

»Nein, hier«, knurrte er. »Du hast es doch eilig, oder hast du das schon vergessen?« Er hob ihren Rock. »Oh, du schamloses Luder! Von wegen Kosmetiktermin! Wen wolltest du in Wirklichkeit treffen?« Er gab ihr einen Klaps auf ihren nackten Po.

Nadine kicherte. Würde er sie dabei erwischen, gewöhnliche Strumpfhosen zu tragen, wäre er außer sich. Für ihn waren Strapse, Strings und Röcke oder Kleider ein unbedingtes Muss. Knapp über dem Knie, gerade so, dass es in der Öffentlichkeit noch als anständig durchging. Dies gab ihm die Möglichkeit, jederzeit und überall seine Hand unter den Stoff zu schieben und ihre nackte Haut zu fühlen. Für ihn waren dies Fetische, die ihn binnen Sekunden erregten. Nur im Winter erlaubte er ihr, warme Strumpfhosen oder auch mal eine wattierte lange Hose zu tragen. Sein Verantwortungsbewusstsein minimierte das Risiko einer Blasenentzündung bei kaltem Wetter. Zuhause galt dies natürlich nicht. Nadine in Joggingschlabberhosen war ein absolutes No-go. Auch hier diktierte sein Lustempfinden knappe Röcke oder die Super-Spar-Variante in Form einer Dienstmädchenschürze, was Nadine zu Anfang ihrer Beziehung ein wenig peinlich war, sie jetzt jedoch jedesmal in einen Zustand der Dauererregung versetzte.

Weil sie sich nicht sicher gewesen war, ob Laurin schon zuhause sein würde, wenn sie von der Kosmetik zurückkäme, hatte sie einen besonders knappen String angezogen. Eigentlich waren es nicht mehr als drei Bändchen, die einen winzigen Streifen Stoff über ihrer Scham hielten, der sich inzwischen feucht anfühlte. Dazu hatte sie besonders lange Strapse gewählt, die fast bis Mitte ihrer Oberschenkel hinab reichten und so besonders viel Haut freiließen. Bücken war bei dieser Kleidung ausgeschlossen, und alleine schon wie der Stoff ihres Rockes bei jeder Bewegung über die nackten Hautpartien streifte, genügte, um ein sinnliches Kribbeln auszulösen.

Seine Hand zitterte vor Begierde, als er die Strapse entlang fuhr und über ihre Haut streichelte. Besitzergreifend legte sich eine Hand auf ihren Po, während er mit der anderen Gürtel und Hose öffnete und fallen ließ. Dann griff er mit beiden Händen zu, zerfetzte mit einem Ruck das bisschen Stoff, das sich noch zwischen ihnen befand und wirbelte Nadine herum.

Sie japste. Im Stehen, noch dazu völlig bekleidet, nahm er sie äußerst selten. Es hatte für sie den Touch des Ruchlosen, weil sie sich dabei vorstellte, sie befänden sich in nicht in ihrem eigenen Haus, sondern irgendwo. Es blieb ihnen keine Zeit, sich auszuziehen und ein verschwiegenes Plätzchen zu suchen. Es musste schnell geschehen, bevor jemand kam und sie bei ihrem Treiben erwischte.

Ehe sie sich versah, hatte er seinen Arm unter eines ihrer Beine geschoben und es angehoben, dabei die andere Hand lüstern um ihre Brust gelegt. Nadine stöhnte laut. Gefesselt und von ihm gegen die an der Garderobe hängenden Jacken gedrängt, seine Hände heiß und zupackend, ganz so, wie sie es erregte. Es war animalisch, ihm so ausgeliefert zu sein. *Komm, nimm mich, stoß zu!* Jede Sekunde, die sie noch länger warten musste, dass er ihren Schoß in Besitz nahm, wurde zur süßen Qual.

»Damit du nicht vergisst, dass du mir gehörst, werde ich dich mit meinem Duft markieren«, brummte er und führte seinen Penis tief in ihre Spalte sein.

Nadine stöhnte laut auf.

»Scht, Wildkatze. Du willst doch nicht, dass man uns erwischt?«

Sein Mund verschloss ihre Lippen mit einem leidenschaftlichen Kuss, was ihn nicht daran hinderte, mit kräftigen Stößen ihren Körper hin und her zu peitschen. Ihr Körper war in seiner Gewalt, seiner Begierde vollkommen ausgeliefert. Aber die Lust, diese unglaubliche, verzehrende, den Verstand raubende Lust – die gehörte nur ihr. Begierig erwiderte sie den wilden Tanz seiner Zunge und schrie in seinen Mund, als der Höhepunkt ihren Unterleib in wilden Eruptionen erbeben ließ.

Wieder allein

Zuletzt warf Thorsten schwungvoll die Wohnungstür zu, als wolle er nochmal ausdrücklich betonen, dass sein Auszug diesmal endgültig sei. Aufgrund des Knalls, der durch das Treppenhaus hallte, hing nun bestimmt die Nachbarin, welche unter Myriam wohnte, am Türspion. Die alte Hexe würde sich auf keinen Fall entgehen lassen, wer wutentbrannt und trotz des schweren Koffers schwungvoll die Treppe hinunter polterte. Das wusste Myriam genau. Für die nächsten Stunden würde Thorstens theatralischer Abgang das Tagesgespräch Nummer Eins für einige Nachbarinnen sein.

Myriam zuckte mit den Schultern. Genau genommen war wohl bereits der vorausgegangene Streit für die anderen Hausbewohner nicht zu überhören gewesen. Aber egal, sollten die Klatschbasen sich doch das Maul verreißen. Myriam würde sich davon nicht beeindrucken lassen, auch wenn sie sich lebhaft vorstellen konnte, dass diese prüde Wohngemeinschaft es in höchstem Maße unanständig fand, wie die jüngste Mieterin alle paar Monate ihre männlichen Mitbewohner wechselte. Auch wenn sie das überhaupt nichts anging. Mal warf Myriam ihren Mitbewohner nach kurzer Zeit raus, ein anderes Mal hielt dieser es nicht aus, noch länger mit ihr zusammen zu leben.

Myriams Bedauern über das Ende der aktuellen Liebschaft hielt sich in Grenzen. Es war nun mal so, dass ihre Beziehungen eher einer Wohngemeinschaft mit sexueller Nebenbenutzung ähnelten. Nur ungern gab sie ihre Gewohnheiten auf und schloss Kompromisse, wie es wahrscheinlich die anderen im Haus und überhaupt sehr viele Frauen machten. Diese lebten doch nur noch deswegen mit ihren Männern zusammen, weil sie zu bequem waren, sich von ihnen zu trennen. Denn dann hätten sie arbeiten gehen, selbst ihren Lebensunterhalt verdienen und als allein erziehende Mütter den Tagesablauf mit sehr viel mehr Stress managen müssen. Wie viel einfacher war es doch, die Sorge um den leidigen Broterwerb dem Gatten zu überlassen. Und die Männer? Die fanden sich wohl großartig in der klassischen Ernährerrolle, während sich ihre Frauen um Einkauf, Wäschewaschen, Kochen und Kinder kümmerten. Als Überstunden getarnt, erteilte den Männern diese Rollenverteilung sogar noch genügend Spielraum für außerhäusliche Vergnügungen. *Ach, Schatz, ich komm heut später. Ich muss Überstunden machen. – Ach du Armer …*

Im ehelichen Bett lief bei denen schon lange nichts mehr, da war Myriam sich ganz sicher. Oder wenn doch, dann war das so eine öde Rein-Raus-Nummer, genau die Kategorie von Sex, die noch schlimmer war als gar keiner. Es war also bestimmt der pure Neid, dass Myriam es immer wieder aufs Neue schaffte, sich einen jungen Mann zu angeln, mit dem sie Spaß hatte. Wenigstens eine Zeit lang.

Im Augenblick atmete sie auf. Es war vorbei. Endlich. Lieber ein Ende mit Schrecken, als ein Schrecken ohne Ende, wie man so sagte. Seit Tagen hatte sie sich mit Thorsten, der vor einem halben Jahr bei ihr eingezogen war, nur noch gestritten. Der kleinste Anlass genügte und die Fetzen flogen. Wieso hatte sie sich überhaupt in diesen langweiligen Kerl verliebt? Seine T-Shirts und Jeans waren durchschnittlich wie sein gesamtes ungepflegtes Äußeres. Vor lauter Gefühlsduselei war ihr dies zunächst gar nicht aufgefallen. Oder hatte er sich da noch Mühe gegeben und auch mehr Zeit für sie gehabt? Jedenfalls verbrachte er die Nächte in letzter Zeit lieber mit seinem Computer, wo er Sachen programmierte, von denen sie nichts verstand, als mit ihr Sex zu haben. Wenn er einmal pro Woche das Bedürfnis verspürte, mit ihr ins Bett zu hüpfen, dann verlief das Vorspiel im Dauerlauf und nach nicht einmal zehn Minuten war alles vorbei. Anschließend fiel Thorsten entweder sofort mit lautem Schnarchen in Tiefschlaf, oder er zündete sich eine Zigarette an und schenkte seine Aufmerksamkeit für die nächsten Stunden wieder dem Computer. Beides war absolut nicht das, was Myriam erwartete.

Lieber ein selbstbewusster Single als die deprimierte Hälfte einer mittelmäßigen Partnerschaft. Ihre Hormone mussten einige Schaltungen in ihrem Gehirn durchgeschmort haben, sonst hätte sie es niemals solange mit Thorsten ausgehalten.

Zum Glück war es vorüber. Puh! Ihre besten Freunde lagen verwendungsbereit in ihrer Nachttischschublade, und die sahen nicht nur besser aus, die machten auf jeden Fall mehr Spaß, als sie jemals mit Thorsten erlebt hatte.

Bei einem Kontrollgang durch ihre Zwei-Zimmer-Wohnung suchten Myriams Augen aufmerksam nach Gegenständen, die Thorsten gehörten. Auf keinen Fall wollte sie durch irgendetwas, das er vergessen hatte, an ihn erinnert werden. Wohnzimmer, Schlafzimmer, Küche, Flur. *Alles keimfrei*, dachte sie grinsend. Fehlt nur noch die Inspektion des Bades.

Selbstbewusst musterte Myriam ihr Gegenüber im Badezimmerspiegel und strich mit einer lässigen Handbewegung eine Haarsträhne hinter das rechte Ohr. Sie musste vorsichtiger sein. Den nächsten Mann würde sie einer harten Prüfung unterziehen! Wenn er es nicht schaffte, sie innerhalb von fünf Minuten so heiß zu machen, dass sie sich danach verzehrte, von seinem Schwanz ausgefüllt zu werden, dann war er es nicht wert, sich mit ihm einzulassen. Und heiße Liebe brauchte ihr sowieso keiner zu beteuern. Dieses Thema wurde völlig überbewertet. Erst Liebesschwüre und Sex, dann nur noch Liebesschwüre, und am Schluss? Nichts mehr. Vielleicht wäre eine reine Sexbeziehung überhaupt die bessere Variante? Kein Streit, kein Herzschmerz, nur Spaß. *Dann weiß man wenigstens was man voneinander hat und die übrige Zeit kann man machen, was man will!* Keine Verpflichtungen, keine Vorwürfe, dass der eine zu wenig Zeit für den anderen hat. Genau!

Als sie ihren Blick senkte, blieb dieser an Thorstens Hinterlassenschaften hängen. Grimmig warf Myriam die Zahnbürste, in deren Borsten noch Reste der Zahnpasta klebten, den Kamm, der viel zu selten benutzt worden war und ebenfalls alles andere als sauber aussah, sowie ein paar andere Utensilien, die Thorsten gehörten, in den chromblitzenden Abfalleimer. Pflegeprodukte wie Lotion, AfterShave oder Eau de Toilette hatte er sowieso nie benutzt. Das sei unmännlich, hatte er behauptet. Schade, dass er nicht verstanden hatte, worauf es ankam.

Myriam überlegte, sie brauchte heute noch ein positives Erlebnis. Am besten sie gönnte sich nach der Arbeit einen Einkaufsbummel. Ein hübsches neues Dessous, ganz für sich alleine, wäre so ganz nach ihrem Geschmack. Ob mit oder ohne Mann im Haus, begehrenswert ausstaffiert würde sie sich gleich wieder besser fühlen.

Wer braucht schon die Männer?, fragte sich Myriam und schüttelte ihre fuchsrote Lockenpracht, als sie aus der Haustür trat. *Alles gehört nun wieder mir. Meine Freizeit, meine Wohnung, mein Geld, mein Leben. Und wenn ein Mann in mein Leben tritt, dann muss er der absolute Hammer sein.*

Die Kosmetikerin

Von außen macht der Laden einen sehr guten Eindruck, stellte Nadine fest, während sie die mit Rosenblättern, Flakons und Kosmetikartikeln hübsch dekorierte Auslage des Schaufensters studierte. Alles war geschmackvoll angeordnet, mit viel Liebe zum Detail, ohne marktschreierisch auf spezielle Angebote hinzuweisen. Seit kurzem gehörte zur Parfümerie auch ein Kosmetik- und Nagelstudio. Zum Geburtstag hatte Nadine von Sophie, ihrer besten Freundin, einen Kosmetikgutschein geschenkt bekommen. Es war keineswegs so, dass Nadine eine kosmetische Intensivbehandlung nötig gehabt hätte. Nein, sie litt weder unter poriger Mischhaut, hässlichen Pigmentflecken oder unerwünscht starkem Haarwuchs im Gesicht. Es war einfach so, dass sie und Sophie sich ab und an ein kleines Verwöhnprogramm gönnten, mit Peeling und Gesichtsmassage, Wimpernfärben und Augenbrauenzupfen. Noch besser würde ihnen ein gemeinsames Wochenende in einem Wellnesshotel gefallen, natürlich ohne ihre Männer, ein reines Mädchenwochenende. Aber diesem Wunsch hatten die beiden Doms bislang nicht zugestimmt, und darüber konnten sie sich nicht hinwegsetzen. Denn so war das nun mal, wenn man in einer Beziehung lebte, in der der dominante Partner das letzte Wort hatte und der Submissive bereit war, dies zu akzeptieren. Meistens betraf dies zwar nur die Zeit des sexuellen Rollenspiels, aber manche Paare lebten dies auch im Alltag, so wie sie.

Ein Vogelträllern, das dem eines Kanarienvogel ähnelte, erklang

lang anhaltend, als Nadine die Ladentür öffnete und eintrat. Der Verkaufsraum war angenehm klimatisiert und in sonnigen Farben gestaltet. Die Decke war in Zartgelb, die Wände in Ocker, Orange und Weiß gehalten. Gut sortierte Regale mit blitzblanken Glasböden präsentierten die Düfte und Kosmetikartikel namhafter Hersteller, sowie eine breit gefächerte Auswahl an Accessoires.

Eine brünette Mittvierzigerin in einem kornblauen Kostüm blickte durch das metallicblaue Gestell ihrer Brille von einer Bestellliste auf und begrüßte Nadine mit einem freundlichen Nicken.

»Guten Tag. Was kann ich für Sie tun?«

»Guten Tag, ich habe einen Termin zur Kosmetik«, erklärte Nadine.

»Sehr schön – Sie sind Frau Falk?«

Nadine nickte.

»Bitte sehr.« Die Dame öffnete eine verspiegelte Tür zwischen den Regalen, und hieß Nadine mit einer einladenden Geste einen kurzen Flur entlang gehen. »Sie werden schon erwartet. Viel Vergnügen und gute Entspannung, Frau Falk.«

»Danke sehr, die werde ich bestimmt haben.«

Nadines Absätze klackerten bei jedem Schritt auf dem Steinfußboden. Am Ende des Flurs klopfte sie zweimal kurz mit dem Fingerknöchel an die Tür.

Eine helle Stimme rief »Herein«.

Zunächst sah Nadine nur die fuchsroten, zu einem üppigen Pferdeschwanz gebändigten Locken der Frau, die ihr, mit einer geblümten Sommerbluse und einer cremefarbenen Leinenhose bekleidet, den Rücken zudrehte und irgendetwas aufräumte. Dann, als diese sich zu ihr umdrehte, war sie für einen Augenblick sprachlos. Stark getuschte, von einem schwarzen Kajal umrahmte, katzengrüne Augen blickten sie weit aufgerissen an, der knallrote Mund für Sekunden zu einem überraschten *Oh* geformt.

»Nadine?«, fragte ihr Gegenüber schließlich vorsichtig.

»Hey, das ist ja ein Ding! Hallo Myriam«, erwiderte Nadine, die Stimme verunsichert angehoben und ließ es zu, dass die ehemalige

Schulkameradin sie spontan und unerwartet herzlich umarmte. »Dich hätte ich jetzt nicht erwartet.«

Sie lachten beide verlegen, während Myriam Nadines Jacke entgegen nahm und über einen freistehenden Garderobenständer hängte. Auch dieser Raum war in warmen Gelbtönen gehalten, jedoch nicht so kräftig. Die Möblierung beschränkte sich aufs Notwendigste.

Nadine betrachtete Myriam genauer. Ihre Gesichtszüge waren nicht mehr so weich wie noch vor ein paar Jahren. *Wir haben wohl alle das Babyface der Jugend verloren.*

Nach dem Abitur waren sie einander nie mehr begegnet und auch zur Schulzeit hatten sie kaum ein Wort miteinander gesprochen. Es war eher so gewesen, dass sie einander bewusst ignoriert hatten. Zum Teil hatte dies daran gelegen, dass Nadine sich stets an Sophie orientiert hatte und mit denselben Leuten in ihrer Freizeit abgehangen war wie diese. Ganz abgesehen davon, dass sie beide schon frühzeitig in die Welt der Erwachsenen abgedriftet waren und sexuelle Erfahrungen und Abenteuer gesucht hatten. Wenn Nadine daran zurückdachte, wurde ihr heute noch schlecht. Sie hatten so verdammt viel Glück gehabt, nie an die falschen Männer geraten zu sein. Bestimmt waren sie mehr als einmal haarscharf Bordell und Zuhältern entkommen.

»Das ist ja toll, dass wir uns wiedersehen, wie geht's dir? Wir haben uns ja eine halbe Ewigkeit nicht gesehen …«, plauderte Myriam unbefangen los, als wären sie damals die besten Freundinnen gewesen.

Nadine hatte das Verhalten ihrer Klassenkameradin während des Unterrichts jedoch stets als ein wenig zu forsch und direkt empfunden, eine Spur zu keck und selbstbewusst. Eigentlich war es dem Auftreten ihrer Freundin Sophie gar nicht so unähnlich gewesen, immer ein wenig provokant und ab der Pubertät etwas zu freizügig. In einem Punkt hatten sich Myriam und Sophie jedoch ganz klar unterschieden. Myriam war viel egoistischer und zickiger als Sophie gewesen, mitunter auch sehr hinterhältig, wenn dies für sie vorteilhaft war. Ganz im Gegensatz zu Sophie, die zwar ihre eigenen Interessen verfolgte, aber nicht auf Kosten anderer, und der stets das Wohlbefinden ihrer besten Freundin am Herzen gelegen hatte.

Nun, vielleicht hatte Myriam sich ja in der Zwischenzeit verändert. Nadine tendierte dazu, jedem eine zweite Chance zu geben, und hinter allem erstmal das Beste zu vermuten. Das war möglicherweise ein wenig naiv, wie Laurin mitunter bemängelte, entsprach aber ihrem positiven Denken. Sie konnte einfach nicht anders.

»So, was darf ich denn für dich tun?«, zwitscherte Myriam unbefangen.

Nadine kramte in ihrer Handtasche. »Ich hab einen Gutschein, den hat Sophie mir zum Geburtstag geschenkt. Du erinnerst du dich doch noch an Sophie?«

»Na klar«, lachte Myriam. »Ihr wart ja wie siamesische Zwillinge. Wo sie war, warst auch du.« *Genau in dieser Reihenfolge, nicht umgekehrt,* fügte Nadine in Gedanken hinzu. Wobei sie nie das Gefühl gehabt hatte, hinter Sophie hergelaufen zu sein. Sophie war eben viel selbstbewusster und abenteuerlustiger als sie gewesen, und hatte Dinge gewagt, über die Nadine niemals nachgedacht hätte.

Myriam warf einen kurzen Blick auf den Gutschein. »Okay, also, die Classic-Behandlung. Na, dann nimm mal Platz. Die Bluse solltest du ausziehen, damit sie keine Flecken bekommt.«

Sie nahm einen neuen Bügel vom Garderobenständer und sah Nadine dabei zu, wie diese sich auszog, ihr die Kleidungsstücke reichte, und es sich dann auf den weißen Tüchern, mit denen der Behandlungsstuhl abgedeckt war, bequem machte.

»Schönes Dessous«, merkte Myriam mit Blick auf Nadines Busen anerkennend an, während sie ein großes Handtuch über ihrem Oberkörper ausbreitete, und dann ihre Haare mit einem Band aus der Stirn zurücknahm.

Nadine war selbst ein wenig stolz auf den fein gearbeiteten, rosaroten Spitzenbüstenhalter, bei dem es sich um das Produkt einer Designerlinie handelte. Laurin verfügte über einen ausgesprochen guten Geschmack und beschenkte sie gerne mit schöner Unterwäsche. Da machte das Auspacken gleich nochmal soviel Spaß. Es war durchaus verständlich, wenn aus Myriams Worten ein wenig Neid herauszuhören war.

»Mein Freund legt viel Wert darauf.«

»Bezahlt er die Teile wenigstens auch?«

Nadine kicherte. »Oh ja, von meinem schmalen Gehalt könnte ich mir das nicht leisten, und was Einfaches, Billiges darf ich nicht tragen.« Bestimmt fragte Myriam nun gleich, womit sie ihr Geld verdiente.

»Und wie ist er sonst so, dein Freund?«

Okay, ihr Job war also nicht von Interesse.

»Laurin ist ein echter Schatz«, schwärmte Nadine, während Myriam die Behandlung nun damit begann, das Makeup zu entfernen und das Classic-Programm, bestehend aus Peeling, Augenbrauenzupfen, Hautpflege und Gesichtsmassage mit sanfter Massage auszuführen. »Etwas Besseres hätte mir gar nicht passieren können. Er sieht gut aus, hat einen tollen Job, ein Haus geerbt und vor allem ist er immer für mich da. Und du? Was macht dein Freund?«

»Ich? Ach, ähm, mein Freund ist viel unterwegs, gerade wieder mehrere Wochen im Ausland. Er arbeitet für einen großen Konzern. Da gehört das Reisen mit zum Job.«

Nadine hatte die Augen geschlossen und genoss den leichten Druck von Myriams Fingern, mit denen sie ihr Gesicht massierte. Die leise, unaufdringliche Instrumentalmusik, die aus zwei Lautsprechern an der Wand klang, wirkte zusätzlich entspannend. »Oh, das wäre nichts für mich. Wie kommst du damit klar, wenn dein Freund so lange weg ist?«

»Ach, das gehört halt dazu, wenn er erfolgreich sein will. Dafür bringt er mir dann immer etwas Tolles mit und außerdem genieße ich zwischendrin meine Freiheit. Ähm, wenn du möchtest, kann ich dir noch ein tolles Nageldesign machen.«

Offensichtlich wollte Myriam nicht weiter über ihr Privatleben reden. Für Nadine war dies ein sicheres Zeichen, dass es in der Beziehung nicht optimal lief und Myriam die Situation nur schön redete. Aber interessierte sie das überhaupt?

»Im Augenblick sind alle ganz versessen auf unseren zweifarbigen Glitterlack mit einem kleinen Schmetterling in der Mitte.«

»Oh nein, vielen Dank«, lehnte Nadine ab und unterdrückte ein Gähnen. »Du machst das übrigens toll, sehr angenehm, so total entspannend.«

»Gefällt dir so ein Nagelstyling denn nicht?« Myriam ließ nicht locker.

»Doch«, kicherte Nadine schläfrig. »Ich fänd's ja ganz lustig. Aber mein *Dom* steht nicht drauf und ich habe gerade keine Lust auf eine Lektion.«

»Lektion? Was meinst du damit?«

Ach du meine Güte, jetzt hatte sie sich verplappert. »Na ja, also, mein Freund steht nicht auf Mädchenkram wie Glitter und Bildchen auf den Nägeln und so.« Nadines Herz schlug schneller. Plötzlich war sie wieder hellwach. Hoffentlich gab Myriam sich mit dieser Begründung zufrieden.

»Aha. Und, was ist ein *Dom*?«

Verdammt, darüber wollte und durfte sie nicht reden. Nadine schlug die Augen auf und blickte direkt in Myriams Katzenaugen.

»*Dom?*Ach, das ist eine Art – Abkürzung von Dominik.«

Es war Myriams Mimik anzusehen, dass sie dieser Erklärung keinen Glauben schenkte. »Den Bären kannst du jemand anderem aufbinden, Nadine. Deine Betonung, die klang nicht wie ein Name, sondern eher wie – wie eine Art Titel. Komm schon, mir kannst du es erzählen, wir kennen uns doch schon ewig.«

Das war gelinde gesagt übertrieben. Eigentlich kannten sie sich gar nicht, obwohl sie Jahre in dieselbe Klasse gegangen waren. Allerdings hörte es sich so an, als würde ihre ehemalige Schuldkameradin nicht klein beigeben.

»Du hast gesagt, der *Dom* würde dir eine *Lektion* erteilen«, beharrte Myriam auf einer Antwort. Sie schien verdammt gut zuzuhören.

»Na ja«, presste Nadine gequält hervor. »Ich darf nicht darüber reden.«

Myriam grinste breit und zupfte Härchen von Nadines Oberlid, um die Augenbraue in eine perfekte Form zu bringen. Kam es ihr nur so vor, oder zog Myriam besonders langsam an jedem einzelnen Haar, um sie zu quälen?

»Das klingt erst recht interessant. Du willst mir doch nicht weismachen, dass du dir von irgendjemandem sagen lässt, worüber du mit wem sprechen darfst?«

Stimmt, das klingt lächerlich. Bevor der Zufall der ehemaligen Schulkameradin Gerüchte zuspielte und diese eins und eins zusammenzählte, war es vermutlich besser, dieses Thema selbst in die Hand zu nehmen und so harmlos wie möglich darzustellen.

»Okay, es ist so, ich lebe in einer etwas speziellen Beziehung. Hast du schon mal von BDSM gehört?« Nadine bemühte sich um einen eher gelangweilten, beiläufigen Tonfall. Dabei hämmerte ihr Herz protestierend wie eine Aneinanderreihung von Paukenschlägen.

Myriam zog die Augenbrauen hoch. »Ähm, nicht wirklich. Was ist das?«

Sie sollte die Hoffnung begraben, schnell aus dieser Nummer herauszukommen. Nadine ballte die Fäuste unter dem Tuch. »Aber von Sadomaso hast du gehört, oder?«

»Ja, schon.« Myriam kniff die Augen zusammen. »Marquis de Sade, oder?«

Nadine nickte. »Unter anderem.«

»Okay, und weiter?«

»Du behältst das für dich, was ich dir erzähle, nicht wahr?«

»Natürlich«, versprach Myriam, während sie mit routinierten, mechanischen Bewegungen einen mit einer Lotion getränkten Pad gleichmäßig über Nadines Stirn, Nase und Kinn kreisen ließ. »Logo. Meine Lippen sind versiegelt.«

Das glaubte Nadine nur bedingt.

»Also? Erzähl schon. Mach‘s nicht so spannend!«

Nadine seufzte. »Bei BDSM-Beziehungen ist so, dass einer von beiden Partnern der *Dom* ist, also der dominante Part, der sagt, wo es langgeht, aber auch die Verantwortung übernimmt. Und der andere unterwirft sich seinen Wünschen. In unserem Fall bin das ich. Ich bin seine Sub.« Bestimmt klang das jetzt ziemlich verworren und für jemanden, der damit noch nie zu tun gehabt hatte, vollkommen abstrus. Hoffentlich hörte Myriam jetzt auf zu bohren.

»Du redest jetzt von was genau? Vom Alltag oder von Sex?«

Verdammt. »Ein bisschen von allem. Für manche ist es nur eine sexuelle Spielart, für andere ihre Lebensphilosophie.« *Wenn Myriam im Details wüsste, wie ich lebe, du meine Güte. Wobei – wenn sie erfahren würde, wie es bei Sophie zugeht, da würden ihr die Augen vor Neugierde aus dem Kopf kugeln.*

»Aha, und für was steht denn dieses Kürzel, dieses wie? BMS?«

Es war Zeit, das Thema zu wechseln. Sie hatte sowieso schon viel zu viel verraten. »Lass uns von etwas anderem reden. Wohin soll dein nächster Urlaub gehen?« Hoffentlich verstand Myriam diesen sprichwörtlichen Wink mit dem Zaunpfahl. »Wir waren letztes Jahr zwei Wochen in der Toscana. Einfach super. Viel anzuschauen, tolle Landschaft, herrliches Wetter. Und dieser Wein, einfach köstlich. Wenn du eine Empfehlung für ein Hotel brauchst …«

Myriams leises Lachen ließ sie innehalten. »Lenk nicht ab, Nadine. Du genierst dich wohl, mich genauer aufzuklären. Ist es dir etwa peinlich?«

»Nein, natürlich nicht.«

»Na dann erzähl weiter!«

»Aber du behältst das für dich!«, gab Nadine halbherzig nach, innerlich seufzend über ihre eigene Dummheit. Warum plapperte sie manchmal so leichtfertig über ihr Privatleben? Leuten, die ein wenig selbstbewusster auftraten als sie selbst, hatte sie einfach nichts entgegen zu setzen. In sich hinein seufzend schloss sie die Augen, weil Myriam nun mit einem warmen, feuchten Tuch die zuvor aufgetragene Creme wieder von ihrem Gesicht aufnahm. »BDSM ist die Kurzform von Bondage, Discipline oder auch Domination, Sadism und Masochism.«

»Wow, das klingt interessant – und hart. Und was bedeutet das für dich?«

Wasserrauschen war zu hören. Nadines Herz klopfte härter. Was würde Myriam von ihr denken? Andererseits, machte sie sich Mut, war das egal. Jahrelang waren sie sich nicht begegnet und wenn sie künftig zu einer anderen Kosmetikerin ginge, würde sie nicht noch einmal in die Verlegenheit kommen, darüber zu reden. Sie würden sich vermutlich nie wieder sehen.

»Na ja, zu einer BDSM-Beziehung gehört, dass ich als der devote Partner mache, was meinem *Dom* gefällt. Es baut alles auf einem erotischen Spiel auf.«

»Aha. Dein *Dom*?«

Nadine drückte sich die langen Fingernägel in die Handinnenflächen bis es schmerzte. »Im BDSM heißt der unterlegene Partner der Sub, und der das Sagen hat, ist der Dom. Von Dominus, lateinisch für Herr.«

»Hm, und was ist dieses Bondage?«

Verdammt, Myriams Gedächtnis schien ja der perfekte Datenträger zu sein und speicherte jedes Wort, zu jeder Sekunde abrufbar.

Nadine lachte gequält. »Du findest es bestimmt verrückt, aber da wird man gefesselt. Nicht einfach so, das sind ganz kunstvolle Verschnürungen. Die sind richtig zeitaufwändig und für beide Partner erregend.«

»Aha. Klingt doch bis jetzt ganz angenehm.«

Ein letztes Mal wurde das warme feuchte Tuch um Nadines Kinn und Wangen gelegt und behutsam gewischt, dann nahm Myriam wieder die Pinzette in die Hand und machte sich daran, Nadine Augenbrauenform zu vollenden.

»Und SM? Ist das nicht irgendetwas Perverses?«

»Ach was. Das meinen nur die Leute, die davon keine Ahnung haben. Pervers ist doch nur etwas, womit der andere nicht einverstanden ist oder was grundsätzlich gegen die gesellschaftlichen Moralvorstellungen verstößt.« Wie gut, dass sie sich Laurins Satz zu diesem Thema gemerkt hatte. Sie selbst hätte das niemals so auf den Punkt bringen können. »Zu SM gehört zum Beispiel, dass der devote Partner, also der Sub, seinen Herrn bedient, und sich von ihm bei Bedarf züchtigen lässt. Sozusagen Peitsche und Zuckerbrot.«

»Ahem, übrigens, ich würde jetzt deine Wimpern färben. Willst du schwarz oder braun? Ich hätte auch ein bläuliches Schwarz. Ich glaube, das passt gut zu deinen Augen.«

»Einverstanden. Mach das.« Eigentlich würde sie lieber aufstehen und gehen. Wenn sie das hinbekäme.

Während Myriam in einem kleinen Porzellanschälchen die Farbe anrührte und Nadine mit ein wenig Creme die Pads unter dem Unterlid auf die Haut klebte, um diese vor der Farbe zu schützen, bohrte sie weiter. »Du lässt dich also freiwillig verprügeln? Ich dachte, du bist emanzipiert genug, dich dagegen zu wehren?«

»So darf man das nicht sehen. Es geht nicht darum, jemandem willkürlich Schmerzen zuzufügen. In der Regel gibt's auch keine blauen Flecken. Das kannst du wahrscheinlich nicht verstehen, aber es ist ziemlich erotisch.«

»Nee, kann ich wirklich nicht verstehen. Und mit was? Mit der Hand oder 'nem Kochlöffel oder wie?«

Gar nicht so schlecht geraten, dachte Nadine grinsend. »Tatsächlich kommen auch alltägliche Gegenstände wie Kochlöffel oder ein Lineal zum Einsatz. Alles andere kann man kaufen. Paddel, Peitschen, Rohrstöcke. Je nachdem, wie man das ausleben will.«

Myriams Gesicht erschien über Nadines Kopf. Ihre Augen waren vor Verwunderung weit aufgerissen und auch in ihrer Stimme schwang jetzt so etwas wie Anerkennung mit. »Und du machst solche verrückten Sachen? Das kann ich mir bei dir überhaupt nicht vorstellen. Du warst doch immer eine von den Braven.«

Sie wich wieder auf ihren Drehstuhl zurück und richtete sich Lupe und Lampe über Nadines Gesicht neu ein.

»So, Augen schließen.« Gekonnt strich Myriam die Wimpern auf den Pads glatt und auseinander. »Achtung, ich komme jetzt mit der Farbe.«

Es fühlte sich ein wenig kühl und schwer an, als die Farbe vorsichtig auf die Wimpern getupft wurde. Dann war ein Piepsen zu hören, vermutlich stellte Myriam die Uhr für die Einwirkzeit ein. Das Klappern im Waschbecken kündete davon, dass sie die Utensilien reinigte, die sie zum Anrühren der Farbe verwendet hatte.

»Ich kann mir das gar nicht vorstellen, dass sich jemand mit dem Rohrstock versohlen lässt und das auch noch toll findet. Muss man da nicht ein bisschen daneben sein?«

Das hatte Nadine vor dem ersten Mal auch gedacht. Ein entspanntes Lächeln machte sich auf ihren Lippen breit. Dabei war es so unsagbar aufregend, mit nacktem Po vor Laurin zu stehen und sich seiner Hand hinzugeben, es musste ja nicht unbedingt ein Rohrstock sein. Wenn sie daran dachte, wie er sie vor rund einer Stunde im Flur genommen hatte … Nadine seufzte. »Ich sag ja, ein Außenstehender kann sich das nicht vorstellen, was man dabei empfindet. Dass das sehr erotisch sein kann. Das hat wirklich nichts mit Gewalt zu tun.«

»Da fällt mir gerade Sophie ein. Der hätte Schröder sicherlich gerne eins mit 'nem Rohrstock übergezogen.« Myriam lachte laut. »So ein Luder. Ich werde das nie vergessen, wie sie beim Ausfragen vor dem Schröder stand und ihn mit ihren patzigen Antworten schier zur Weißglut getrieben hat.«

Bei der Erinnerung an den Physiklehrer musste Nadine schmunzeln. Zwischen Sophie und Schröder bestand vom ersten Tag an offene Feindschaft. An den Auslöser erinnerte sich Nadine nicht mehr. Vielleicht war es einfach Antipathie gewesen. Im Gegensatz zu dem Lehrer, der stets eine gewisse Unsicherheit und Verklemmtheit ausstrahlte, war Sophie die Selbstsicherheit in Person. Und das Schlimme war: ihre Antworten waren immer richtig, so dass er ihr nie eine schlechte Note darauf geben konnte.

»Wenn damals in der Schule noch die Prügelstrafe erlaubt gewesen wäre, wäre Sophie wohl öfter fällig gewesen«, stimmte Nadine zu. »Wobei Schröder die gewisse Dominanz gefehlt hat, um sich Respekt zu verschaffen, ganz im Gegensatz zu Leo.«

»Hm, sicher. Und wer ist Leo?«

Du liebe Güte, ich benehme mich heute wie ein altes Tratschweib. Aber jetzt ist es schon egal, wie viel Myriam erfährt, ich hab's sowieso vergeigt. Ich werde künftig einen weiten Bogen um diesen Laden machen müssen.

»Leo ist Sophies Lover, ein wahrer Dom. Der hat sie ganz gut im Griff.«

»Was genau meinst du damit?«

»Na ja, wenn sie ungehorsam ist, greift er gerne zum Rohrstock. Versteh das nicht falsch – die Erotik steht dabei immer im Vordergrund. Es ist eine Mischung aus Schmerz und Lust, und Sophie bekommt von beidem reichlich.«

»Jetzt mal ernsthaft. Du willst mir also erzählen, ihr macht spezielle erotische Spielchen, bei denen Verbote und Strafen und so Zeugs eine Rolle spielen?«

Der Wecker piepste und Myriam begann vorsichtig, die überschüssige Farbe von Nadines Wimpern zu wischen, ehe sie die Pads wegzog und Nadine die Augen aufschlagen durfte.

»Hm, ja. Oder so.« Nadine biss sich auf die Unterlippe. Es war an der Zeit, die Notbremse zu ziehen, bevor sie sich um Kopf und Kragen redete. Laurin mochte es nicht, wenn sie mit Leuten außerhalb der Szene über Details redete, und es war nicht das erste Mal, dass sie zu viel preisgab. »Das versteht nur jemand, der es selbst ausprobiert hat. Es ist echt aufregend.«

Myriam schüttelte irritiert den Kopf. Sie klopfte mit leichten Fingerschlägen in die zarte Haut um Nadines Augen eine spezielle Feuchtigkeitslotion.

Eine Weile sprach keine von ihnen. Nadine hing ihren Gedanken nach, froh darüber, dass Myriam nicht mehr weiter fragte.

Als Teenager waren sie und Sophie mit dem Erwachen ihrer Sexualität ganz versessen darauf gewesen, alles anders zu machen als die gleichaltrigen Mädchen. Auf der Suche nach dem besonderen Kick, wagten sie sich eines Tages in einen SM-Club, nicht ahnend, was sie dort erwarten würde. Im Nachhinein betrachtet hatten sie viel Glück gehabt, von den anwesenden Männern, die viel älter als sie selbst waren, nicht vernascht und von einem zum nächsten durchgereicht zu werden. Aber der erste Schritt war gemacht, und sie strudelten immer tiefer in die Szene hinein, lernten nach und nach die Praktiken kennen.

»Und wie lernt man jemanden kennen, der auf so was steht?«, unterbrach Myriam die Stille, auf Nadines Gesicht ein dezentes Makeup auftragend.

Wollte Myriam das etwa ausprobieren? Bis eben hatte es sich nicht so angehört, als ob sie interessiert wäre, in die Szene zu schnuppern. Falls sie es aus purer Neugierde wagen sollte, würde sie ihr blaues Wunder erleben. Unter Umständen im wörtlichen Sinne, falls sie einem Dom begegnete, der es für nötig befand, es ihr ordentlich mit dem Rohrstock zu besorgen. Nadine unterdrückte ein hämisches Grinsen. Eigentlich würde es Myriam ganz recht geschehen, wenn sie eine Abreibung für ihre Neugierde bekäme und weil sie keine Ruhe mit ihren Fragen gab.

»Die meisten treffen sich in SM-Clubs. Oder auf speziellen SM-Partys«.

»Aha. Und wie erfahre ich, wann und wo so eine Party stattfindet?«

Irgendwie war es ein gutes Gefühl, ein Gefühl der Überlegenheit, zu den Insidern zu gehören und Bescheid zu wissen. Während ihrer Schulzeit hatte sie sich Myriam nie überlegen gefühlt, eher deren Spott gefürchtet und sie deshalb gemieden. »Wieso willst du das wissen. Willst du etwa hingehen?«

»Warum nicht? Vielleicht entdecke ich dabei ja, was ich bisher versäumt habe?«

Eine erotische Strafe

»Du hast was?«

Nadine zuckte erschrocken zusammen, als Laurin so vehement mit der Faust auf den Tisch schlug, dass die Weingläser ins Schwanken gerieten. Anschließend trommelten seine Finger ein wütendes Stakkato auf die gläserne Tischplatte des Esstisches. Wenn er das machte und dabei die Stirn wie gerade jetzt in Falten legte, wirkte er ziemlich furchteinflößend. So schlimm war ihr Vergehen nun auch wieder nicht, oder doch? Immerhin hatte sie es ihm gleich gebeichtet. Zählte das denn gar nichts?

»Du kannst doch nicht einfach eine wildfremde Frau zu unserer Party einladen! Spinnst du, Nadine?«

Es hörte sich ein wenig an, als spräche er zu einem ungezogenen Kind, was Nadine überhaupt nicht leiden konnte, weil sie sich dann genauso fühlte. »Myriam ist nicht eine Wildfremde! Ich kenn sie schon seit meiner Schulzeit«, widersprach sie darum heftig. Als wäre für sie damit alles gesagt und die Welt wieder in Ordnung, überwand sie sich und schob die Gabel mit einem Stück Kartoffel und Sauce in den Mund.

Laurins Miene versprach nichts Gutes. Er war stinkwütend und schenkte dem Essen, das vor ihm auf dem Teller dampfte, keinerlei Beachtung. Stattdessen griff er nach dem Weinglas und stürzte den Inhalt mit wenigen Schlucken herunter. Oh je, es war wohl doch schlimmer, als sie befürchtet hatte. Nur mäßig durchgekaut würgte Nadine ihren Bissen herunter. Wie ein dicker Kloß rutschte er die Speiseröhre spürbar langsam herunter. Sie starrte auf ihren Teller, um Laurins bohrenden Blick nicht ertragen zu müssen.

»*Kennen* und *kennen* ist nicht dasselbe, das weißt du ganz genau, Nadine. Und auf Partys in unserem Haus sind nur grundsätzlich nur unsere engsten Freunde eingeladen. Wenn du mit dieser Myriam wirklich befreundet wärest, hättest du sie mir längst vorgestellt oder zumindest mal ihren Namen erwähnt. Sie ist ein Niemand!«

Seine Stimme war zu einem Donnern angeschwollen und Nadine senkte die Lider.

»Ich …« Ihr fielen keine Argumente ein, mit denen sie ihn besänftigen könnte, denn im Grunde genommen hatte er recht. Wer zum Teufel war Myriam? Ob sie in die Runde der Eingeladenen passte, war eher zweifelhaft, sie war ja vor allem neugierig.

Nadine legte das Besteck auf dem Tellerrand ab. An ein genussvolles Essen war im Augenblick nicht zu denken. Schade. Das Gulasch konnte sie zurück in den Topf geben, aber die Schneckennudeln würden aufgewärmt nicht mehr so bissfest sein wie jetzt.

Wieder einmal war sie einer ihrer größten Schwächen erlegen. Statt zuerst nachzudenken oder mit Laurin zu sprechen, hatte sie stets das Gefühl, sie müsse anderen Menschen einen Gefallen tun, damit diese sie mochten. Das hatte sie schon in so manche Schwierigkeit gebracht.

»Was ist denn, wenn Myriam überall in ihrem Freundeskreis, den wir wiederum nicht kennen, fröhlich herumquatscht, was sie bei uns erlebt und sieht? Du weißt ganz genau, dass das keiner von uns will!« Das Trommeln seiner Finger stoppte abrupt. »Verdammt! Ruf sie an und sag ihr ab.«

Entsetzt sah Nadine auf. Sein Gesichtsausdruck bestätigte den Ernst seiner Worte. »Äh, das, ähm, nein. Nein, das kann ich nicht«, widersprach sie leise und ließ die Schultern hängen.

»Du wirst sie wieder ausladen, Nadine! Oder soll ich das für dich machen?«

Nadine fühlte Tränen aufsteigen. Würde sie jemals ihre Gefühle unter Kontrolle bekommen? Konflikten wie diesem war sie einfach nicht gewachsen. Warum konnte das Leben nicht friedvoll und unkompliziert verlaufen?

»Laurin, bitte. Was soll ich Myriam denn sagen, warum sie nicht kommen darf?«

Er zuckte gleichgültig mit den Schultern. »Lass dir etwas einfallen. Schließlich hast du dir diese Suppe selbst eingebrockt. Es ist an der Zeit, dass du lernst, dich an die Regeln zu halten.«

Sein Blick war so kalt, dass Nadine fröstelte. Hätte sie Myriam zum Nachmittagskaffee eingeladen, würde Laurin sich bestimmt nicht aufregen. Aber zu diesen Partys, die wechselweise im Freundeskreis ausgerichtet wurden, kamen ausschließlich Paare, die BDSM lebten.

»Vielleicht sollte ich dich mehr an die Leine nehmen. Sophie hat es jedenfalls nicht geschadet.«

Nadine schluckte. Meinte er das jetzt ernst? Das einzige, was sie und Sophie verband, war ihre tiefe Freundschaft seit der Kindheit. Abgesehen davon waren sie so verschieden wie Sonne und Mond.

»Jetzt nimm schon dein Handy und ruf an!«

Nadine verschränkte die Arme vor der Brust und schob trotzig die Unterlippe vor. »Ich kann nicht.«

»Okay. Du hattest deine Chance.« Laurin stand auf und ging hinaus. Vermutlich würde er zur Strafe stundenlang kein Wort mit ihr reden. Dabei hatte sie sich so auf seine Heimkehr gefreut.

Mit einem leisen Seufzen stand sie auf und nahm die Teller in die Hand, um diese in die Küche hinaus zu tragen. Aber Laurin kehrte zurück, einen Rohrstock in der Hand und Nadine stellte die Teller wieder ab.

»So, jetzt werde ich mich mal an Leos Methoden halten. Offenbar war ich zu nachsichtig mit dir. Dein Verhalten hat Strafe verdient. Zieh deine Hose runter und beug dich über den Tisch.« Er deutete auf die freie Fläche der anderen Tischseite und schlug sich mit dem Rohrstock demonstrativ auf die Innenfläche der Hand.

Es konnte sich nur um einen schlechten Scherz handeln. Echte

Strafen entsprachen nicht Laurins Stil. Ganz im Gegensatz zu Sophies Dom.

Hatte Laurin wirklich vor, sich an Leos Maßnahmen zu orientieren? Aber sie war nicht wie Sophie. Niemals würde sie sich einem Mann so vollkommen unterwerfen. Gewiss, die eine oder andere Regel konnte sie akzeptieren, ohne sich dabei seelisch zu verbiegen. Und eine erotische Strafe, als Teil ihres Liebesspiels, war auch vollkommen in Ordnung. Es war ein unvergleichliches Erlebnis, wenn der Schmerz in Erregung überging und aus der gespielten Unterwerfung eine Lust erwuchs, die fast unerträglich schön war. Alles andere jedoch war undenkbar, obwohl Nadine ihrem Dom nach einer besonders aufregenden Nacht, den Bauch voller Schmetterlinge und den Kopf wie leer gefegt, Gehorsam ohne Einschränkungen geschworen hatte. Gehorsam erwartete Laurin vor allem im Beisein ihrer Freunde und Nadine hatte kein Problem damit, den Anschein zu erwecken, er wäre starker Dom und hätte alles im Griff. Ausgelebt hatte er dies noch nie.

»Nun? Ich warte.«

»Netter Scherz. Aber mir ist gerade nicht nach Sex und Züchtigung.« Allerdings auch nicht nach Essen. Der Appetit war ihr vergangen und sie würde jetzt endgültig abräumen.

»So war dies auch nicht gemeint. Du bist eine ungehorsame Sub, also werde ich dich bestrafen. Nur bestrafen!« Das anhaltende Grollen in seiner Stimme ließ keinen Zweifel aufkommen, dass er dies ernst meinte.

Nadine tippte sich mit dem Zeigefinger zweimal an die Schläfe. »Ich träumst wohl von Weihnachten. Oder glaubst du wirklich, dass ich mich von dir bestrafen lasse, nur weil ich nicht das mache, was du willst?«

»Wir haben eine Vereinbarung, Schätzchen.«

Schätzchen? Nadine hasste es, so genannt zu werden und Laurin wusste das. Sie rümpfte die Nase.

»Du kennst deinen Fehler. Über unsere SM-Beziehung und unseren Freundeskreis wird außerhalb nicht gequatscht. Wir wollen keine Fremden in unserer Mitte und ich will nicht, dass dies noch einmal passiert.«

»Ja, ja, ich hab's ja verstanden und es tut mir auch leid. Wird nicht wieder vorkommen.« Nadine setzte sich mit gespielter Gleichgültigkeit hin und griff wieder nach der Gabel. »Ich hab halt nicht nachgedacht.« Um den äußeren Schein zu wahren und Gelassenheit auszustrahlen, die hoffentlich seinen Zorn besänftigen würde, schob sie sich einen Bissen in den Mund. Gegenargumente würden die Lage nur aufschaukeln. In ihrem Inneren brodelte es vor Nervosität.

»Es gibt Regeln, an die sich jeder zu halten hat. Auch du. Also gehorche.«

Laurins strenges Auftreten war Nadine fremd. Sie schluckte den Brocken herunter. Seine Miene war wie eingefroren und seine Augen wirkten stechend wie die eines Adlers, der seine Beute fixiert. Gab es ein Entkommen? Wann würde er die Situation entschärfen und anfangen zu lachen? Bestimmt wollte er ihr nur einen gehörigen Schrecken einjagen, was ihm auf jeden Fall gelungen war. Oder doch nicht? Ihr Herz schlug unangenehm hart in ihrer Brust. War es denkbar, dass es noch einen anderen Laurin gab, einen der wirklich streng sein konnte, und wenn ja, konnte sie diesen ebenfalls akzeptieren und lieben?

»Und wenn ich dir nicht gehorche? Was dann?«, presste sie hervor. »Wendest du dann Gewalt an, und schlägst mich grün und blau?«

Für Sekunden geschah nichts, er starrte sie nur an, dann senkte er die Hand und lehnte sich wie erschöpft gegen das Sideboard hinter ihm. »Traust mir das denn zu?«

Sie könnte jetzt erwidern, *nein, natürlich nicht. Das war genauso ein blöder Scherz wie deiner eben.* Doch statt es auszusprechen versuchte sie einfach nur, seinem Blick standzuhalten.

Laurin seufzte gequält. »Strafe kann immer nur ein Bestandteil unserer Vereinbarung sein. Ich würde dich niemals zwingen, wenn du dich weigerst. Aber wenn du deine Schuld einsiehst, solltest du als devote Sub deine Strafe annehmen. Wie Sophie es tun würde.«

Ja. Nein. Ach ich weiß nicht. Ich weiß gar nichts mehr.

Laurin wirkte kraftlos, als würde ihm der Rohrstock jeden Moment aus seiner Hand gleiten.

Sag doch was, dachte Nadine. *Irgendwas Nettes. Ich weiß ja, dass ich einen Fehler gemacht habe. Vielleicht sollte ich mich doch bereit erklären, Myriam anzurufen und ihr abzusagen? Aber es ist mir immer schon schwer gefallen, einen Rückzieher zu machen. Eine Zusage nimmt man nicht zurück, egal wie sie zustande gekommen ist. Und Sophie als Vorbild anzuführen ist sowas von unfair! Sophie macht keinen Unterschied zwischen erotischer Sitzung und Alltag. Für sie und Leo ist alles eins. Aber ich bin nicht so. Bist du denn so, und ich habe es bis jetzt nicht bemerkt?*

Das Schweigen wurde unerträglich.

»Kannst du mir nicht einfach verzeihen?«, flüsterte sie.

Laurin seufzte. »Hast du dich denn entschuldigt?«

Nadine zuckte zusammen. Was erwartete er? Einen Kniefall? »Hey, es tut mir leid. Das habe ich doch gesagt. Ich hätte Myriam nicht einladen dürfen, du hast recht. Okay?«

Er nickte. »Wirst du sie anrufen und ihr absagen?«

Trotzig schob Nadine die Unterlippe vor. »Nein, das kann ich nicht. Und das weißt du.«

Wortlos drehte Laurin sich um und ging hinaus.

Verdammt. Sie schob den Teller von sich. Warum fühlte sie sich jetzt miserabel? War es denn wirklich eine solche Katastrophe, wenn Myriam Einblick in ihre Gepflogenheiten bekam? Wie oft kam es vor, dass diese Treffen vollkommen unspektakulär verliefen. Gewiss, manchmal wurde eine der Subs vor aller Augen gezüchtigt, oder in Bondage zur Schau gestellt und alle durften sie berühren und reizen.

Ein merkwürdiger Tag. Vergeblich hoffte Nadine, Laurin würde zurückkehren und sich mit ihr versöhnen. Sie hatte das Essen abgetragen, den Geschirrspüler eingeräumt, den Herd geputzt, die Waschmaschine angestellt und lustlos begonnen, die liegengebliebene Bügelwäsche abzuarbeiten. Dabei horchte sie auf jedes Geräusch im Haus. Mittlerweile waren schon zwei Stunden vergangen, seit Laurin sich in sein Arbeitszimmer zurückgezogen und die Tür geschlossen hatte. Vielleicht würde es ihr gelingen, ihn mit einem Kuchen zu besänftigen? Nadine entschied sich Apfelmuffins zu backen, für die alle nötigen Zutaten im Haus waren.

Die Muffins befanden sich noch im Ofen, als Laurin in die Küche kam. »Hm, riecht das fein.«

»Kann ich dich damit besänftigen? Ich mag es nicht, wenn wir streiten.«

»Ich auch nicht.« Er nahm ihr Gesicht in beide Hände, sah ihr in die Augen und hauchte ihr einen Kuss auf die Lippen. »Hast du angerufen?«

»Nein.«

»Okay. Meinetwegen kann Myriam kommen. Eins muss dir allerdings klar sein. Die Strafe für deinen Ungehorsam erlasse ich dir nicht. Die ist nur aufgeschoben und ich werde sie zu einem Zeitpunkt meiner Wahl vollziehen. Als erotische Strafe.«

Nadine nickte erleichtert. Selbst falls er zum Rohrstock greifen sollte, würde die Züchtigung auf jeden Fall sehr aufregend werden. Fürs Erste war der häusliche Frieden wieder hergestellt.

Die BDSM-Party

Die letzten Stunden waren zäh wie Honig dahin geflossen. Die Zeiger der Uhr wollten und wollten nicht vorwärtsrücken. Voller Ungeduld schaute Myriam sich um. Auf dem Bett lagen unzählige Tops, Hosen, Röcke und Dessous ausgebreitet. Nichts erschien ihr passend für diesen Abend.

Im ersten Augenblick hatte sie gedacht, Nadine wolle sie womöglich von der Party ausladen. Irgendwie hatte sie am Telefon ein wenig verunsichert geklungen. Umso überraschender war, was sie zu sagen hatte. *Zieh dich möglichst sexy an, zeig, was du zu bieten hast. Je verführerischer du ausschaust, desto weniger fällst du als Neuling auf.*

Prinzipiell hatte Myriam dagegen nichts einzuwenden. Ihr Körper war fast perfekt. Na gut, ihre Hüften waren vielleicht ein wenig zu breit, die Waden ein wenig zu stark, um Mini-Röcke oder gar Hotpants zu tragen. Mit kritischem Blick drehte sie sich vor dem Spiegel. Der Rest war eigentlich ganz okay. Einen Wonderbra benötigte sie jedenfalls nicht, um genügend Oberweite vorzugaukeln. Alles war echt. Wenn nur nicht der ewige Kampf mit dem Gewicht wäre. Aber sie konnte sich einfach nicht beherrschen. Da ein Stück Schokolade, dort ein Kuchen, und überhaupt aß sie gerne. Ihre gelegentlichen Besuche im Sportstudio reichten nicht aus, um eine perfekte Figur zu formen. Trotzdem stellte sie gerne ihre Reize dar und mochte es, wenn die Männer ihr hinterher schauten. Die meisten mochten doch sowieso keine Hungerharken. Sie würde die Party also auf jeden Fall gehörig aufmischen!

Gerne hätte sie Nadine noch ein wenig ausgefragt. Aber diese hatte das Gespräch schnell beendet. Egal. Myriam hatte noch ein wenig im Internet recherchiert und fragte sich seither, ob Sophie und Nadine wirklich dieser merkwürdigen Szene angehörten. War das alles ernst zu nehmen oder eher ein seltsames Spiel? Vor allem bei Nadine, die während der Schulzeit eigentlich nur im Fahrwasser der viel selbstbewussteren Sophie mitgeschwommen war, konnte Myriam sich nichts von dem vorstellen, was sie sah und las. Oder war die devote Rolle genau das Richtige für jemanden wie Nadine?

Bei Sophie erschien dies Myriam jedenfalls vollkommen undenkbar. Die emanzipierte und um keine Konfrontation verlegene Sophie lebte in der Beziehung, die man in diesen Kreisen 24/7 nannte, den submissiven Part? Myriam hatte wie gebannt vor dem Bildschirm gesessen, gleichermaßen schockiert wie fasziniert, was dies bedeutete. *Der devote Partner, als Sub bezeichnet, was sowohl auf die unterlegene Frau wie auch einen unterwürfigen Mann zutreffen kann, überlässt jegliche Entscheidungen dem dominanten Partner, dem Dom oder der Domina. Dazu gehört auch die Bereitschaft, zu jedem Zeitpunkt, an jedem Ort und auf jede Weise Sex zu haben.*

Die Informationen sprengten Myriams Vorstellungsvermögen. Noch viel überraschender war allerdings, dass ihr Körper eindeutig reagierte, als sie nach mehrfachem Weiterleiten von einer Website zur nächsten sprang und schließlich auf eine Galerie stieß, deren Bilder bei Anklicken bildschirmfüllende sexuelle Handlungen zeigten. Da wurden sämtliche Gliedmaßen gefesselt, Busen prall verschnürt, Nippel geklammert und Peitschen geschwungen. Eine Frau kniete, in eine enge Korsage geschnürt, die ihren nackten Busen besonders betonte, vor einem Mann, der einen Riemen in der Hand hielt. Selbst wenn diese Szene gestellt war – wovon Myriam vorerst ausging – so lag eine solche Sinnlichkeit in dem Blick, mit dem die Frau zu dem Mann aufschaute, dass Myriam ein heißes Prickeln im Schoß bemerkte. Auf einem anderen Bild hatte eine als Schulmädchen verkleidete junge Frau ihren Slip bis zu den Kniekehlen herunter gezogen, die Beine leicht gespreizt. Sie stützte sich mit beiden Händen auf der Sitzfläche eines Stuhles ab, der Po von einem Rohrstock blau gestriemt, die feuchten Schamlippen zu erahnen. Das über die Schulter der Kamera zugewandte Gesicht war von Tränen gezeichnet und dennoch lächelte die Gepeinigte, als wäre es eine wahre Freude, diese Strafe zu empfangen.

Myriam war von dem Anblick wie gefangen. Was war das? Porno für geile Männer oder wahre Lust? Vom Mann war auf dem Video nur der Unterleib zu sehen, die herab gelassene Anzughose und der prächtige Penis. Das sehnsüchtige Ziehen in Myriams eigenem Schoß räumte jeden Zweifel aus, dass sie diese Bilder erregten. Was war das, was sie daran so anmachte?

Obwohl ihr Verstand leugnete, dass eine schmerzhafte Züchtigung erregend sein sollte, obwohl sie darüber schockiert sein müsste – war sie über alle Maßen fasziniert. Kurz darauf geriet sie auf eine Videoseite und schaute gebannt zu, wie einer Frau, die über den Schenkeln ihres Liebhabers lag, der Po versohlt wurde. Auch diesmal war der Mann bekleidet, die Frau jedoch halb nackt.

Myriam dachte kurz darüber nach. Vielleicht wurde seine Überlegenheit schon äußerlich demonstriert, indem er nur noch seine Hose zu öffnen brauchte – *verdammt!* Wenn das so weiter ging, würde ihr Slip bald völlig durchfeuchtet sein. Sie konnte den Blick nicht von dem Video abwenden. Je röter sich die Haut der Pobacken färbte, desto lustvoller stöhnte die Frau – und desto eindeutigere Signale sandte Myriams Körper aus. Es ging nicht anders, sie brauchte dringend Befriedigung. Mit einer Hand griff sie unter ihr T-Shirt, zerrte das BH-Körbchen herunter und stimulierte ihre Brustwarze, mit der anderen öffnete sie den Reißverschluss, fasste in ihren Slip, und rieb ihre Klitoris.

Mit offenem Mund keuchend sah sie zu, wie die Frau nun vor dem Mann nieder kniete, seine Hose öffnete und – in Großaufnahme zu sehen – seine Eichel liebevoll leckte, dann sein Geschlecht tief in den Mund nahm. Die Kamera schwenkte über ihren

Rücken hinab zu ihrem Po, der deutlich gerötet war, und wieder zurück zu den roten Lippen, die lustvoll saugten.

Der Orgasmus schüttelte Myriam so intensiv, dass sie fast vom Stuhl fiel. »Aaah, ich bin verrückt, mir so Zeugs anzuschauen«, murmelte sie erlöst und kicherte.

Als Myriam zu Bett ging, war ihr Kopf übervoll mit Bildern, die vor ihrem inneren Auge automatisch wechselten, wie bei einer Slideshow. Sollte es tatsächlich möglich, dass Nadine und Sophie sich solchen Spielen hingeben? Wenn Nadine sie nicht verarscht hatte, dann – ja, dann führte diese auf jeden Fall ein unglaublich aufregenderes Sexleben als sie selbst.

Nun, da sie ja zu dieser BDSM-Party eingeladen war, würde sie hoffentlich hinreichend Gelegenheit erhalten, sich selbst ein Bild davon zu machen, ob das nur ein paar Spinner waren, die sich auf spielerische Weise vergnügten. Die einen mimten in der Freizeit den Gothic oder Punk oder Rocker, und die anderen vielleicht einen BDSM'ler. Bestimmt war alles ganz harmlos und hatte nur wenig mit dem zu tun, was sie im Internet gesehen und gelesen hatte. Ja, bestimmt war das so.

Myriam lachte. Wer fand schon einen geschnürten Busen oder eine Stellung erotisch, bei der man mit hochgereckten Armen gefesselt war? Oder breitbeinig und geknebelt an ein Andreaskreuz fixiert, dem Zugriff eines finster aussehenden Kerls ausgeliefert, wann und wie es ihm beliebte?

Ich find's aufregend anzuschauen. Ich glaub, ich spinne.

Zufrieden betrachtete Myriam sich ein letztes Mal vor dem großen Spiegel in ihrem Schlafzimmer von allen Seiten. Dann klingelte es zweimal und sie wusste, das vorbestellte Taxi wartete unten auf der Straße auf sie. In der eng geschnürten Korsage, die ihren Busen nur knapp bedeckte, sah sie auf jeden Fall sehr sexy aus. Dieser absolute Hingucker lenkte davon ab, dass Hüften und Po für den schwarzen Ledermini und die eng anliegenden Netzstrümpfe ein wenig zu drall geraten waren. Für die Fahrt zog sie ihren leichten Sommermantel über, der ihr bis zu den Knien reichte.

Das Taxi brachte sie in ein alt gewachsenes Viertel, dessen Erscheinungsbild von Einfamilienhäusern bestimmt wurde, die aus der Mitte des vorigen Jahrhunderts stammten. Einige wenige moderne Bauten hatten die letzten Baulücken geschlossen.

Der Wagen hielt vor einem mit Büschen zugewachsenen Anwesen, das sich auf den ersten Blick in Nichts von den umliegenden unterschied. Das Gartentor, einfache schmucklose Metallstäbe, war nur angelehnt. Myriam zog den Mantel aus und nahm ihn über den Arm. Dann atmete sie einige Male tief durch, ehe sie den Klingelknopf drückte.

»Wow! Bist du 'ne scharfe Braut!«, begrüßte Nadine ihren Gast von oben nach unten und zurück musternd. »Komm rein.« Sie hauchte Myriam mit ihrem knallrot geschminkten Mund links und rechts einen berührungslosen Kuss auf die Wangen.

»Selber scharf«, erwiderte Myriam erleichtert darüber, dass ihre Kleiderwahl auf keinen Fall overdressed war.

Nadine trug einen hautengen Neckholder-Overall aus weißem Latex, der ihre schlanke Figur und ihre kleinen Brüste vorteilhaft betonte. Durch runde, etwa einen Zentimeter breite Aussparungen pressten sich ihre Brustwarzen sichtbar heraus. Myriam hielt den Atem an. Von ihrer eher zurückhaltenden Schulfreundin hätte sie nicht erwartet, sich im Beisein anderer so sexy und aufreizend zu geben. Noch dazu war die Hose im Schritt offen, wie die hervortretenden Schamlippen verrieten, und als Nadine sich umdrehte, um vorauszugehen, blickte Myriam auf ihren nackten Po. *Wow, ist das abgefahren!*

Das Esszimmer ging mit einer halboffenen Wand ins Wohnzimmer über. Die Gäste standen in zwangloser Formation herum und unterhielten sich, die meisten ein Cocktail- oder Bierglas in der Hand. Einige drehten sich um und taxierten Myriam neugierig, die meisten aber hatten noch nicht bemerkt, wer mit Nadine herein gekommen war.

»Myriam und ich kennen uns schon seit der Schulzeit«, erklärte Nadine, während sie Myriam herumführte und den anderen vorstellte.

Was hier stattfand, war definitiv keine Faschingsveranstaltung. Diese Menschen verstellten sich nicht, sie lebten ihre Einstellung, das wurde Myriam innerhalb weniger Minuten klar. Was würde geschehen, wenn die anderen bemerkten, dass sie nicht zur Szene gehörte? Nadine hatte mit keinem Wort erwähnt, dass sie sich erst vor kurzem wieder getroffen hatten.

Die meisten Subs waren Frauen, hauteng mit Latex oder Leder bekleidet. Bei allen wurden durch die Kleidung ihre weiblichen Reize betont. Einige trugen als Kennzeichen ihrer Stellung ein Halsband aus Leder oder Metall. Eine der Frauen zeigte wie Nadine ihren nackten Busen und Po, der rote bis tiefblaue Striemen der letzten Züchtigung aufwies. Eine andere trug ein ledernes Minikleid, doch als sie sich umdrehte, blickte Myriam auf eine fast nackte Rückfront, in regelmäßigen Abständen von Lederriemen unterbrochen, die die vordere Hälfte des Kleides spannten und am Körper hielten.

Eine weitere Sub, eine attraktive Frau mit langen blonden Haaren, war gezwungen ihre Arme auf dem Rücken zu halten, da diese in einem ledernen Monohandschuh gefangen waren. Ein dicker Knebel verschloss ihren Mund und eine chromblitzende Stange fixierte die Position ihrer leicht gespreizten Beine. Es war nicht zu übersehen, dass sie durch die zarten Berührungen ihres Doms erregt wurde. Ihre Wangen waren leicht gerötet und sie wand sich vergeblich, wenn seine Hand über ihren Busen strich, der sich unter einer transparenten Bluse wölbte, oder unter ihren Rock fasste, unter dem sie vermutlich nichts trug.

Scham und Tabus schien es nicht zu geben. Myriam versuchte sich in die Lage der gefesselten Schönheit zu versetzen. Vielleicht würde es mich auch erregen, so vollkommen ausgeliefert zu sein. Allein der Gedanke, aufgrund einer solchen Stange die Beine nicht schließen und sich dem Zugriff des Partners nicht entziehen zu können – wow, das musste aufregend sein. *Würde es mir gefallen, jetzt, in diesem Augenblick, an ihrer Stelle zu sein?* Diese Frage konnte sie sich nicht beantworten, denn der zugehörige Mann passte nicht in Myriams Beuteschema. Vollbart, lange Zottelhaare, ein bedrucktes T-Shirt und ein sich über Bluejeans wölbender Bauch, tätowierte Unterarme, Piercings im Gesicht. Das Paar wirkte ein wenig wie *Die Schöne und das Biest.*

Im Gegensatz zu diesem Kerl traten die anderen anwesenden Doms vorwiegend in schwarzen Hemden oder Shirts auf, in Anzügen aus feinem Tuch oder edlem Leder. Die gesamte Bandbreite reichte von Dressman bis Edelrocker. Der einzige gemeinsame Nenner war das Bevorzugen der Farbe Schwarz. Durch Piercings oder Tattoos oder eine wilde Mähne fiel kaum jemand auf.

Domina Marina war eine der wenigen weiblichen Doms. Ihrer bestimmenden Rolle wurde sie nicht nur mit ihrem Verhalten, sondern auch rein äußerlich gerecht. In einem weiten schwarzen Kleid wogte sie durch den Raum, leicht übergewichtig und mit einem beachtlichen Busen. Ihr schlanker und um einiges größerer Partner wich nie von ihrer Seite. Er präsentierte sich in dem aufwändig gearbeiteten Kostüm eines Harlekins, verneigte sich ständig vor allem und jedem, und trug wie ein gehorsamer Sklave ihr Proseccoglas und ihre Handtasche hinter ihr her. Myriam wusste nicht, ob sie über sein unterwürfiges Auftreten lachen oder ihn im Stillen einfach bedauern sollte. Domina Marinas ganze Aufmerksamkeit galt anderen Gästen, die sie überschwänglich begrüßte, als hätten sie sich jahrelang nicht gesehen. Ihr Sub war unauffälliges Beiwerk.

Unter all den heterogenen Paaren befand sich auch ein Schwules. In perfekt devoter Haltung kniete Dennis zu Florins Füßen und hielt ein Tablett mit Glas und Aschenbecher, in welchem sein Meister die Asche seines Zigarillos in regelmäßigen Abständen abschnippte. Florin war der einzige Mann, der mittelalterlich geprägte Kleidungsstücke trug. Der Hodensack seiner Hose lenkte den Blick auf seinen Unterleib. Dennis hingegen war völlig nackt, seine Schamhaare abrasiert. Sein Schwanz steckte in einem aus dünnem Metall gearbeiteten Peniskäfig, der eine Erektion oder unkontrolliertes Masturbieren unmöglich machte. Offensichtlich war sein Körper sorgfältig gepflegt worden, denn seine Haut schimmerte auf faszinierende Weise in makellosem, gleichmäßigem Bronzeton. Um den Hals trug er ein überdimensionales Halsband, dessen grobgliedrige Kette kurz gehalten an dem breiten Ledergürtel von Florins Hose endete, so dass Dennis seinem Herrn stets in gebückter Haltung folgen musste, sobald dieser weiterging. Es war ein Schauspiel der besonderen Art, wie Dennis seinen Herrn ergeben anhimmelte.

Atemlos sog Myriam alle Eindrücke gierig in sich auf. Es gab soviel zu sehen und es war viel intimer und erregender, als sie gedacht hatte.

Die Party fand überall statt. Im Wohn- und Esszimmer, im Flur und in der Küche. Ein erlesenes Büffet lockte mit vielfältigen Häppchen, daneben eine Auswahl an Getränken. Die Subs bedienten devot und voller Hingabe ihre Herren. Es wurde viel geredet und gelacht, wobei dabei auch an die Subs gedacht wurde. Subtile Berührungen wechselten mit heißen Umarmungen und leidenschaftlichen Küssen. Hemmschwellen schien es nicht zu geben. Man war unter Gleichgesinnten und brauchte nicht zu verbergen, was erregte.

Das Highlight aber raubte Myriam für Sekunden den Atem. Nie im Leben hätte sie in der wie ein Zirkuspferd aufgezäumten Frau, die ihr auf einmal gegenüber stand, Sophie erkannt. Deren einzige Bekleidung bestand aus einer kunstvoll gearbeiteten Verschnürung rot gefärbter Lederriemen, die wie das Prachtgeschirr eines Brauereipferdes gearbeitet waren. Sie verliefen um und zwischen ihren Brüsten, um die Taille und die Arme, über den Bauch, bildeten ein Dreieck um ihren rasierten Venuszügel, waren unter ihrem Schoß hindurch geführt. Erst auf den zweiten Blick bemerkte Myriam, dass Sophie ihre Arme nicht freiwillig auf dem Rücken hielt, sondern von der aufwändigen Konstruktion dazu gezwungen wurde. Um den Kopf trug sie aus derselben Machart Kopfgeschirr, kombiniert mit Scheuklappen und einem Knebel in Form einer Trense.

Der Anblick war lächerlich und abstoßend – und zugleich erregend. Myriam unterdrückte ein Keuchen. Machte Sophie das wirklich freiwillig? Und was war das? Sophies Brustwarzen waren doch tatsächlich gepierct. An silbernen Ringen baumelten winzige Glöckchen, die bei jeder Bewegung einen hellen, ganz leisen Ton von sich gaben.

»Myriam, darf ich vorstellen, das ist Leo, Sophies Herr«, erläuterte Nadine.

Das ist es wohl, was man einen wahren Dom nennt, schoss es Myriam durch den Kopf, die sich angesichts des durchdringenden Blickes, den ihr der Mann schenkte, wie eine Maus im Angesicht einer Katze fühlte. Wie paralysiert starrte sie ihn an, unfähig etwas zu sagen.

»Schön, willkommen in unserer Runde«, war alles, was Leo sagte. Sein Händedruck war angenehm fest. Ob Sophie sich freute, Myriam wiederzusehen, war nicht zu erkennen. Ihre Augen waren demütig auf den Boden gerichtet.

Als Leo nach dem Ende der Leine griff, die von Sophies Kopfgeschirr herabhing und weiter ging, folgte diese ihm ohne Widerstand zu leisten. Myriams Atem stockte angesichts ihrer Rückenpartie. Zwischen ihren Pobacken wippte ein ansehnlicher schwarzer Pferdeschweif bei jedem Hüftschwung von links nach rechts und zurück. Sophies Riemchenstilettos hatten eine beängstigende Höhe, wobei sie es verstand, ihre kleinen Schritte damit sicher und anmutig zu setzen.

»Analplug«, erklärte Nadine.

»Was?«

»Der Schweif ist an einem Analplug befestigt, also – sozusagen an einem Postöpsel. Du hast so was bestimmt noch nie gesehen.«

»Ah, cool«, beeilte Myriam sich zu antworten. Dutzende Fragen lagen ihr auf der Zunge, ob das nicht weh tat und ob Leo seine

Freundin dazu gezwungen hatte, aber sie würde sich nicht noch mehr die Blöße der Unwissenheit geben. Diese Informationen ließen sich bequemer und vollkommen anonym im Internet recherchieren. Ihr Kopf schwirrte jetzt schon von den vielen neuen Eindrücken.

Die Voyeurin

Nicht die alkoholisierende Wirkung des Prosecco-Aperol und zweier unspezifischer Cocktails bereitete Myriam zu später Stunde Schwierigkeiten, sondern der fordernde Druck ihrer vollen Blase. Unbemerkt verließ sie den Raum und machte sich auf die Suche. Die Toilette im Erdgeschoss war besetzt. Nun, bestimmt gab es in diesem Haus oben eine weitere.

Myriam ging die weiß lackierte Treppe bedächtig hinauf. Die Wand des Treppenhauses war mit Urlaubsfotos in weißen Rahmen geschmückt. Nadine am Strand, Nadine auf einem Ausflugsdampfer, Nadine vor dem Kolosseum in Rom, Nadine auf einem Kamel vor den Pyramiden, Nadine vor dem Eifelturm. Immer gut gekleidet, aber niemals nackt.

Wie bieder und gewöhnlich, ganz im Gegensatz zu heute, dachte Myriam. *Andererseits – sie kommt wenigstens ein bisschen herum, sieht was von der Welt und erlebt was. Und ich? Wo war ich bisher? Baden am Gardasee. Das war alles.*

Die ebenfalls weiß lackierten Zimmertüren waren alle verschlossen. Dennoch war das Bad auf den ersten Blick erkennbar, denn nur in diese Tür war ein rundes Fenster aus mattiertem Glas eingelassen.

Puh, geschafft! Während Myriam sich erleichterte, schweifte ihr Blick über das Interieur des großzügig geschnittenen Bades. Überraschenderweise war hier das im Haus vorherrschende Unschuldsweiß unterbrochen. Die Wände waren vollständig in mattem Beige gefliest, mit großformatigen Platten. Im Kontrast dazu war der Boden mit dunkelbraunen Fliesen ausgelegt. Waschbecken, Toilette, Bidet, eine halbrunde Dusche und eine Eckbadewanne waren wiederum in Beige gehalten, die Armaturen aus hochglänzend poliertem Chrom. Ob Nadine das alles selbst putzte oder jemanden dafür beschäftigte?

Die hellen flauschigen Handtücher trugen abwechselnd die Initialen N und L. Dutzende Flakons mit Damen- oder Herrendüften sowie diverse exquisite Shampoos und Bodylotions bevölkerten die Ablagen unter dem Spiegel und über der Badewanne. Zwei Tierfiguren aus Onyx leisteten dieser Sammlung Gesellschaft.

Myriam zögerte. Der Reiz nachzusehen, was sich hinter den anderen Türen auf dieser Etage verbarg, war immens. Bestimmt war auch dort die Einrichtung sehenswert. Dafür, dass dieses Haus von außen ziemlich bürgerlich und durchschnittlich aussah, entpuppte es sich drinnen ganz schön exklusiv. Was hatte Nadine erzählt, arbeitete ihr Mann? Myriam runzelte die Stirn. Sie erinnerte sich nicht, es war aber auch nicht wichtig. Auffällig war nur, wie gut alles eingerichtet war und sie war ein wenig neidisch auf diese gute Partie.

Kaum hatte Myriam das Bad verlassen, zog ein ungewöhnliches Geräusch ihre Aufmerksamkeit auf sich. Vorsichtig setzte sie auf dem Parkett einen Fuß vor den anderen und folgte so leise wie möglich dem – lustvollen Stöhnen. Oha, jetzt wurde es erst richtig interessant. Sie bemerkte, dass eine der Türen nur angelehnt war und schob sie leise weiter auf. *Wie aufregend!*

Die Geräusche kamen nicht direkt aus dem unbeleuchteten Raum, dessen Inventar Myriam in der Dunkelheit nur erahnen konnte, sondern aus dem daneben liegenden Zimmer, beide durch einen Rundbogen miteinander verbunden. Ein weißer, halb transparenter Vorhang trennte die beiden Bereiche und verbarg Myriams Anwesenheit. Zunächst mussten sich ihre Augen an die spärliche Beleuchtung zweier gedimmter Wandlampen gewöhnen. Was sie dann entdeckte, versetzte ihren Herzschlag in einen schnelleren Rhythmus.

Ein großzügig bemessenes Doppelbett beherrschte den Raum. Die gegenüberliegende Wand bestand über die gesamte Breite aus einem Kleiderschrank mit Schiebetüren, deren verspiegelte Oberfläche den Raum größer wirken ließ.

Sophie kniete breitbeinig auf dem mit Rosendekor bezogenen Bett, knapp an der Kante. Ihre knallroten und halsbrecherisch hohen Stilettos standen wie zwei Stachel nach hinten weg. Ihr Dom stand neben dem Bett und schlug sie mit mehreren dünnen Lederriemen, welche bereits rote Striemen auf Sophies Po hinterlassen hatten. Verdammt, musste das weh tun!

Myriam presste die Lippen zusammen, um jeglichen Laut zu unterdrücken. Sophies Gesicht war nicht schmerzverzerrt. Ganz im Gegenteil zeigte es einen Ausdruck von Ekstase, eine vollkommen gelöste, der Welt vor Lust entrückte Miene. Bei jedem Hieb wackelten ihre vollen Brüste hin und her, die Glöckchen bimmelten leise und sie jauchzte wollüstig. Dabei wippte der Schwanz an ihrem Po aufreizend hin und her.

Leos Gesicht war von Myriam abgewandt, so dass sie nicht erkennen konnte, was er bei dieser Züchtigung empfand. Seine Bewegungen waren kontrolliert, geschmeidig und seine Hiebe treffsicher. Sein Jacket hatte er ausgezogen. Das eng anliegende Hemd und die über seinem Po spannende Hose betonten seine athletische Figur, bei der selbst ein James Bond vor Neid erblasst wäre. Rein äußerlich betrachtet hätte Myriam liebend gerne seine nähere Bekanntschaft gemacht. Sie unterdrückte ein sehnsuchtsvolles Seufzen.

Die beiden hatten sich wohl hierher zurückgezogen in der Annahme, ungestört ihre Lust ausleben zu können. Myriam war klar, dass sie sofort den Rückzug antreten müsste. Es ging sie nichts an, was das Paar hier machte, und es war ungehörig, dem Treiben wie eine notgeile Voyeurin zuzuschauen. Aber sie konnte nicht. Ihre Fußsohlen klebten vor Neugierde und Verlangen regelrecht auf der Stelle fest. Mit angehaltenem Atem und vollkommen fasziniert schaute sie den beiden zu. Das war etwas anderes, als die Fotos und Videos im Internet, denen sie nicht so recht hatte Glauben schenken wollen. Das hier war echt, und sie war zu dieser Party gekommen, um möglichst viel über diese mysteriöse Szene zu erfahren, auch wenn ihr bislang noch nicht klar war, was sie mit dieser neu gewonnenen Kenntnis anschließend anfangen konnte.

Ein erster Schrei entwich Sophies Mund. Kurz, kaum unterdrückt. Der Ausdruck schmerzhafter Pein lag darin. Ihr Kopf schnellte nach oben, nur um sofort wieder nach vorne zu sinken. Zu den knallroten Striemen auf ihrem Po gesellten sich jetzt einige blau unterlaufene dazu. Myriam wagte kaum zu atmen. Trotz des offensichtlich schlimmer werdenden Schmerzes machte Sophie keinen Versuch, den Lederriemen auszuweichen oder aufzuspringen, was sie durchaus gekonnt hätte, da sie weder gefesselt noch angebunden war.

Du meine Güte, sollte also doch etwas Wahres daran sein, dass eine solche Züchtigung trotz der Schmerzen lustvoll war? Myriam wurde heiß. Ihre Brüste drängten sich auf einmal gegen die enge Korsage, als wäre diese geschrumpft oder ihr Busen angeschwollen. Wenn sie nicht aufpasste, würden ihre Brustwarzen über den Rand der Korsage herausgepresst werden. Ah, es war unglaublich! Warme Feuchtigkeit breitete sich in ihrem Slip aus. Das Verlangen sich anzufassen und selbst zu befriedigen wuchs mit jeder Sekunde. Es wurde langsam Zeit zu gehen, nach Hause, zu ihrem Spielzeug, und sich selbst zu befriedigen.

Hmppf! Erschrocken stöhnte Myriam in die Hand, die sich plötzlich auf ihren Mund presste, und versteifte sich. Innerhalb einer Sekunde raste ihr Herz, als wolle es zerspringen. Ein Arm legte sich um ihre Taille und zog sie an den Körper, der sich in ihrem Rücken befand. Heißer Atem streifte ihr Ohr.

»Du gibst keinen Mucks von dir, du schamlose Voyeurin. Sonst erzähle ich allen anderen, was du hier machst«, flüsterte eine Stimme so leise in ihr Ohr, dass die beiden, die sich nebenan vergnügten, davon sicherlich nichts mitbekamen. »Und die Männer hier im Haus lassen dich bestimmt nicht ungeschoren davon kommen, dass verspreche ich dir. Oder stehst du darauf, wenn sie dir deine Kleidung herunter reißen, dich auf einen Tisch fesseln, und dann nacheinander wie wilde Bestien über dich herfallen?« Er sprach langsam, jedes Wort genießerisch betonend.

In Myriams Handflächen brach kalter Schweiß aus. Wären die Leute, mit denen sie sich in den letzten Stunden unterhalten hatte, eines solchen Vergehens fähig? Gerade die harmlos Erscheinenden verbargen häufig geschickt ihr wahres Ich. Nadine würde ihr im Ernstfall kaum helfen können, sofern sie überhaupt mitbekam, was vor sich ging.

Aus dem Schlafzimmer war jetzt lautes Klatschen zu hören. Sophies Stimme klang nun weniger klagend, eher lustvoll, als stünde sie kurz vor ihrem Orgasmus.

»Ich nehme jetzt die Hand von deinem Mund, aber wehe dir, wenn du schreist.«

Myriams Atem stockte. Sie wagte es nicht, sich zu bewegen. Was hatte der Fremde vor? Sie fühlte, wie er an der Verschnürung ihrer Korsage nestelte und ehe sie so richtig begriff, was er vorhatte, umfasste er mit beiden Händen ihre Brüste. *Nein,* wie konnte er so unverschämt sein, das war ihr noch nie passiert.

Sie versuchte ihm mit den Ellenbogen einen Rempler zu versetzen. »Was fällt Ihnen …« Weiter kam sie nicht. Seine Hand presste sich fest auf ihren Mund, erstickte ihren Protest und ihre körperliche Gegenwehr im Keim.

»Ich dachte, ich habe mich klar genug ausgedrückt?«, raunte er und drückte sie noch mehr gegen die Wand. Dann packte er wieder zu. Seine Daumen fuhren aufreizend über ihre Nippel. Ihr Körper reagierte wie elektrisiert. Überall kribbelte es sehnsuchtsvoll und in ihrem Schoß setzte ein verlangendes Ziehen ein. Die Anspannung ihres Körpers erlahmte. *Verdammt,* es war unverschämt, doch zugleich war es ungeheuer erotisch. Myriam verlor jegliche Kontrolle und stöhnte laut auf.

»Pssst, leise«, mahnte die Männerstimme mit amüsiertem

Unterton. Verflixt, was hatte der Fremde vor und wie sollte sie sich verhalten?

Bisher hatte er seinen Arm um ihre Taille gelegt, um sie festzuhalten. Jetzt aber schob er seine Hand unter ihren Rock, arbeitete sich in ihren Slip vor und kraulte mit seinen Fingerspitzen sanft über ihren Venushügel, ihrer empfindsamen Perle ganz nah.

Oh nein! Das geht nun wirklich zu weit. Von einem Wildfremden würde sie sich nicht an ihrer intimsten Stelle begrapschen lassen. Sie wusste ja nicht einmal, wie er aussah, ob er ihr Typ war, ob sie ihn überhaupt sympathisch fand. Und überhaupt. Obwohl das Timbre seiner Stimme vielsprechend klang und ihr einen wohligen Schauer über den Körper jagte.

Myriam trat mit einem Fuß fest nach hinten aus. Das mühsam unterdrückte Aufstöhnen bestätigte ihr, dass sie ihn getroffen hatte. Seine Hand flutschte wie ein Blitz unter ihrem Rock hervor, in der nächsten Sekunde fand sie sich mit Oberkörper und Gesicht gegen die Wand neben dem Durchgang gepresst wieder. Die geballte Kraft seines Körpers kontrollierte ihre Position und nahm ihr für einen Moment den Atem.

»Wie sieht es aus? Mein Angebot steht. Wäre es dir lieber, auf einen Tisch geschnallt zu werden, die Beine weit gespreizt?«, raunte die Stimme und streifte nun noch heißer ihr Ohr. »Du wirst schreien, wenn wir deinen süßen Hintern mit Paddel und Rohrstock bearbeiten. Aber niemand wird dich hören und dich befreien.« Er lachte leise. »Und wo du doch schon so einladend feucht bist, hast du sicherlich nichts dagegen einzuwenden, wenn der eine oder andere dich anschließend gleich noch besteigt?«

Aus dem Nebenraum waren lustvolle spitze Schreie zu hören. Es würde wohl nicht mehr lange dauern, bis die beiden ihren Höhepunkt erreichten.

Myriam erstarrte. Wo war sie nur hingeraten? Am Ende täuschte der erste Eindruck, und sie war gar nicht auf einer Party, sondern dies war ein Bordell, und Nadine und Sophie waren Huren? Sie fröstelte bei dem Gedanken, in eine Falle gelockt worden zu sein. Wollte man sie zwingen, anschaffen zu gehen?

Als der Mann ihren Rock anhob, mit einer Hand auf ihrem Rücken ihre Position kontrollierte und die andere von hinten zwischen ihre Beine schob, da hielt sie ängstlich den Atem an. Und nun? Ihr Körper sandte verräterische Signale aus. Ihre Schamlippen waren vor Lust geschwollen, kein Wunder bei dem Treiben nebenan. Das bisschen Stoff ihres Slips hatte keine Chance zu trocknen, es war vollkommen durchfeuchtet. In derselben Sekunde machte es *Ratsch* und der Slip gehörte der Vergangenheit an.

Was sollte sie tun, wenn der Kerl sie weiter festhielt und versuchte, sie von hinten zu ficken? Doch zu ihrer Verwunderung wandte er keine Gewalt an. Im Gegenteil, seine Finger gingen sehr behutsam vor, teilten sanft ihre Schamlippen, erkundeten ihre Nässe und verteilten nun den Lustsaft über ihrer Klitoris. Sein Atem ging schneller an ihrem Ohr. Die zarte Berührung ließ Myriam leise aufstöhnen. Seine Hand stimulierte sie dort sehr gekonnt, genau mit dem richtigen Druck, und es nützte nichts, dass ihr Verstand rebellierte und Widerstand gegen diesen unverschämten, intimen Zugriff verlangte. Ihr Körper war ausgehungert nach solch aufregender Lust. Seine andere Hand hatte die knappe Korsage soweit beiseite gedrückt, dass ihr Nippel frei lag. Seine Finger strichen mal liebkosend über ihre pralle Knospe, mal zupfte und zwirbelte er sie, was ein wenig schmerzhaft und dennoch lustvoll war.

Ihre Begierde siegte über Zweifel und Angst. Egal, was der Fremde machte, es bereitete ihr unsägliches Verlangen und sie spreizte ihre Beine, um ihm ihre Bereitschaft zu signalisieren. Warum nachdenken, sie war niemandem verpflichtet. Warum also sollte sie nicht einfach die Gelegenheit nutzen und Spaß haben, und ja – genau das hatte sie in diesem Moment. Was war falsch daran?

Mit leichtem Druck dirigierte der Mann jetzt Myriam ein wenig näher an den Rundbogen, gerade so viel, dass ihr Gesicht den Vorhang berührte und sie wieder zuschauen konnte. Im Augenblick stand Leo hinter Sophie, die immer noch auf dem Bett kniete, öffnete gerade den Reißverschluss seiner Hose und befreite seinen prachtvoll erigierten Penis daraus. Dann beugte sich der Dom zu Sophie herab, und zog an dem Schweif zwischen ihren Pobacken. Ein lautes Stöhnen entwich Sophies Lippen und sie warf den Kopf in den Nacken, als der Plug sich langsam aus ihrem After löste.

Myriam öffnete keuchend den Mund und riss die Augen weiter auf. Dieses schwarze Ding, das Leo nun beiseite legte, erschien ihr riesig. Dieser Plug konnte sich doch unmöglich in Sophies Hinterteil befunden haben? Tat das denn nicht sehr weh? Riss der After unter diesem immensen Druck nicht ein?

Hin- und hergetrieben zwischen ihrer eigenen Stimulation und dem Anblick, sah Myriam nun mit immer schnellerem Herzschlag zu, wie Leo sein Geschlecht in Sophies Vagina einführte und diese von Lust überwältigt den Kopf auf und ab warf. Als könne der Fremde Myriams Gedanken lesen, kicherte er leise, über ihre Schulter hinweg ebenfalls ins Zimmer blickend. Seine warmen Hände hielten begierig ihre Brüste umfangen, die Daumen sanft über ihre Nippel reibend.

»Ja«, stieß Sophie voller Inbrunst hervor. »Ja, nimm mich.«

Oh ja, nimm mich, dachte Myriam.

Leos Stöße waren von Anfang an sehr kraftvoll und schaukelten Sophie, die nun Töne zwischen Quietschen und Stöhnen von sich gab, auf dem Bett vor und zurück.

Verflixt, es sieht fantastisch aus. Nichts davon wirkt erzwungen. Ich beneide sie um dieses Erlebnis.

Sophies Stöhnen gipfelte in einem Aufschrei. Ungehemmt gab sie ihrer Lust nach, warf den Kopf hin und her, presste sich Leos Unterleib entgegen. Der Dom aber zog sich zurück. Sein Schwanz zuckte und Myriam fragte sich, warum er nicht weiter machte, doch da packten seine Hände Sophies Pobacken, zogen sie ein wenig auseinander und er drang in ihren Anus ein.

Ein Stöhnen drückte aus Myriams Kehle nach oben. Ihr Atem wurde schneller. Natürlich hatte sie schon gehört, dass manche

Menschen Analsex liebten. Allerdings befand sich diese Vorliebe jenseits ihrer Vorstellungskraft, und sie hatte noch nie darüber nachgedacht, es selbst auszuprobieren. Es war jedoch weit weniger erschreckend, dem Analsex zuzuschauen, als sie im ersten Moment gemeint hatte.

Ein kurzer Schmerz durchzuckte ihre Brustwarze und strahlte in ihren Busen aus. Als wolle der Fremde ihre Brust melken und ihr Nippel wäre eine Zitze, drückte und zerrte er daran, synchron zu Leos Stößen und ganz im Kontrast zu ihrer Klitoris, die er weiterhin sanft und gefühlvoll stimulierte.

Unfähig die Kontrolle zu übernehmen und sich zu bewegen, überrascht über die eigenen Empfindungen, stellte Myriam fest, dass sie dies alles geradezu unerträglich erregte. Der Saft aus ihrer Vagina kitzelte an der Innenseite ihres Oberschenkels hinab, bis er von den Strümpfen aufgefangen wurde, und das lustvolle Kribbeln in ihrem Bauch war kaum noch zu ertragen. Plötzlich wünschte sie sich sogar, der Fremde würde sie für ihre Neugierde bestrafen, und sie züchtigen. Sie wollte den Schmerz spüren, die Demütigung, das Gefühl der Ohnmacht. Ihr Schoß verlangte pochend nach Befriedigung und ihre Brüste fühlten sich prall und geschwollen an, als wollten sie platzen. Kurzum, ihr Körper stand von oben bis unten in Flammen und begehrte nichts anderes mehr als einen schnellen kompromisslosen Akt der Befriedigung. Obwohl sie noch nie einen One-Night-Stand erlebt hatte, fühlte sie eine geradezu unerträgliche Bereitschaft zum Sex mit diesem Fremden. Ihr Keuchen wurde lauter, nur noch von Sophies Stöhnen übertönt. Mittlerweile war es ihr fast egal, ob die beiden sie hörten.

»Du willst auch einen Orgasmus, du kleines Luder? Den musst du dir erst noch verdienen!«, brummte der Mann nun in ihr Ohr. »So ist das bei uns. Als Sub bekommst du nichts geschenkt. Du musst es dir verdienen. Wir sehen uns wieder und du wirst noch Gelegenheit erhalten, mich um die Gewährung eines Höhepunkts anzuflehen.«

Als der Druck auf ihren Körper nachließ, fühlte Myriam eine abrupte Leere. Genauso plötzlich und leise, wie der Mann hinter ihr aufgetaucht war, verschwand er. Das konnte er doch nicht machen, sie in diesem Zustand höchster Erregung zurücklassen? Und was meinte er damit, sie würden sich wiedersehen und sie würde ihn um einen Höhepunkt anbetteln? Nie. Nie würde sie sich derartig demütigen. Und selbst wenn ihr Leib sich vor Verlangen verzehrte.

Ein letzter sehnsüchtiger Blick in das Zimmer. Leo und Sophie lagen mittlerweile Arm in Arm auf dem Bett, in die Kissen gekuschelt, und küssten sich. Es versetzte Myriam einen Stich, dieses Glück zu sehen.

Selbst schuld, kritisierte eine Stimme in ihrem Kopf. *Falsche Männer,* fauchte eine andere zurück.

Sekundenlang verharrte Myriam, ob der Fremde vielleicht doch zurückkehren würde. Dann schob sie ihre Hand unter den Rock und versuchte sich durch Stimulieren ihrer Perle eigenhändig zum Orgasmus zu bringen. Vergebens. Der Kick des Besonderen war verflogen, mit ihm ihre Erregung und was blieb, war ein seltsames Gefühl der Ernüchterung.

Mist! Wütend und frustriert brachte Myriam ihre Kleidung wieder in Ordnung, und verließ sodann mit etwas steifen Beinen das Zimmer.

»Wo steckst du denn die ganze Zeit, Myriam?«, schimpfte Nadine, als ihre Schulfreundin die Treppe herunter kam, und schrie gegen das laute Wummern der Musik an, die aus dem Wohnzimmer dröhnte. »Ich möchte dir jemanden vorstellen, einen unserer besten Freunde, Ruben Calfucurá.«

Südländischer Einschlag, tief gebräunte Haut, ausdrucksstarke dunkle Augen, verführerisch lange Wimpern, beneidenswert üppige schwarze Locken. Ruben Calfucurá? Das klang alles andere als deutsch, vielleicht ein Spanier?

Der Mann, der die beiden Frauen fast um Haupteslänge überragte, trug eine abgewetzte schwarze Lederjeans, die an den Seiten geschnürt war. Dazu ein schwarzes T-Shirt mit einem ausgewaschenen Aufdruck, darüber eine ebenfalls nicht mehr junge Lederweste mit Fransen. Die abgetragenen Bikerboots waren zwar sauber, hatten aber ansonsten ihre besten Zeiten längst hinter sich. Das Leder war rissig und abgestoßen. Entweder, der Kerl war arm wie eine Kirchenmaus, oder vollkommen geizig. Beides wäre ein Hinderungsgrund, sich näher mit ihm zu beschäftigen.

In Ergänzung dieses ersten Eindrucks stellte Myriam bei weiterer nüchterner Betrachtung fest, dass der Kerl sowieso ganz und gar nicht ihr Typ war. Die Oberarme zu muskulös, der Blick zu arrogant, der Gesamteindruck zu wild. Seine langen Locken hingen ihm wirr zerzaust ins Gesicht. Der Schnurrbart war zwar sorgfältig auf eine schmale Linie gestutzt, aber Myriam stand prinzipiell nicht auf Bartträger, egal welcher Ausführung. Und von diesem durchdringenden Blick würde sie sich auf keinen Fall beeindrucken lassen. Hielt er sich etwa für was Besonderes?

Was Myriam aber vollends abtörnte, waren die schwarzen Tattoos, die sich von den T-Shirt-Ärmeln über beide Unterarme bis zu den Handgelenken erstreckten. Sie gab sich keine Mühe zu erkennen, was darauf dargestellt war. Für sie als Kosmetikerin waren die eingebrachten Farbpigmente das Schlimmste, was man der Haut antun konnte. Ein Akt sinnloser Zerstörung, denn makellose, pure Haut war für sie ein kostbares Gut. Viele ihrer Kundinnen hatten dieses Glück nicht, sondern benötigten ihre kosmetische Beratung und Hilfe, um Hautunreinheiten oder sogar Narben gekonnt zu vertuschen.

»Hallo Ruben, wie geht's?«, fragte sie daher aus reiner Höflichkeit. Ihr Tonfall war schnippischer, als sie beabsichtigte. Abneigung konnte sie nur selten verbergen.

Ihr Gegenüber beugte sich ein wenig zu ihr herunter und nahm ihre Hand zur Begrüßung. Ehe sie begriff, hauchte er ihr links und rechts einen Begrüßungskuss auf die Wangen und sagte mit tiefer, sonorer Stimme: »Es wird mir ein Vergnügen sein, dich näher kennenzulernen. Wie war doch gleich dein Name? Myriam?« In seinen Mundwinkeln zeigten sich kleine Grübchen, als er zurückwich.

Ein eisiger Schauer raste ihren Rücken herunter. Verdammt,

sie war doch sonst nicht so leicht aus der Fassung zu bringen! Bestimmt lag das nur daran, dass ihr Körper noch mit der unbefriedigten Erregung kämpfte. Obwohl er diesmal nicht flüsterte, erkannte sie seine Stimme sofort. Ruben war jener Fremde, der sie noch vor wenigen Minuten so ungeniert begrapscht hatte.

Unter seinem amüsierten Blick stieg ihr die Hitze ins Gesicht.

»Ganz meinerseits«, stieß sie mit unterdrückter Wut hervor. Am liebsten hätte sie ihn beschimpft, was für ein unverschämter Kerl er sei, und dass er sie in Ruhe lassen und sich zum Teufel scheren solle. Aber es lag nicht in ihrem Interesse, Nadine oder die anderen darauf aufmerksam zu machen, was vor kurzem ein Stockwerk höher geschehen war. »Und, bist du auch einer von diesen Doms?«

Ganz bewusst legte sie eine verächtliche Betonung auf das Wort *Dom*. Es war zwar nicht so, dass sie prinzipiell ein Vorurteil gegen diese Männer und Frauen hegte. Was sich zwischen Leo und Sophie abgespielt hatte, war immerhin ziemlich prickelnd gewesen. Aber dieser Typ hatte sie einfach wie ein Lustobjekt behandelt und darüberhinaus auch noch bedroht. *Ach, und überhaupt.*

»Natürlich bin ich auch ein Dom, meine Liebe. Sonst wäre ich ja heute Abend nicht hier, auf dieser Party«, erwiderte er souverän. Es war ihm nicht anzumerken, was er von ihrer Provokation hielt.

»Aha.« Myriam schaute gelangweilt um sich. »Und, wo ist deine Sub? Willst du sie mir nicht vorstellen?«

Statt zu antworten lächelte er nur, als hätte sie etwas Dummes gefragt.

»Ruben ist zur Zeit solo«, erklärte Nadine eifrig, nervös zwischen den beiden hin- und herschauend. Die angespannte Stimmung schien sie zu beunruhigen. Wenn Nadine wüsste, was sich oben abgespielt hatte …

»So ist es. Aber ich mache mir da keine Sorgen. Die Richtige wird mir schon noch begegnen.«

»Hm, und – wie soll sie aussehen, deine Favoritin?« *Verdammt, warum frage ich das? Ist mir doch egal, was für einen Typ Frau er bevorzugt!*

»Oh, da bin ich ganz flexibel«, erwiderte er grinsend. »Ich finde, man sollte offen sein für alles und sich nicht zu sehr festlegen. Und du, Myriam? Bist du auch alleine da?«

»Ja, Myriams Freund ist gerade auf längerer Auslandsreise«, erwiderte Nadine, ehe Myriam dazu kam selbst zu antworten.

»So so, also auf Auslandsreise«, wiederholte Ruben und warf erst Nadine, dann Myriam einen Blick zu, der alles Mögliche bedeuten konnte.

»Ähm, ja, ich lass euch beide mal allein. Ich muss mal – äh – nach Laurin schaun. Bis später.« Mehr oder weniger fluchtartig eilte Nadine davon.

Myriam hielt dem unverschämt direkten Blick von Rubens dunkelbraunen Augen stand. Sie fühlte sich fast nackt, so wie er sie musterte. »Machst du das immer, fremde Frauen überfallen, wenn du notgeil bist?«, zischte sie verärgert.

Ruben jedoch lachte und packte Myriam am Arm. »Fragt sich, auf wen dies mehr zutrifft. Wäre ich notgeil, hätte ich nicht gezögert, dich an Ort und Stelle zu vögeln. Komm, wir gehen was trinken und begraben unser Kriegsbeil. Es ist ja nichts passiert und du kannst wohl kaum behaupten, dass es dir nicht auch gefallen hat.«

Unwirsch entzog sie ihm ihren Arm. »Ich habe keine Lust, mit dir was zu trinken.«

»Oh, du wirst mich schon noch mögen, wenn du mich erst näher kennengelernt hast.«

Wenn er sich da mal nicht irrte.

Ruben machte eine elegante Handbewegung und Verbeugung, die einem Musketier vortrefflich gestanden hätte, in dieser Situation und angesichts seiner abgewetzten Kleidung aber ziemlich albern wirkte. »Bitte, darf ich dich jetzt zu einem Drink einladen, Senorita?«

Wenn's sein muss. Es ist leider gerade niemand anderer da, mit dem ich mich unterhalten könnte. Im Augenblick nahm niemand Notiz von ihr. Alle waren wohl ausreichend beschäftigt.

»Von mir aus.«

Vermutlich wäre es intelligenter, nach Hause zu gehen. Es war ein Fehler gewesen, überhaupt hierher zu kommen. Andererseits war es nicht ihr Ding, die Flucht zu ergreifen. Vielleicht würde ein Gespräch mit Ruben wenigstens ihre restliche Neugierde befriedigen. Über sie herfallen würde er wohl kaum. Die Gelegenheit dazu hatte er ungenutzt verstreichen lassen.

»Komm in die Küche, da ist es nicht ganz so laut.«

Offensichtlich hatten sich alle ins Wohnzimmer oder auf die Terrasse begeben – oder sich einen stillen Ort für ungestörten Sex gesucht. In der Küche, die eher einer Bar glich, trafen sie niemanden an. Kein Wunder, war doch eine weitere Bar auf dem Sideboard im Wohnzimmer aufgebaut. Nadine und Laurin hatten wohl vorgesorgt und in der Küche weitere Getränke bereit gestellt. Vor den kleinen, höher als üblich eingesetzten Fenstern befand sich ein Tresen mit Barhockern. Säuberlich aufgereiht warteten Gläser und unzählige Flaschen darauf, dass man sich gleich hier ihrer bediente.

»Was möchtest du trinken?«

»Etwas nicht Alkoholisches«, bestimmte Myriam. Sie brauchte einen klaren Kopf in seiner Gegenwart, damit er sie nicht auf irgendeine Weise überrumpelte. Denn obwohl sie ihn verabscheute, strahlte er etwas aus, was sie verwirrte, ohne dass sie hätte bestimmen können, was genau dies war. Es genügte jedenfalls, um ihren Puls ein wenig schneller schlagen zu lassen.

»Sicher? Kein Cocktail oder Wein?«

»Ja danke, sonst würde ich es wohl nicht sagen«, erwiderte sie ungeduldig und sah ihm zu, wie er zwei Cocktailglas mit Eiswürfeln und eines davon mit Orangensaft füllte, sich selbst jedoch einen Whiskey einschenkte.

Er reichte ihr das Glas, und ehe sie sich versah, hatte er seinen Arm um ihren geschlungen, um mit ihr Brüderschaft zu trinken und sie zu küssen. Seine Lippen waren weich und warm, sein Bart kaum zu spüren. Der Kuss währte nur kurz, genügte aber, um die kaum erlöschte Flamme in ihrem Unterleib von Neuem zu entfachen. *Verflixt, was ist denn mit mir los? Ich hasse ihn!*

»Na, bist du noch sauer auf mich?« Er schaute sie an, ohne einen Millimeter von ihr abzurücken. Der Hauch eines herben After Shaves kitzelte ihre Nase.

Myriam nippte an ihrem Glas. »Ich hasse dich.«

Seine Augen waren sehr ausdrucksvoll, gerade aus der Nähe betrachtet, und von einer unspezifischen Farbe, dunkelbraun, mit goldenen und grünen Sprenkeln. Vielleicht wurde dieser Eindruck aber auch nur von der indirekten Deckenbeleuchtung über den Hängeschränken hervorgerufen. Um die langen dichten Wimpern würde ihn bestimmt jede ihrer Kundinnen beneiden.

»Ach komm schon, es hat dir gefallen.« Ruben löste sich von ihr und trat einen Schritt zurück. »Du wärst doch nicht alleine auf dieser Party, wenn du nicht bereit für ein Abenteuer wärst.«

»Falsch. Ganz falsch. Nadine hat mich eingeladen, damit ich nicht alleine zuhause rumhocke, das ist alles«, fauchte Myriam.

»Ach ja richtig, dein Freund ist ja auf Auslandsreise«, spottete Ruben und trat wieder näher an sie heran. »Ist er dein Dom?«

Für einen Augenblick zögerte Myriam. Er musste annehmen, dass sie ebenfalls zur Szene gehörte, sonst hätte Nadine sie nicht eingeladen.

»Sag nichts, Kitty Cat. Du hast gar keinen Freund.« Seine Hand streichelte ihr über die Wange, fuhr die Kontur ihrer Lippen nach, Kinn und Hals hinab, zog Kreise auf ihrem Dekollete, und stoppte erst am Ansatz der Korsage, knapp über ihrer Brustwarze. Seine Berührung war zärtlich und weckte in Myriam das Verlangen nach mehr. Würde er so frech werden, wie vorhin? »Du bist hungrig nach Berührung, und du würdest eine hübsche Sub abgeben, wenn ich dir alles Nötige beigebracht habe.« Seine Stimme hatte ein weiches, fast schmeichelndes Timbre angenommen. Sie musste aufpassen, dass er ihr damit nicht die Sinne verdrehte. »Die nötigen Regeln, wie Gehorsam, Demut, und Lust am Schmerz.«

Falls er tatsächlich ein Auge auf sie geworfen hatte und glaubte, sie würde sich ihm bereitwillig hingeben, so irrte er sich. Sie mochte nach sexueller Erfüllung lechzen, aber nicht um jeden Preis, und sie würde gewiss nicht seine Lustgespielin werden und schon gar nicht nach seiner Pfeife tanzen.

»Vergiss es.« Myriam stieß ihn von sich. »Such dir ein anderes Opfer.«

»Hast du etwa Angst, dich deinen Begierden zu stellen?«

Myriam lachte laut auf. »Nein, gewiss nicht. Aber A) bist du nicht mein Typ. Und B) denke ich nicht daran, mich irgendeinem Mann unterzuordnen. Die Zeit der Sklavenhaltung gehört zum Glück in die Rubrik Geschichte.«

»Warum bist du hier, wenn du dich nicht vergnügen willst?«, fragte Ruben gelassen und schaute sie über den Rand seines Glases an, während er trank. Konnte man den Typen denn mit Nichts provozieren?

»Das hab ich dir doch schon gesagt. Damit ich mich nicht zu Hause langweile. Und aus alter Freundschaft, das ist alles.«

Ruben drehte das Glas in seiner Hand, nahm einen weiteren Schluck, als wolle er Zeit gewinnen und nachdenken. »Du bist neugierig, hm? Du wolltest mal sehen, was auf so einer BDSM-Party los ist. Und? Genügt dir schon, was du hier gesehen hast? Du hast noch nicht einmal an der Oberfläche gekratzt.«

»Ach ja?« Es war wohl besser den Mund zu halten. Wenn sie jetzt zuviel sagte, hätte er die Bestätigung, dass sie wirklich keine Ahnung hatte.

Rubens Miene wurde plötzlich ernst. »Leo hat seine Sub ein bisschen gezüchtigt und dann gevögelt, na und? Glaub mir, das ist noch gar nichts.«

Wieso sagte er das? Glaubte er, das hätte ihr Angst eingejagt?

Er leerte sein Glas und stellte es auf dem Thresen ab. »Wenn du wirklich wissen willst, was BDSM bedeutet, lass es mich wissen. Dann zeig ich's dir.«

Ohne sie eines weiteren Blickes zu würdigen, ging er hinaus.

Zwiespältige Gedanken

Seit einer Viertelstunde surrte die Nadel der Maschine gleichmäßig über den Unterarm des Mannes, der es sich auf dem Behandlungsstuhl bequem gemacht hatte. Ungeachtet der jahrelangen Routine erforderte diese Arbeit stets vollste Konzentration. Jeder Fehler war in Rubens Augen unverzeihlich, auch wenn sich kleine Patzer in der Regel geschickt kaschieren ließen. Sein persönlicher Stil ließ solche Retuschen zu, sein Stolz hingegen nicht. Jedes Bild sollte ein vom ersten bis zum letzten Stich gelungenes Kunstwerk sein, einzigartig und überzeugend in seiner Perfektion.

Es war schon eine Weile her, dass es Ruben so schwer gefallen war, gedanklich ganz und gar bei der Arbeit zu sein. Seine Motive und sein Stil, eine besondere Mischung aus Jugendstilformen und Realismus, fanden mittlerweile viele Liebhaber. Feine Schattierungen in der Ausführung, rabenschwarze Konturen mit Teilfüllungen in Gelb und Rot. Nachahmer gab es, aber keiner erreichte Rubens hohes Niveau.

Der Anfang war erwartungsgemäß schwer gewesen. Um seinen Traum zu finanzieren hatte Ruben einen Teilzeitjob bei der Post angenommen, bis er sich einen Namen in der Tattooszene erarbeitet hatte. Mittlerweile hatte sich die unnachahmliche Qualität seiner Tattoos weit über die Grenzen der Stadt herumgesprochen und seine Kunden kamen von weit her und aus allen Alters- und Gesellschaftsschichten. Sein Terminkalender war auf Monate im Voraus gefüllt und Ruben war nach Jahren mit Geldsorgen endlich in der Lage, von den Einnahmen sorgenfrei leben. Nur sein Privatleben war in letzter Zeit ein wenig zu kurz gekommen, das sollte sich allmählich wieder ändern.

Spanische Gitarrenmusik klang aus den Lautsprechern. Für gewöhnlich bevorzugte Ruben guten alten Rock'n'Roll, die Musik der 50er und 60er Jahre des vergangenen Jahrhunderts. Es beflügelte ihn bei der Arbeit und sorgte für ausreichende Ablenkung der Kunden, denn Ruben unterhielt sich nicht gerne, während er ein Tattoo stach.

Heute aber war alles anders. Ihm war weder nach swingendem Boogie Woogie oder vergoldeten Oldies zumute oder nach Hard Rock. Ihm war einfach so eigenartig zumute. Dazu passte nur der einzigartige Klang spanischer Gitarren, mit einem Hauch von Flamenco und Stierkampf. Eben etwas Außergewöhnliches mit Rasse.

Als Ruben kurz entschlossen Myriam in der Küche stehen gelassen hatte, war er fest davon überzeugt gewesen, sie würde ihm bald nachfolgen. Neugierde und die Röte der Erregung, die ihr ins Gesicht geschrieben stand, würden dafür sorgen. Offensichtlich hatte er sich geirrt.

Es dauerte eine ganze Weile, bis sie im Wohnzimmer auftauchte und – ihn ignorierend – eine Unterhaltung mit einem Pärchen anfing. Er gab es ja nur ungern zu, dass ihn das ziemlich wurmte, aber es war so. Und das ganz Dumme daran war, dass sie ihm seither nicht mehr aus dem Kopf ging, und das ärgerte ihn besonders. Dass sie ihm unverblümt entgegen geschleudert hatte, er wäre nicht ihr Typ, war nicht weiter tragisch. Es gab kaum etwas, was an seinem Ego kratzte. Wenn ihn jemand nicht leiden konnte, dann war das halt so. Er musste sich nicht mit jedem busseln. Häufig war der Auslöser für die Antipathie, die sein Gegenüber empfand, dass sich konservative Leute an seinen Tätowierungen störten, obwohl dies in der heutigen Zeit nun wirklich nichts Ungewöhnliches mehr war. Aber dass Myriam nicht ehrlich war, konnte er schlecht akzeptieren. Damit hatte er schon sein Leben lang ein Problem. Vielleicht, weil er schon zu oft belogen worden war.

Verdammt! Der Strich wäre beinahe daneben gegangen!

Er sollte sich das nicht so zu Herzen nehmen. Das Desinteresse an seiner Person müsste doch eigentlich auf Gegenseitigkeit fußen. Denn im Grunde genommen machte er sich nichts aus Frauen, die keine Ahnung von SM hatten. Es war wesentlich einfacher mit einer Frau zu spielen und Spaß zu haben, die das schon ausprobiert hatte und wusste, worauf sie sich einließ. Irgendetwas an Myriams Art reizte ihn jedoch und bescherte ihm eine lästige Unruhe. Bestimmt wäre sie eine sehr ungehorsame Sklavin, wenn sie sich auf ein Spiel mit ihm einließe. Gepaart mit ihrem Sexappeal war dies eine hochbrisante Mischung, die den gewissen Kick versprach, der ihm Spaß machte.

Ging ihm die kleine Voyeurin vielleicht auch einfach deswegen nicht aus dem Kopf, weil sie so eindeutig feuchte Lust ausgestrahlt hatte, bevor sie erfuhr, wer er war? Wäre sie blind und hätte sie nur seine Hände und seine Stimme kennengelernt, wäre ihre Entscheidung dann anders ausgefallen?

Also traf diese Zurückweisung doch sein Ego, auch wenn er dies ungern zugab. *Shit!*

Ursprünglich hatte Ruben gar nicht vorgehabt, die Party von Nadine und Laurin zu besuchen. Seit er wieder solo war, ging er fast nur noch in die SM-Clubs aus, in denen man sich auch als Single vergnügen konnte. Meistens fand sich eine gleichgesinnte Single-Frau, die Interesse an einem Spiel für eine Nacht hatte. Es war aber nicht das, was er suchte. Nur wenn man sich länger kannte, die Wünsche und Begierden des anderen vertrauensvoll auslotete, konnte ein solches Spiel für beide erfüllend sein. Es war eben mehr als nur Sex.

Dann aber hatte Laurin ihn angerufen und um einen Gefallen gebeten. Ruben sollte sich auf der Party um Nadines ehemalige Schulkameradin kümmern und darauf achten, dass ihre Anwesenheit nicht zum Problem würde. Laurin erzählte ihm wie es zu dieser Einladung gekommen war und Ruben verstand die Brisanz der Lage und fühlte sich als Freund verpflichtet, ihm zu helfen.

Er war nicht rechtzeitig aus dem Geschäft weggekommen und hatte sich daher etwas verspätet. So war Myriam bereits allen vorgestellt worden. Es war nicht schwer herauszufinden, welche Frau sein Ziel war, denn die anderen kannte er. Unbemerkt von Myriam gesellte er sich unter die Gäste und beobachtete sie schließlich dabei, wie sie die Treppe hinauf ging.

Als er ihr folgte und sie von hinten umarmte, hatte er keinen besonderen Plan gehabt. Eigentlich wollte er sie lediglich auf den Flur hinaus ziehen und so dafür sorgen, dass die Intimsphäre von Sophie und Leo nicht gestört wurde. Es war durchaus üblich, dass Paare sich vorübergehend in eines der Zimmer des Gastgebers zurückzogen, um sich einem intimen Spiel zu widmen. Falls Zuschauer erwünscht waren, vollzog man dies sogar inmitten der anderen, was wiederum das eine oder andere Paar anregte, es gleich zu tun.

Die Idee, Myriam eine kleine Lektion zu erteilen, entwickelte sich spontan. Ob sie ihm die Drohung abgekauft hatte, dass die Männer samt und sonders über sie herfallen würden? Ruben musste rückblickend lachen. Es gab wohl ein paar unter den Anwesenden, die auf Gruppensex standen oder in Swingerclubs gingen. Aber dies war die Ausnahme, und gewaltsame Übergriffe Frauen gegenüber gab es sowieso nicht. Im Gegenteil. Sie waren alle ehrenhaft und würden jeden verprügeln, der dies wagte. Schmerz durfte nur dem Spiel mit der Lust dienen, mehr nicht. Und jegliche Unterdrückung war ein Bestandteil, der von der submissiven Person freiwillig hingenommen wurde. Na ja, meistens jedenfalls, dachte er grinsend.

Für Ruben war es eine Überraschung, dass Myriam innerhalb weniger Minuten in Flammen stand. Nach Laurins Beschreibung hatte er dies nicht erwartet. Möglicherweise war sie ein Naturtalent und für diese Art Spiel wie geschaffen. Es würde sich zeigen, denn – was sie in diesem Augenblick nicht ahnte – der Höhepunkt des Abends lag noch vor ihr …

Quälende Nächte

Die Tage und Nächte nach dieser Party entwickelten sich zu einem einzigen Alptraum. Ständig geisterten Bilder von dem, was Myriam gesehen und erlebt hatte, durch ihren Kopf. Nur unter großer Anstrengung gelang es ihr, sich auf ihre Arbeit zu konzentrieren, freundlich mit den Kunden zu plaudern und nicht mit den Gedanken abzuschweifen.

Intensivreinigung, Pflegelotion in die Haut klopfen, Härchen zupfen, Makeup auftragen, spezielle Hautprobleme besprechen und die beste Lösung herausfinden – das war ihre Welt. Ganz bewusst hatte sie sich für diesen Beruf entschieden und freute sich jeden Morgen darauf, dieser Aufgabe nachzugehen. Es spielte keine Rolle, ob sich jemand einfach den Genuss einer Hautpflege und Gesichtsmassage gönnte, oder ernsthafte Akneprobleme hatte und fachliche Hilfe benötigte. Myriam ging vollkommen in ihrer Arbeit auf.

Normalerweise.

Im Augenblick war ihr seelisches Gleichgewicht aus der Bahn geworfen, mehr als ihr lieb war. Und so kehrten ihre Gedanken immer wieder zu ihren Erlebnissen auf der Party zurück.

Nachdem Ruben sie in der Küche stehen gelassen hatte, hatte sie zunächst angenommen, er würde noch einmal zurückkommen. Als sie nach einigen Minuten einsehen musste, dass dies nicht geschehen würde, war sie ins Wohnzimmer gegangen und hatte mal mit diesen, mal mit jenen Gästen geplaudert. Es war eine völlig entspannte Atmosphäre, sie hatte nicht das Gefühl, irgendjemandem lästig zu sein. Dennoch hatte sie sich nicht wohlgefühlt. Es kam ihr vor, als würde nach Regeln agiert, die allen bekannt waren, nur ihr nicht. Wie programmierte Marionetten lasen die Subs ihren Gebietern jeden Wunsch von den Augen ab, knieten demütig vor ihnen nieder, während die Herren und Herrinnen sich unterhielten und lachten, bedienten diese mit Getränken und Canapees, wurden zum Dank wie Hunde getätschelt oder erhielten Klapse auf den Po.

Es war amüsant zuzuschauen. Myriam kam das Ganze vor wie ein gut inszeniertes Theaterspiel. Mitten drin und doch nicht dabei. So wie Zuschauer eben nur Zuschauer sind und keine Schauspieler, so fühlte auch sie sich ein wenig von dieser Handlung ausgeschlossen.

»Hi, ich bin Dennis. Du bist neu hier, nicht wahr?«, fragte ein Sklave, der mit nichts weiter als einem knappen String aus schwarzem Latex bekleidet war, der lediglich Penis und Hoden bedeckte und zugleich betonte. Das einzig Sehenswerte an ihm allerdings war der knackige Po, ansonsten war der junge Mann für Myriams Geschmack zu mager. Sie erinnerte sich nicht, ihm schon vorgestellt worden zu sein.

»Hi, ich bin Myriam.«

»Wo ist dein Herr?«

Sie winkte ab und starrte auf seine Brustwarzen, durch die kleine silberne Ringe gezogen waren, mit einem Kettchen verbunden. »Ich bin alleine hier.«

»Ach.« Verblüfft zog er die Augenbrauen hoch. »Normalerweise sind nur Pärchen eingeladen. Einen neuen Dom wirst du hier also nicht finden.«

Sie schüttelte den Kopf. »Das macht nichts. Deswegen bin ich nicht hier. Ich bin eine alte Schulfreundin von Nadine. Wir haben uns neulich zufällig wiedergetroffen.«

»Ah so.« Dennis wirkte nicht überzeugt.

»Und, wer ist deine Herrin?«

Dennis schmunzelte. »Keine Herrin.« Er deutete mit dem Zeigefinger auf einen Mann, der nur wenig größer oder kräftiger als er selbst war, dafür aber um einiges älter. Mit einem freundlichen Lächeln nickte der Dom zu ihnen herüber, ohne die Unterhaltung zu unterbrechen, die er mit einem anderen Mann führte.

»Aha. Und wie ist das so, einem Herrn zu dienen?«

»Wunderbar. Es gibt nichts Schöneres, als zu jemandem zu gehören.«

»Hm, ich will ja nicht zu neugierig sein«, Myriam musterte ihr Gegenüber von oben bis unten. »Aber ist es bei euch so, dass dein Dom über dich bestimmt? Du läufst doch nicht freiwillig fast nackt herum, oder?«

Dennis lachte. »Du gehörst gar nicht zur Szene, stimmt's?«

Ihr Nicken schien ihm zu genügen. Der Sub würde hoffentlich keine große Nummer daraus machen, dass sie nur ihre Neugierde befriedigte.

»Für Außenstehende ist das meistens schwer nachvollziehbar. Aber ich kann mir nichts anderes mehr vorstellen. Julius ist ein guter Dom. Wir können uns beide absolut aufeinander verlassen.«

Das klang gut.

»Das ist schön. Er ist also deine große Liebe?«

Eine Antwort war nicht nötig. Der schmachtende Blick, mit dem Dennis nun zu seinem Herrn hinüber sah, sagte alles.

»Ich verstehe. Wie lange seid ihr denn schon zusammen?«

»Drei Jahre und fünf Monate.« Stolz und Glück schwang in der Stimme des Sklaven mit.

Beneidenswert. Keine ihrer Liebschaften hatte bis jetzt solange überlebt. Den Schmetterlingen im Bauch folgten entweder gähnende Langeweile oder stetiger Streit. Geborgen und sicher hatte sie sich bisher bei niemandem gefühlt. War es möglich, dass es dies ausgerechnet in solch merkwürdigen Beziehungen gab?

»Und es macht dir wirklich nichts aus, dich unterzuordnen?«

»Nein.«

Länger hielt sie diesen verklärten Blick nicht aus. »Dann noch viel Spaß. Vielleicht sehn wir uns nochmal.«

»Ja, bestimmt.«

Dennis wurde von seinem Herrn mit einem langen Kuss empfangen. Eine Weile beobachtete Myriam die beiden. Liebevoll streichelte Julius seinem Sklaven, der nun neben ihm auf die Knie gegangen war, über den Kopf. *Er behandelt ihn wie einen Hund,* dachte Myriam missbilligend. Was soll daran denn bitte toll sein? Das Ganze fing an sie zu langweilen.

Wo war Nadine? Vergebens hielt sie Ausschau nach ihr. Na gut, dann würde sie eben gehen, ohne sich zu verabschieden.

»Warte, du verpasst den Höhepunkt des Abends, wenn du jetzt gehst.« Ruben stand auf einmal neben ihr, als sie an der Garderobe nach ihrem Sommermantel suchte.

»Ach ja? Und was soll das sein? Das Servieren einer Eisbombe?«

Seine Miene erfror. »Du hast nichts begriffen. Vielleicht ist es wirklich besser, wenn du gehst. Du gehörst nicht hierher. Ciao. Komm gut nach Hause.«

»Okay. Tut mir leid, war nichts so gemeint. Ich schau mir dein großartiges Ereignis gerne noch an.«

Zu ihrer Verwunderung bot er ihr jetzt wie ein Gentleman seinen Arm an. »Gut, ich wusste doch, dass du nicht kneifst. Komm mit.«

Am Kellerabgang warteten schon einige Paare und sie stellten sich hinten an, bis sie an der Reihe waren. Myriam verkniff sich die Frage, was dort unten geschehen würde. In wenigen Minuten würde sie es ohnehin erfahren.

Die Treppe war zu schmal, um nebeneinander zu gehen, für eine Kellertreppe jedoch sehr gut gepflegt. Matt-schwarze Fliesen, rot gestrichene Wände, ein chromblitzender Handlauf, eine Lichterkette.

Unten angekommen griff Ruben nach Myriams Hand und bahnte sich einen Weg durch die Menge. Der Raum, den sie betraten, war ähnlich groß wie das Wohnzimmer. Die Wände waren wie an der Treppe Rot gestrichen, der Himmel mit schwarzen Paneelen abgehängt, aus denen unzählige kleiner Lichter in der Formation bekannter Sternbilder strahlten. Abgesehen davon leuchteten einige moderne Stehlampen mit mattierten Glasschirmen den Raum auf angenehme Helligkeit aus.

Myriam blieb keine Zeit, den exklusiven Sternenhimmel und die verglichen damit spartanische Einrichtung des Raumes genauer zu studieren, denn Ruben schob sie vor sich her, in den inneren Kreis der Gäste, so dass sie beide in erster Reihe standen. Jetzt erst wurde sie gewahr, dass niemand ein Wort sprach. Die Aufmerksamkeit aller konzentrierte sich auf das, was gleich geschehen würde. Nur das Rascheln aneinander reibender Stoffe und das leise Knarren von Leder waren zu hören. Schritte wurden von der schwarz-violett-melierten Auslegeware geschluckt.

Sobald alle einen Platz gefunden hatten, war es so leise, dass Myriam fast ihren eigenen Atem hörte. Ihre Anspannung stieg von Minute zu Minute, denn was sie sah, machte ihr sofort klar, dass etwas Spezielles geplant war.

In ihrer Mitte befand sich ein Gestell aus massiven, im Boden fest verankerten Metallstützen. Von der Querstange, die die beiden Pfosten knapp unter der Decke verbanden, hingen zwei starke Ketten herab. Mehrere Metallösen an den Stützen boten die Möglichkeit, dort etwas – oder besser jemanden – anzubinden, so wie im Augenblick Nadine. Splitternackt, mit verbundenen Augen und ledernen Fesseln an den Handgelenken.

Wie lange sie wohl schon wartet?, überlegte Myriam. *Und auf was? Kein Wunder, dass ich sie nirgends finden konnte.*

Auch wenn ihr Verstand widersprach, musste sie sich eingestehen, dass der Anblick dieser nackten, gefesselten, hilflosen Frau durchaus auch Sinnlichkeit ausstrahlte. Die nach hinten gestreckten Arme hoben ihre Brüste besonders reizvoll hervor.

Laurin bahnte sich seinen Weg durch die Menge und schaute einmal kurz rundum, bis er Myriam entdeckte. Bildete sie sich das ein, oder verharrte sein Blick besonders lange auf ihr? Seine Lippen waren zu einem spöttischen Lächeln verzogen. Abrupt drehte er sich um und zog Nadine das Tuch von den Augen.

»Du weißt, warum wir uns hier versammelt haben?«

»Ja, Meister.« In Nadines Stimme lag ein Zittern.

»Erzähl allen, welche Schuld du auf dich geladen hast – Sklavin.«

Die deutliche Betonung ging Myriam durch und durch. *Sklavin.* Bitterkeit stieg in ihr auf. Gewiss, soviel hatte sie gelesen, dass die Subs auch gerne als Sklaven bezeichnet wurden und vielleicht sollte sie dies nicht überbewerten. Aber dieser Begriff hatte einen geschichtlich bedingt negativen Beigeschmack, der ihr missfiel.

Nadine schluckte sichtlich, als sie Myriam entdeckte, die ihr genau gegenüber stand, und schaute schnell zu Boden. »Ich bekenne mich schuldig. Ich habe für heute Abend einen Gast eingeladen, ohne zuvor meinen Herrn um Erlaubnis zu fragen, ob dies okay ist.«

»Aha. Und warum ist dieses Vergehen besonders schlimm? Sind wir denn nicht offen für neue Freunde?« Laurins Stimme hatte eine für Myriam überraschende Schärfe angenommen.

»Sie gehört nicht zu uns. Sie ist keine Domina und sie ist auch keine Sub. Und ich glaube, sie will das auch gar nicht. Ich – hab sie einfach eingeladen, ohne nachzudenken, nur weil wir uns von früher kennen.«

Allgemeines Tuscheln setzte ein, ohne dass einzelne Worte zu verstehen waren, und Myriam war klar, dass jeder hier wusste, dass sie gemeint war. Alle waren also eingeweiht gewesen, auch Ruben, und dieser hatte sie eben deshalb an diesen Platz, genau gegenüber von Nadine geführt.

Trotzig schob sie ihre Unterlippe vor und drückte ihr Kreuz mehr durch. Was gingen sie diese merkwürdigen bescheuerten Regeln an? Es war nicht ihre Schuld, wenn Nadine einen Fehler begangen hatte und dafür bezahlen würde. Auch wenn dieser Gedanke als solches absurd war. Und überhaupt, was von dem, was hier ablief, war nur inszeniert, nur eine Show, und was war – ihr fehlten dafür die passenden Worte. Instinktiv suchte sie die gegenüberliegende

Wand und die Zimmerecken nach versteckten Kameras ab. *Verstehen Sie Spaß?* Es war aber keine Kamera zu entdecken.

»Ich bitte um eine gerechte Bestrafung, Herr«, sagte Nadine, jetzt mit fester Stimme, wobei sie Laurin anschaute. Konnte es denn sein, dass sie sich das wirklich wünschte oder reagierte sie nur den Spielregeln gemäß?

Ihr Dom nickte zustimmend. Wie hätte er wohl reagiert, wenn Nadine sich störrisch angestellt oder geheult hätte?

Verdammt, interessiert mich das überhaupt? Wer so etwas macht, ist doch nicht ganz sauber im Kopf.

Oh ja, meldete sich eine leise Stimme irgendwo tief in ihrem Kopf, *ich wüsste wirklich zu gerne, was in jedem einzelnen Fall geschehen würde. Und was ist heutzutage schon normal?*

Laurin löste die Fesseln. Auf eine Geste von ihm hob Nadine ihre Arme hoch und stellte sich unter die herabhängenden Ketten. Der Dom verband Fesseln und Ketten über Karabinerhaken und zog anschließend die Ketten stramm, so dass Nadine mit hoch erhobenen Armen zwischen dem Gestell fixiert war.

Wie oft sie das wohl schon gemacht hat? Myriams Herz schlug immer schneller. Was ging hier ab? Auf eine Geste von Laurin spreizte Nadine ihre Beine. Unter ihrem nackten Venushügel waren nun ihre Schamlippen zu sehen.

Wortlos zog Laurin ein sorgfältig zusammengelegtes weißes Stofftaschentuch aus der Hosentasche, presste es Nadine auf den Unterleib und zeigte es dann in die Runde. Nichts war zu sehen. Was wollte er damit demonstrieren?

Du meine Güte, wenn ich mir vorstelle, ich würde dort stehen. Nackt und ausgeliefert. Was würden sie mit mir machen?

Hatte Ruben recht, wenn er ihr mit Konsequenzen für ihren Voyeurismus gedroht hatte? Ein eisiger Schauer raste ihren Rücken hinunter und versteifte ihre Gliedmaßen. Und wenn das nur ein Vorspiel war? Was, wenn man sie anschließend auch an diese Ketten fesseln und bestrafen würde?

Am liebsten hätte Myriam im Moment dieser Erkenntnis kehrt

gemacht und wäre gegangen. Aber dafür war es nun zu spät. Zusammen mit Ruben, der seinen Arm fest um ihre Taille gelegt hatte, stand sie mittendrin. Die Wärme seiner Hand schien sich durch die Korsage in ihre Haut zu brennen und sie wagte kaum noch zu atmen.

»Wie Nadine schon gestanden hat, hat sie gegen meine ausdrückliche Anordnung gehandelt. Wir alle kennen die Spielregeln, und da wir alle von ihrem Fehlverhalten betroffen sind, halte ich eine öffentliche Bestrafung für gerecht.«

Die meisten, auch die Subs, murmelten Zustimmung. Sollte diese Aktion zugleich für jeden Anwesenden eine Warnung sein, Regeln einzuhalten? Wie viele Regeln gab es noch, gegen die man verstoßen konnte, gewollt oder ungewollt? Und wer zum Teufel stellte diese überhaupt auf?

»Ich habe drei Züchtigungsinstrumente herausgesucht, und ich möchte, dass heute die Sklaven die Bestrafung übernehmen.«

Laurins Lächeln hatte etwas Diabolisches. Myriam gewann den Eindruck, dass zumindest die Doms in sein Vorhaben eingeweiht und einverstanden waren. Einige Subs hingegen wirkten wenig begeistert über die ihnen zugedachte Aufgabe.

Wer sich in seiner unterwürfigen Rolle wohlfühlt, hat keine Ambitionen, jemand anderem Schmerz zuzufügen. Er nimmt diesen nur selbst als Teil seiner persönlichen Wolllust an. Herrgottnochmal, jetzt analysiere und denke ich schon, als würde ich dazu gehören. Ich muss vollkommen verrückt sein oder war eine Art Droge in meinem letzten Getränk?

Als wüsste Ruben um ihre zwiespältigen Gedanken, drückte er sie kurz ein wenig fester an sich, und sie ließ es kraftlos geschehen.

Einer der Doms reichte Laurin mehrere Gegenstände, die dieser kurz in die Höhe hielt, damit jeder sehen konnte, welche Instrumente zum Einsatz kommen würden. Dabei wurde Myriam wiederum das Gefühl nicht los, dass dies extra für sie zur Belehrung geschah. Es war die eine Sache, eine solche langschwänzige Peitsche, ein Paddel oder einen Rohrstock auf den Seiten eines Internetshops anzuschauen oder in Videos, von denen man nicht wusste, in wieweit diese gestellt waren. Aber es war eine andere, emotional sehr berührende Sache, diese Gegenstände live zu sehen, nah und einsatzbereit. Der erzeugte Schmerz würde real sein, sehr real. Ihr stockte beinahe der Atem angesichts der Erwartung, dass dies in Kürze geschehen würde.

»Wünschst du dir schon, an ihrer Stelle zu sein?«, hauchte Ruben in Myriams Ohr.

Wollte er ihr Angst machen?

»Wir beginnen mit dem Paddel.« Laurin schaute langsam in die Runde und Myriam versteifte sich automatisch. *Nein, nicht ich.* »Rosie, du bist die erste. Leg los.«

Zögernd nahm Rosie aus seiner Hand das Paddel entgegen. Neben seiner stattlichen Gestalt von rund einem Meter achtzig wirkte sie sehr klein und zierlich. Das schwarz-weiße Dienstmädchenkostüm, bestehend aus einem weißen Häubchen in den Haaren, einer weißen korsagenartig geschnittenen Bluse, die über ihren Brüsten spannte, einem schwarzem Minirock mit Schürzchen, schwarzen Strümpfen und halsbrecherischen Pumps, verstärkte den Eindruck einer zerbrechlichen Porzellanpuppe. Ihre Hand zitterte, als sie ausholte. Es erklang ein leises, kaum hörbares Klatschen.

Nadine lächelte.

Rosie zuckte zusammen und schaute kurz in die Richtung, aus der soeben ein tiefes Räuspern erklang. Ein asketisch gebauter Mann mit silbergrauen Haaren machte eine eindeutige Handbewegung. *Schlag fester zu.* Ihre Wangen röteten sich. Was würde geschehen, wenn sie nicht gehorchte? War ihr dann eine Züchtigung durch ihren Dom gewiss, bei der er sie für das nächste Mal die korrekte Intensität lehren würde?

»Fester. Züchtige sie!«, forderte Laurin. »Wir wollen etwas sehen!«

Während Rosie ein zweites und drittes Mal ausholte, verschwand er zwischen den Zuschauern auf der anderen Seite und brachte zusammen mit einem anderen Dom eine Art Staffelei, auf der ein mannshoher Spiegel befestigt war. Er wurde so aufgestellt, dass Myriam von ihrer Warte aus einen idealen Ausblick auf Nadines Po hatte. Der kurze Augenkontakt zu Laurin bestätigte ihr: ja, alles war auf sie ausgerichtet. *Sie* sollte *alles* sehen. Ihr Atem drohte stillzustehen. Auf was hatte sie sich eingelassen, als sie herkam?

Die Prozedur wiederholte sich. Nacheinander wurden andere Subs aufgerufen, das Paddel zu schwingen, bis alle einmal dran gewesen waren. Myriam wurde noch unwohler, als ihr die zunehmende Rötung auf Nadines Po bewusst wurde. Inzwischen stöhnte ihre Schulfreundin bei jedem Hieb leise auf, und dennoch wirkte sie nicht unglücklich oder verängstigt. Es sah eher so aus – Myriam konnte es kaum fassen – ja, es sah so aus, als befriedige Nadine das, was mit ihr geschah, zutiefst.

Unter Myriams Korsage wurde es heißer und heißer. Mit einem Male bedauerte sie, an dieser Aufgabe nicht teilzuhaben. Zwar konnte sie sich nicht vorstellen, jemanden zu schlagen. Selbst als Kind war es nicht vorgekommen, dass sie sich mit anderen Kindern geprügelt hätte. Ihre Stärke waren eher die Wortgefechte. Darüberhinaus betrachtete sie ihre Beziehung zu Nadine vollkommen emotionslos. Im Grunde genommen waren sie nicht einmal Freundinnen. Weder damals noch heute. Vielleicht wäre es eine ganz interessante Erfahrung festzustellen, wie sie sich als Domina fühlen würde. Möglicherweise lag ihr die andere Seite mehr? Und ein schlechtes Gewissen bräuchte sie dabei auch nicht zu haben, denn immerhin hatte Nadine sich durch eigenes Verschulden in diese missliche Lage manövriert.

Aufmerksam schaute Myriam in die Runde und studierte die Mimik der einzelnen Personen. Den meisten war anzumerken, dass sie vom Zusehen erregt waren. Einige hatten gerötete Wangen, anderen stand Schweiß auf der Stirn oder sie wippten angespannt auf den Füßen. Und sie selbst? Sah man ihr etwa auch an, dass sie diese Vorstellung nicht kalt ließ?

Überall, am ganzen Körper spürte sie eine seltsame Erregung, wie sie eine solche nur selten erlebt hatte. Ihre Brustwarzen waren so hart, dass es sich anfühlte, als wollten sie sich durch die Korsage bohren. Dabei schmerzten sie fast unerträglich. Doch es war ein anderer, ein süßer Schmerz, der nichts mit einer Entzündung oder einer groben Behandlung zu tun hatte. Ihre Nippel schmerzten, weil sie lüstern nach Berührung waren. Diese Erkenntnis machte sie schwindlig.

Zugleich waren ihre Schamlippen in einem See von Lustsaft eingebettet, wenn sie die warme Feuchte ihres Schoßes richtig deutete. Und das ziehende Verlangen in ihrem Unterleib lähmte ihren Verstand. Nur selten hatte sie eine solch drängende Lüsternheit verspürt, ausgefüllt sein zu wollen. Würde Ruben jetzt mit ihr den Raum verlassen, vor der Tür ihren Rock heben und sie hart und schnell nehmen – sie würde sich nicht wehren. Im Gegenteil. Das wie und wo spielte keine Rolle. Das einzige, was zählte, war die Befriedigung ihrer unsäglichen Lust. *Was für frivole Gedanken beschäftigen mich?*

Von ihren Bedürfnissen abgelenkt schreckte sie auf, als Laurin ein weiteres Mal Rosie aufrief und ihr die Peitsche überreichte. Diesmal galt es, damit einen einzigen, dafür wohldosierten Hieb auszuführen. Laurin zelebrierte Nadines Züchtigung, und es dauerte nicht lange, und auf ihrer gut vorgewärmter Haut zeichneten sich rote Striemen unterschiedlichster Schattierungen ab. Von zartrosa bis dunkelrot. Bei jedem neuen Schlag stöhnte sie laut auf und ihr Brustkorb hob und senkte sich schneller. Ihre Augen waren auf den Boden vor ihr gerichtet, Schweißtropfen bildeten sich auf ihrer Stirn. Nur kurz schaute sie auf, suchte den Blickkontakt mit Myriam und ihr keuchender Mund verzog sich zu einem Lächeln.

Diente diese Züchtigung nun der Bestrafung eines Regelverstoßes oder war es vielmehr ein spezieller Genuss für Nadine? Myriam verstand weniger denn je, was hier vor sich ging. Fand das alles wirklich statt? Wären nicht die Striemen auf Nadines Haut, hätte man das Ganze für eine Show halten können, aber so?

Ihr gegenüber stand ein Paar um die Dreißig, das vorübergehend ihre Aufmerksamkeit auf sich lenkte. Die dralle Frau trug ein Mieder, das ihre Taille eng schnürte, ihre kleinen festen Brüste jedoch nicht bedeckte. Ein Paar Netzstrümpfe und schwindellerregende Stilettos vervollständigten ihr Outfit. Das Bemerkenswerteste waren die Brustwarzen, welche von einer hauchdünnen metallenen Stange durchbohrt und verbunden waren, die Brusthöfe von verzierten Metallplättchen bedeckt.

Eigentlich wollte Myriam nicht hinschauen. Es grauste sie dabei, sich vorzustellen, wie eine Nadel … *nein,* sie wollte nicht weiter denken. Nie würde sie verstehen, wie man sich das antun konnte. Ein Piercing durch die Augenbraue oder Lippe, okay, das war notfalls zu vertreten. Aber so sensible Körperteile wie Brustwarzen oder Schamlippen durchstechen? Es schüttelte sie bei diesem Gedanken.

Der Dom, der hinter der Sub stand, hatte seine Arme um sie gelegt und spielte mit den Fingern an ihren Nippeln. Der kirschrote Mund der Sub war leicht geöffnet, ihr Blick seltsam entrückt. Myriam zwang sich, ihre Aufmerksamkeit wieder auf Nadine zu lenken.

Deren Po war mittlerweile knallrot und ihr Stöhnen hatte eine klagende Tonlage angenommen. Nicht jeder Peitschenhieb hatte sein Ziel exakt getroffen. Offenbar war der ungeübte Umgang mit der Peitsche schwieriger als mit dem Paddel. Daher zierten einige Striemen Oberschenkel statt Po.

»So, nun kommen wir zur Krönung.« Laurin zog den Rohrstock aus dem Behälter, bog ihn genussvoll zwischen den Händen, um den Grad seiner Elastizität zu demonstrieren.

»Stell dir vor, du wärst sie«, flüsterte Ruben in Myriams Ohr und zog sie fester an sich. Seine Worte lösten ein süßes Prickeln aus, das ihren Nacken hinab rieselte. Der Duft seines After Shaves stieg ihr in die Nase. Nicht zu herb, nicht zu intensiv, eher der perfekte Ausdruck männlicher Sinnlichkeit.

Ich glaube, ich hab zuviel getrunken. Er ist doch gar nicht mein Typ! Seine Aufdringlichkeit sollte mich abstoßen, aber irgendwie finde ich seine Hand an meiner Taille und seine Nähe im Augenblick sehr angenehm. Und was Nadine betrifft – so kann ich mir nicht vorstellen, mit ihr zu tauschen, und auf diese Weise im Mittelpunkt zu stehen und angestarrt zu sein. Du meine Güte, unvorstellbar. Ich würde vor Scham im Boden versinken.

Diesmal ließ Laurin sich viel Zeit. Er tätschelte mit der Spitze des Stockes über Nadines Po, klopfte leicht gegen die Innenseite ihrer Schenkel. Daraufhin schob sie ihre Beine noch mehr auseinander. Dann holte er aus und schlug zu. Nadine entfuhr ein spitzer Schrei und ein knallroter Striemen zog sich quer über ihren Po.

Nur mühsam unterdrückte Myriam einen eigenen Aufschrei. Ob Ruben ihr nervöses Zucken bemerkt hatte?

Der Rohrstock machte die Runde. Striemen um Striemen zeichneten auf Nadines Po eine Signatur.

Eine eigentümliche Unruhe erfasste Myriam und sie wagte kaum noch zu atmen. Ihr Körper war gespannt wie ein Bogen, und bei jedem neuen Aufschrei von Nadine fühlte sie das Bedürfnis einzuschreiten, um sie zu retten. Jedoch nicht lange, dann versiegte ihr Mitleid. Nadine flehte nicht wie erwartet um Gnade. Zwischen den Schreien wimmerte oder stöhnte sie, und Tränen kullerten über ihre Wangen. Bei jedem Hieb schnellte ihr Kopf zurück und bog sich ihr Rücken mehr durch, nur um anschließend wieder wie erschöpft nachzugeben. Das Unglaubliche dabei war, dass Nadines Gesicht trotz ihrer Tränen glückselig strahlte.

Was war nur los? Myriam erschrak über ihre eigenen Empfindungen. Konnte es sein, dass sie nur noch pures Verlangen verspürte? Ihre Lust war so intensiv, dass sie sich dabei schwach und sonderbar fühlte. Ein Lusttropfen rann kitzelnd die Innenseite ihres linken Oberschenkels herab, bis er von der Borte ihres Spitzenstrumpfes gestoppt wurde. Sie schnappte nach Luft und hatte dennoch das Gefühl, an Atemnot zu ersticken. Jeder, der sie anschaute, musste sehen, wie hektisch sich ihre Brust hob und senkte. Auch Ruben würde ihr Zustand nicht verborgen bleiben.

»Komm Myriam, du bist dran.«

Was, ich? Für einen kurzen Augenblick befürchtete sie, ihr würde

Schwarz vor Augen und sie bräche zusammen. Aber Ruben gab ihr einen kurzen Schubs in den Rücken und die Schwäche verschwand. Es blieb ihr nichts anderes übrig, als in den Kreis zu treten und den Rohrstock entgegen zu nehmen.

»Nicht auf die Nieren schlagen, nur auf Gesäß oder Oberschenkel«, raunte Laurin ihr zu.

Ihre Kehle war wie ausgedörrt und Myriam nickte steif. Unzählige Striemen kennzeichneten bereits Nadines Po. Würde die Ärmste morgen noch sitzen können?

Selbst schuld, wenn sie sich in diese Lage gebracht hat, überlegte Myriam mit einem schadenfrohen Lächeln. Nun, sie würde sich keine Blöße geben. Wenn es die anderen geschafft hatten, gezielt zuzuschlagen, so würde sie das ebenfalls schaffen, und sie würde Nadine nicht schonen.

Zweimal hieb sie durch die Luft, um ein Gefühl für die Stabilität des Stockes zu bekommen, dann holte sie aus, zielte und schlug zu. Wie zuvor schnellte Nadines Kopf mit lautem Aufschrei nach hinten, ihre Arme zerrten an den Fesseln und ihre Beine zitterten.

Myriams Hand zitterte, als sie den Rohrstock an Laurin zurückreichte. Mit steifen Knien ging sie zurück zu Ruben. Ihr Herz schlug wild und unregelmäßig.

»Du hast es überstanden«, sagte Laurin und gab Nadine einen langen, leidenschaftlichen Kuss. Dabei presste er das Stofftaschentuch gegen ihren Schoß, hielt es sich anschließend kurz an die Nase, und roch daran. »Heiß und bereit!«, rief er triumphierend aus und alle lachten. Es klang wie eine Befreiung, als würde sich jetzt eine allgemeine Anspannung entladen.

»So soll es sein«, raunte Ruben in Myriams Haar, und wiederholte Rubens Worte: »Heiß und bereit. Wie du.«

Ein unmoralisches Angebot

Nachdem Nadines Züchtigung beendet war, verließen alle fröhlich schwatzend den Raum und kehrten nach oben zurück. Einige suchten sich sofort ein verschwiegenes Plätzchen für einen Quickie, ein Pärchen vögelte ungeniert auf den Stufen der Treppe zum Obergeschoss, andere tanzten ausgelassen, wobei sie sich leidenschaftlichen Küssen hingaben und ungeniert überall streichelten. Alle schienen außer Rand und Band, als hätte Nadines Züchtigung die letzten Hemmungen beseitigt.

Und was ist mit mir? Myriam war so erregt, dass sie sich wünschte, Ruben würde sie jetzt noch einmal bedrängen. Diesmal würde sie ihn nicht abweisen, nur dieses eine Mal wäre sie zu allem bereit. Ihr Körper vibrierte vor Lust.

Durstig stürzte sie den Inhalt des Glases, das er ihr gereicht hatte, in einem Zug herunter. *Uuups,* die Kohlensäure des Proseccos prickelte in ihrer Speiseröhre.

Nichts geschah. Mit einem Drink in der Hand stand Ruben schweigend an die Wand gelehnt und beobachtete scheinbar teilnahmslos das Treiben. Wartete er darauf, dass sie die Initiative ergriff? Es war so lange her und so bedeutungslos, dass sie sich auf einen One-Night-Stand eingelassen hatte, dass sie sich kaum an die näheren Umstände erinnerte. Heute Nacht war alles anders als sonst. Die Dringlichkeit eines Höhepunktes wurde immer unerträglicher, und so unsympathisch war er ihr nicht, dass sie sich nicht vorstellen konnte, mit ihm zu schlafen. Überhaupt, sah sie mal von den Tätowierungen an seinen Armen und dem Piercing in seiner Augenbraue ab, so war er eigentlich ein ziemlich attraktiver Mann, sehnig und muskulös, ohne den breiten Hals oder die übertriebenen Proportionen eines Bodybuilders zu zeigen. Eigentlich ein Traummann.

»Tanzen wir?«, fragte sie sanft und schenkte ihm ihr schönstes Lächeln.

»Wenn du möchtest.« Begeisterung klang anders. »Aber ich warne dich, ich bin ein lausiger Tänzer.«

Die Antwort blieb sie ihm schuldig. Wichtig war nur die Nähe. Sie schmiegte sich an ihn, legte ihre Arme um seinen Hals und presste ihre Lippen verlangend auf seine. Zwar erwiderte er ihre Umarmung, legte seine Hände um ihre Taille, ihrem Kuss gab er nicht nach.

»Was ist?«, fragte sie irritiert und schaute zu ihm auf. Wenn sie den Druck seines Schoßes gegen ihren richtig deutete, fühlte sie dort eine einladende Härte. Was also hielt ihn noch auf?

»Bitte mich«, verlangte er ernst.

»Um was soll ich dich bitten?«

»Dass du mich küssen darfst.«

»Was?« Sie fühlte die Wirkung des Alkohols, aber so beschwipst war sie noch nicht, dass sie sich dazu herablassen würde, zu betteln. Wenn er keinen Bock darauf hatte, sie zu küssen, dann verzichtete sie darauf. Es war an der Zeit zu gehen. Sie nahm ihre Arme von seinem Hals und versuchte sich aus seiner Umarmung zu befreien. Vergebens.

»Lass mich verdammt nochmal los!«

»Gibst du immer so schnell auf?«

Spott war das letzte, was sie jetzt brauchte. »Was willst du?«

Seine Miene blieb ernst. »Nichts ist umsonst. Wenn ich das richtig verstehe, bist du hergekommen, um BDSM kennenzulernen, oder nicht? Also, *bitte* mich um einen Kuss.«

Wieso glaubte er, über ihre Absichten Bescheid zu wissen? Egal. Sein Blick hatte etwas Hypnotisches und was war schon dabei, ihn zu bitten? Nach dieser Nacht würden sie sich wahrscheinlich nie wiedersehen. Wenn er nicht die Initiative ergriff, ihr zu einem erotischen Erlebnis zu verhelfen, dann musste sie eben selbst die Sache vorantreiben. Notfalls nach seinen Spielregeln. Nur dieses eine einzige Mal, einfach nur, um mehr zu erfahren.

»Okay. Küss mich. Bitte.«

Seine Arme zogen sie mit einem Ruck noch fester an seine Brust und plötzlich befand sie sich mitten drin in einem leidenschaftlichen Kuss. Ihr Mund gehörte ihm, als wäre dies nie anders gewesen. Seine Zunge tanzte begierig mit ihrer und ihr Herz schlug dabei immer lauter *Bumm, bumm …*

Es war schwindelerregend. Seine Hände glitten unter ihren kurzen Rock, liebkosten die nackte Haut zwischen Strapshaltern und Strümpfen, streichelten ihren Venushügel, eroberten frech ihren Schoß. Sie stöhnte lüstern in seinen Mund, als er sensibel über ihre pochende Perle streichelte. Jetzt war es nicht länger auszuhalten. Sie brauchte mehr.

Keuchend löste sie sich von seinem Mund. »Lass uns irgendwo hingehen, wo wir …«

»Nein«, unterbrach er sie barsch.

Was war los mit ihm? Männer wollten doch immer zum Stich kommen und es war offensichtlich, dass er nicht weniger erregt war als sie selbst. Ganz sicher würde es in diesem großen Haus ein Plätzchen geben, an dem sie für ein paar Minuten ungestört wären.

»Ich will dich. Aber nicht als Abenteuer für eine einzige Nacht. Ich will dich ganz.«

Der Trommelwirbel in ihrer Brust nahm beängstigende Ausmaße an. Sie wollte fragen, *was willst du, was meinst du mit ganz?* Aber sie ahnte schon, wie die Antwort lauten würde. Nie. Niemals kam das in Frage. Selbst wenn sie im Augenblick ein wenig beschwipst und unerträglich erregt war. Nein. Ein kleines bisschen Verstand funktionierte noch und schlug Alarm. Niemals würde sie seine Sub werden. Das konnte er sich gleich aus dem Kopf schlagen. Sie wollte ihn jetzt, nur jetzt, und über alles weitere wollte sie nicht nachdenken.

»Vergiss es«, stieß sie hervor. »Du kannst mich jetzt haben, mehr nicht.«

»Ach, du willst nur ein Abenteuer, *Sugar?* Dann musst du es dir verdienen.« Verflixt, seine Stimme lähmte ihre Gegenwehr, als wären seine Worte der Faden einer Spinne, der sich langsam, aber unaufhaltsam um ihren Verstand zusammenzog.

Minuten später fand sie sich in Rubens Auto wieder, auf dem Weg nach Hause. Über sein abweisendes Verhalten und seine sexuelle Zurückhaltung war sie so irritiert, dass sie sich später nicht daran erinnerte, welche Automarke er fuhr. Armaturenanzeige, Lenkrad und Sitze entsprachen nicht dem heutigen Design. Es war ein älteres Automodell, aber nicht unbequem oder hässlich. Das war alles, was ihr aufgefallen war.

Während der gesamten Fahrt hatten sie geschwiegen. Myriam hatte ihm ihre Adresse gesagt und versucht, ihre vernebelten Gedanken zu sortieren. Es war ihr bislang nur selten passiert, dass sie eine Abfuhr erhalten hatte. Noch nie aber hatte es sie so gekränkt und beschäftigt wie dieses Mal. Wie konnte er es wagen, sie zuerst heiß zu machen, und das nicht nur einmal, und sie dann nicht zu befriedigen, zumal sie ihm ihre Bereitschaft zeigte? Und was sie überhaupt nicht verstand: wieso wollte er sie nicht, obwohl sein Schwanz sich klar und deutlich in seiner Hose abzeichnete? Was für ein Mann war er, verdammt nochmal?

Dennoch fiel es ihr schwer, so richtig wütend auf ihn zu sein. Die Gefühle, die er in ihr hervorrief, waren einfach zu ambivalent, um sich auf irgendetwas festzulegen.

»So, wir sind da. Gute Nacht.«

Ganz offensichtlich machte er keine Anstalten, auszusteigen und den Kavalier zu spielen.

»Bist du dir sicher, dass du nicht noch mit raufkommen willst?« Die Hitze ihres Körpers hatte kein bisschen nachgelassen. Der Aufruhr in ihrem Schoß wollte gestillt werden. Was für ein Mann war er, dass er dies ignorierte? »Also?«

Sein überhebliches Lächeln war pure Provokation.

»Wenn du mich auf Knien darum bittest, überlege ich es mir«, erwiderte er leise und eindringlich.

Darauf konnte er lange warten! Sie würde sich von ihm nicht zum Idioten machen lassen. »Vergiss es!«

Myriam drückte die Tür mit soviel Energie auf, dass das Türgelenk bedenklich knackte und der übermäßige Schwung die Tür zurückwarf. Schnaubend trat sie mit dem Fuß dagegen, um sie zu stoppen, stieg aus und knallte sie hinter sich mit Schwung zu.

Ruben ließ das Fenster der Beifahrerseite herunter. »Mein Wagen kann nichts dafür, dass du verärgert bist. Ruf mich an, wenn du es dir anders überlegst. Es wäre mir ein Vergnügen, dich zu einer devoten Sklavin zu erziehen.«

»Niemals!«, zischte sie. »Verpiss dich, Arschloch!«

Unter lautem Lachen schloss er das Fenster und brauste davon.

Seither kochte Myriam vor Wut. Ohne seine Nähe war es einfacher, dem zu folgen, was ihr Verstand sagte. *Nein.* Ein einfaches kleines Wort. Das war völlig ausreichend. *Nein.* Sie brauchte ihn nicht. Sie mochte ihn nicht. Sie wollte ihn nie wiedersehen.

Myriam schleuderte ihre Schuhe von den Füßen, schaltete überall das Licht in der Wohnung an und hätte am liebsten lauthals ihre Wut heraus gebrüllt. Ungeduldig zerrte sie an den Verschlüssen ihres Mieders, ein Fingernagel ging dabei zu Bruch. Bei den Strümpfen war sie etwas vorsichtiger, dann holte sie einen Vibrator aus der Schachtel, in der sie ihre erotischen Schätze lagerte, und stieß ihn sich hinein. Wieder und wieder. Gleitgel war nicht nötig, ihre Vagina produzierte Saft zur Genüge.

Obwohl sie sich überreizt erregt fühlte, bedurfte es etlicher Stöße, ehe endlich der erlösende Höhepunkt kam. Sie rang nach Luft, legte mit zitternder Hand den Vibrator beiseite. Zitternd stützte sie sich auf dem Waschbecken auf und betrachtete sich im Spiegel des Hängeschrankes. *Was willst du?*

Irgendwie fühlte sie sich leer. Etwas fehlte, nur was? Egal, sie hatte keinen Bock über diese eigenwillige Nacht nachzudenken. Sie brauchte jetzt dringend eine Dusche, sonst nichts.

Leider verschaffte das kalte Wasser ihrem Körper kaum die nötige Abkühlung. Als hätte sich die Berührung von Rubens Händen auf ihrer Haut eingebrannt, begann es kurz darauf wieder überall verlangend zu prickeln. Tropfnass wickelte sie sich in ein großes flauschiges Duschhandtuch ein und legte sich ins Bett. Auf keinen Fall durften ihre Hände mit ihrer eigenen Haut in Berührung kommen. Aber auch so fand sie keine Ruhe. Sie konnte sich noch so oft einreden, dass sie sich nicht für Ruben interessierte. Sobald sie die Augen schloss, sah sie sein Gesicht und hörte seine Stimme.

»Bitte mich auf deinen Knien …«

Niemals! Aber ihre Abwehr wurde mit jedem Mal schwächer. Seine Hände wickelten sie aus, befreiten ihren Busen aus dem Handtuch und streichelten ihre Nippel. Im Dunkeln sah sie sein Gesicht nur schemenhaft. Von Bedeutung war nur sein warmer Atem, der ihre Haut streifte und seine Finger, die ihre intimsten Zonen reizten.

»Sag es …«, flüsterte er.

»Nimm mich, bitte nimm mich. Ich tue alles, was du willst …«

So vergingen die Tage und Nächte. Eigentlich war alles wie immer. Aufstehen, arbeiten gehen, einkaufen, Wohnung putzen, kochen, essen, schlafen gehen. Eben der alte Trott.

Das versuchte Myriam sich zumindest einzureden. Dabei war nichts mehr wie zuvor. Was sie gesehen und erlebt hatte, beschäftigte sie gerade dann am meisten, wenn es im Haus ganz ruhig wurde und sie von nichts abgelenkt war, also vor allem abends und nachts.

Ihr Körper verlangte nach Befriedigung. Das war nichts Neues, Sex war eines ihrer elementaren Grundbedürfnisse, seit ihr Körper in der Pubertät erwacht war. Aber die Intensität und die Art ihres Begehrens hatten sich seit jener Nacht geändert. Ständig träumte sie von wildem Sex, von außergewöhnlichen Stellungen und von

Szenen, in denen sie die Dominanz ihres Gegenübers spürte. Das Ärgerliche daran war, dass Ruben in diesen Träumen die Hauptrolle spielte und es ihr nicht gelang, gegen ihn aufzubegehren. »Zieh dich aus!« Er stand neben ihrem Bett, riss die Decke herunter und warf sie auf den Boden. Mit zittrigen Fingern gehorchte sie und streifte so schnell wie möglich ihren Pyjama aus leichtem Satin herunter.

»Auf den Rücken, und jetzt spreiz deine Schenkel für mich.«

Wie von selbst folgten ihre Beine seinem Befehl und glitten auf dem Bettlaken auseinander. Die kühle Nachtluft streifte ihre Haut, doch Myriam wusste, ihre Hitze würde sie nicht lindern. Bereits jetzt, obwohl noch nicht berührt, begann ihre Klitoris anzuschwellen und sehnsüchtig zu pochen. Hatte sie jemals ein zärtliches Vorspiel gebraucht, um heiß zu werden?

Ruben kniete sich zwischen ihre Schenkel und unterband damit die Möglichkeit, ihm zu entkommen und ihre Beine wieder zu schließen. Sofern sie dies vorhatte. Er beugte sich vor, legte seine Hände um ihre Brüste und hielt ihre Brustwarzen ganz knapp zwischen zwei Fingern, mit einem dritten rieb er über die sensible Kuppe. *Oh verflucht*, sie wollte ihn so sehr.

»Ist das alles? Beine weiter auseinander.«

Sie fühlte sich von dem scharfen Klang seiner Stimme wie hypnotisiert und gab seufzend ihr Bestes, doch auch dies war ihm nicht genug. Zur Strafe zog er ihre Nippel nun ruckartig in die Höhe, ein Blitz strahlte sternförmig in ihre Brust aus, und er rieb, ihre Nippel weiterhin hochziehend, so fest über die Kuppen, dass Myriam ängstlich wimmerte. Ihr Schoß jedoch reagierte mit heißem Verlangen.

»Nimm mich«, stöhnte sie, beugte ihren Unterleib ihm auffordernd entgegen und rieb schneller über ihre Klitoris – bis sie kam.

Es ist nur ein Traum. Es wird vergehen. Ich komme von ihm los.

Das Wiedersehen

Tage und Nächte vergingen, ohne dass es Myriam gelang, Ruben aus ihrem Kopf zu verdrängen. Nur ihre Arbeit lenkte sie einigermaßen ab. Das Kosmetikstudio lief gut, ihr Terminkalender war prall gefüllt. In jeder freien Minute hingegen spukten Rubens letzten Worte in ihrem Kopf herum. War er wirklich durch und durch von der Art wie Laurin, Leo und die anderen Doms?

Wenn sie sich nachts schlaflos in ihrem Bett wälzte und ihn sich herbei träumte, erschien ihr der Gedanke äußerst reizvoll, im Mittelpunkt des Geschehens zu stehen, und sei es für diese Züchtigung, die Nadine widerfahren war. Was zunächst sehr peinlich gewirkt hatte, war in Wirklichkeit für alle ein sinnliches Vergnügen gewesen.

Noch nie hatte Myriam ihre gesamte Sammlung aus Vibratoren und sonstigem erotischem Spielzeug so oft in kurzer Folge zum Einsatz gebracht, und noch nie hatte sie dabei so wenig Freude empfunden. Zurück blieb jedes Mal ein schales Gefühl unvollkommener Befriedigung.

Ich bin nicht in ihn verliebt. Er ist überhaupt nicht mein Typ. Ich mag gut situierte Kerle mit Anzug und Krawatte, redete sie sich ein. *In Haut gestochene Bilderbücher sind überhaupt nicht mein Fall. Außerdem ist er ein arrogantes Scheusal. Wie kommt er darauf, dass ich ihn bräuchte?* Dennoch quälte sie sein durchdringender Blick vor ihrem inneren Auge und fühlte sie eine unstillbare Sehnsucht nach seiner Nähe. *Verdammt. Wieso hat die Evolution uns Frauen mit diesem Widerspruch aus Verstand und Gefühlen ausgestattet? Wieso kann ich ihn nicht einfach vergessen?*

Die Visitenkarte, die auf dem Wohnzimmertisch lag, war vom vielen in die Hand nehmen ganz fleckig und deformiert. Myriam hatte sie beim Auskleiden im oberen Rand ihres rechten Strumpfes gefunden. Wann hatte Ruben ihr seine Karte unter das Gummigewebe geschoben? Als seine Hand während Nadines Züchtigung frech unter ihrem Rock gefummelt hatte? Oder etwa schon früher?

Im ersten Augenblick war sie so wütend auf ihn, auf seine Selbstherrlichkeit, mit der er ihren Anruf erwartete, dass sie die Karte zusammenknüllte und in den Papierkorb warf. Nur um sie wenige Minuten später wieder herauszuholen und glatt zu streichen.

Inzwischen kannte sie seine Telefonnummer auswendig. Eine Stunde lang wanderte sie unentschlossen im Wohnzimmer hin und her. Bestimmt war er sowieso nicht zuhause. Auf der Karte stand eigenartigerweise nur die Nummer eines Festnetzanschlusses.

Auf sich selbst wütend stieß Myriam einen Schrei aus. Vielleicht würde es ihr helfen, von seinem Schatten loszukommen, wenn sie sich auf ihn einließe und er sie züchtigen würde. Zuschauen und selbst erleben waren nicht dasselbe. Bestimmt würde sie es viel weniger erotisch finden, von Ruben geschlagen oder gequält zu werden. Bestimmt würde sie soviel Widerwillen und Wut und Abscheu über diese despektierliche Behandlung empfinden, dass sich ihr Problem mit einem Male in Nichts auflösen würde. Genau, sollte er doch mit seinen eigenen Methoden sein Bild aus ihrem Kopf vertreiben! Entschlossen nahm sie den Hörer in die Hand und wählte Rubens Nummer.

Es läutete einmal, zweimal, dreimal. *Er ist nicht zuhause.* Gerade als sie den Wählvorgang abbrechen wollte, meldete er sich.

»Calfucurá.« Das eine Wort genügte, um seine Stimme zu erkennen.

Myriam erstarrte.

»Hallo?«

Ihre Zunge klebte am Gaumen und sie empfand einen unsäglichen Durst, der vor wenigen Sekunden noch nicht da gewesen war. »Ja, äh, hallo Ruben. Hier ist Myriam.«

»Hi Myriam, wie geht's dir?« Seine Stimme klang angenehm warm und tief, fast samtig.

Gib dir einen Ruck. Halte keinen Smalltalk, sag einfach, was du willst! Myriam atmete einmal kräftig durch. »Ich möchte auf dein Angebot zurückkommen.«

»Aha.«

Und wenn er sich überhaupt nicht daran erinnerte, was er zu ihr gesagt hatte?

»Ich meine, ich … würde es gerne ausprobieren, wie erotisch es ist, von dir erzogen zu werden.« Myriam kicherte verlegen. Wie doof hörte sich das denn an. War er überrascht? Angespannt wartete sie auf seine Erwiderung.

»Ich habe ehrlich gesagt, nicht mehr damit gerechnet, dass du dich meldest.«

Ich auch nicht.

»Das wird kein Spaziergang. Bist du dir sicher, dass du es willst?«

Sie stieß die angehaltene Luft aus. »Das weiß ich nicht. Das kann ich erst beantworten, wenn ich es erlebt habe.«

Ruben lachte leise. »Okay. In einer Stunde bei dir.«

Es blieb ihr keine Zeit irgendetwas zu erwidern. Offensichtlich setzte er voraus, dass es ihr recht wäre. Schulterzuckend legte sie den Hörer aus der Hand und ging ins Bad, sich frisch zu machen und ihr Makeup zu prüfen.

Weniger als eine Stunde war vergangen, als es an der Tür klingelte und Ruben zwei Stufen auf einmal nehmend die Treppe herauf stürmte. Seine Kleidung war fast dieselbe wie beim letzten Mal, nur seine Haare hatte er diesmal zu einem lockigen Zopf zusammengebunden.

Gäbe es nicht die Tattoos und den Schnurrbart, könnte man ihn für Unkas aus der Verfilmung *Der letzte Mohikaner* halten, schoss es Myriam durch den Kopf.

»Hast du gar nichts mitgebracht?«, fragte sie ein wenig enttäuscht.

»Was hast du denn erwartet? Blumen oder Prosecco?«

»Nein, ich dachte eher an Peitsche und Rohrstock?«

Er lächelte amüsiert. »Alles, was wir für eine erste Session brauchen, finden wir bestimmt in deiner Wohnung. Wir lassen die Sache langsam angehen, weil du das noch nie gemacht hast, nicht wahr?«

»Ich bin nicht zimperlich.«

»Gewiss.«

Myriam machte eine umgreifende Geste. »Wenn du glaubst, dass du hier 'was Brauchbares findest – bedien dich.«

»Bestimmt. Ich finde immer was.«

Ruben schaute sich nur kurz in ihrem Wohnzimmer um, wechselte dann hinüber ins Schlafzimmer und öffnete nacheinander alle Schranktüren. Myriam blieb im Türrahmen stehen und sah ihm mit verschränkten Armen wortlos zu. In kürzester Zeit landeten mehrere Gürtel und Halstücher auf ihrem Bett, während er nun noch ihre Schubladen durchwühlte, offenbar aber nichts Passendes fand.

»Das wird fürs Erste genügen. Nimm alles mit ins Wohnzimmer.«

Sie gehorchte und war gespannt, was nun folgen würde.

Ruben musterte sie von oben bis unten. »Okay. Wärst du geübt, dann hättest du mich entweder nackt, oder in exklusiver Reizwäsche, und auf jeden Fall in Highheels empfangen. Diese Unaufmerksamkeit alleine wäre schon Grund genug, dich hart zu bestrafen. An dieser Stelle ist auf jeden Fall eine Entschuldigung angebracht.«

Er schaute sie auffordernd an, bis sie begriff, was er von ihr erwartete.

»Okay, es tut mir leid, dass ich dich nicht …« Sie suchte nach den passenden Worten. »Dass ich dich nicht gebührend empfangen habe. Beim nächsten Mal weiß ich Bescheid.«

Er nickte zufrieden. »Zieh dich aus.«

Sein Tonfall war eine Spur strenger geworden und Myriams Puls beschleunigte sich. Jetzt ging es also los.

Mach', dass ich dich hassen kann und nie wiedersehe. Wenn du glaubst, dass ich dich unwiderstehlich finde, bist du im Irrtum. Das hier ist nichts anderes als meine persönliche Form der Selbsttherapie. Ich muss dich aus meiner Erinnerung löschen.

»Ich werde heute darauf verzichten, dich zu züchtigen, obwohl die Kochlöffel in deiner Küche dafür reichlich Auswahl bieten. Aber ich will dich nicht überfordern und werde mich daher zurückhalten.«

»Oh, das brauchst du nicht«, versicherte sie eilig. »Gib's mir reichlich.« Auf keinen Fall sollte es langweilig werden.

»*Sugar,* du hast keine Ahnung. Glaub mir, ich habe keine Hemmungen, meine sadistischen Neigungen an dir auszuleben. Aber es macht nur Spaß, wenn es dich erregt und du willig bist, es für mich zu ertragen. Alles andere wäre reine Folter. Daran habe ich kein Interesse.«

Seine Worte prallten an ihr ab, als wäre es irgendeine Information aus dem Radio, von der man nebenbei berieselt wird. Myriam hatte sich mittlerweile ihrer wenigen Kleidung, bestehend aus Unterwäsche und Sommerkleid, entledigt. Es war ein wenig eigenartig, nackt vor ihm zu stehen, während er sie mit in den Hosentaschen versenkten Händen betrachtete, als wäre er kein Liebhaber, sondern ein Arzt.

»Okay.« Er zog zwei der Halstücher aus dem bunten Knäuel, das sie auf den Couchtisch gelegt hatte. »Ich mag es, wenn meine Sub wehrlos und mir ausgeliefert ist. Ach ja, dazu gehört auch, dass ich dich besteige, wann und wie es mir gefällt. Das ist für dich doch okay, oder?«

Myriam nickte. Ihre Kehle war wie ausgedörrt vor Aufregung. *Red nicht soviel merkwürdiges Zeug. Ich will Sex, oh ja, Sex. Fick mich. Möglichst bald, ich bin schon ganz ausgehungert.* »Mach mit mir, was du willst.«

»Hände auf den Rücken!«

Es machte ihr nichts aus, dass er den Befehl so hart aussprach, dass sich jeglicher Widerspruch von alleine verbat. Sogleich korrigierte er ihre Haltung, und zog ihre Arme in die Horizontale, so dass sie aneinander lagen, sodann fixierte er sie, indem er Tücher herumschlang. Ihr Rücken wurde durch diese Position automatisch durchgedrückt und ihr Busen nach vorne gereckt. *Oh wie aufregend. Ich bin noch nie gefesselt worden.*

»Weißt du, ich habe mir das schon öfter überlegt, und diese Party war eigentlich nur eine Bestätigung. Normaler Sex ist ja so langweilig und …«

»Schweig!«, unterbrach er ihr Geplapper.

Für ihren Geschmack übertrieb er und war zu barsch. Warum gab er ihr nicht ein wenig Zeit, sich mit der für sie neuen Situation anzufreunden? Zum ersten Mal kam ihr der Gedanke, dass niemand von diesem Treffen wusste. Im Grunde genommen hatte Ruben freie Bahn. Was bedeutete es schon, dass er zum Freundeskreis von Nadine und Sophie gehörte? Nichts. Das war keine Versicherung für Vertrauenswürdigkeit.

Ruben legte seine Arme von hinten um ihren Körper, streichelte über ihren Bauch, dann mit beiden Händen über ihre Brüste und packte ihre Nippel so fest, dass ein kurzer Schmerz in ihren Busen schoss. Mit Mühe unterdrückte sie eine empörte Bemerkung. Auf keinen Fall wollte sie sich zimperlich geben. Wenn Nadine soviel mehr ausgehalten und dies als erregend empfunden hatte …

»Es gibt soviele schöne Dinge, die man damit machen kann«, raunte er mit heißem Atem in ihr Ohr und zwirbelte ihre Brustwarzen, bis sie vor Verlangen stöhnte. »Streicheln, Rubbeln, Zwicken, Klammern, Schnüren, mit Wachs begießen, Glöckchen dran hängen, Piercen … Wir werden herausfinden, was davon dich heiß macht. Und dann wirst du darum betteln, dass ich es dir besorge.«

Klammern, Wachs … oh wow, das klang verheißungsvoll und beängstigend, und das mit dem Piercen meinte er wohl nicht wörtlich. Niemals würde sie zustimmen, ihren makellosen Körper zu verunstalten.

Ruben lachte leise. Was immer er vorhatte, sie konnte ihn nicht daran hindern und ihr Herz fühlte sich mit einem Male wie ein schwerer Stein an.

»Also gepierct werden will ich nicht, dass das klar ist«, erwiderte sie mit fester Stimme, ihre Angst unterdrückend. »Aber alles andere können wir gerne ausprobieren. Ich bin bereit.«

Rubens Lachen klang überlegen, was alles andere als beruhigend war. Mit festem Griff schob er sie vor ihren Couchtisch.

»Beine auseinander!«

Myriam gehorchte nur zögernd.

»Weiter!«

Sein Befehlston war unverschämt und regte ihren Widerstand. Andererseits hatte gerade dies etwas äußerst Erotisierendes. Verstärkt wurde dies noch durch die Tatsache, dass sie nackt war und er nicht. Als wäre er ein Freier und sie die Hure. Ihr Herz schlug Trommelwirbel und ihr schwindelte ein wenig.

Ruben wartete nicht ab, ob sie seinem Befehl Folge leisten würde, sondern packte ihr rechtes Bein an der Fessel und drängte es in die von ihm gewünschte Position. Sodann fesselte er es mit einem Tuch an das Tischbein. Anschließend verfuhr er mit ihrem linken Bein genauso, so dass sie weit gespreizt und völlig hilflos an den Tisch fixiert war.

Ihr Atem versagte beinahe. Sie hatte es gewagt, sie lieferte sich ihm aus. Vielleicht sollte sie sich einfach ganz entspannt darauf einlassen und versuchen, dieses Abenteuer zu genießen? Aber es war so – absolut. Er hatte nun freien Zugriff auf ihre intimsten Körperstellen. Was würde er tun? In ihrem Schoß zupfte es erwartungsvoll.

»Weißt du, ich finde, du könntest ...«, plapperte sie los.

»Schscht, nicht reden, du Plappermäulchen! Du redest viel zuviel.«

Ehe sie noch einmal contra geben konnte, schlang er ein Tuch um ihren Kopf, presste es zwischen ihre Zähne und verknotete es hinter ihrem Kopf.

»Mmmmpf«, protestierte sie. Das war gar nicht in ihrem Sinne und auch nicht vereinbart. Und überhaupt, was sollte das heißen, sie rede zuviel?

»Ich hätte wohl doch einen richtigen Knebel mitbringen sollen«, seufzte Ruben. »Beim nächsten Mal. Lektion Eins. Eine Sub redet nur, wenn es ihr Herr erlaubt.«

Ihr Herr? Er sollte sich bloß nicht einbilden, sie wäre wie Nadine und würde sich ihm ganz und gar unterwerfen. Das hier war ein Experiment, mehr nicht. Sie wollte nur herausfinden, ob Schmerzen sie erregten und eigentlich hoffte sie ja, dass ihr Verlangen sich dabei ins Gegenteil umkehren und sie vom Geist Rubens befreien würde.

»Und tu nicht so, als würdest du dich schon lange mit BDSM beschäftigen. Du bist ein blutiger, naiver Anfänger, und ich befürchte, du bist nicht mit dem Herzen dabei.«

Irgendwie verlief die Sache anders, als sie gehofft hatte. Sollte dieses Beisammensein nicht vor allem sehr erotisch werden?

Ruben verließ das Zimmer. Sie hörte ihn zuerst ins Schlafzimmer, dann ins Badezimmer gehen, hin und her laufen, Schubladen öffnen und schließen. Wenn er etwas Bestimmtes suchte, warum zum Teufel fragte er sie dann nicht einfach? Schließlich kam er zurück, einen Ledergürtel in der Hand. Er holte aus und ließ ihn mehrmals durch die Luft zischen, ehe der Riemen zum ersten Mal auf ihrem Po aufschlug.

Es nahm ihr den Atem. Weder von ihren Eltern noch von anderen Menschen hatte sie jemals mehr als einen freundschaftlichen Klaps erhalten. Aber das hier war anders. Der Schmerz auf ihrer nackten Haut kam schnell und stechend, breitete sich in die Tiefe aus und ebbte dann langsam ab. Viel Zeit zum Verschnaufen gönnte Ruben ihr nicht, schon folgte der nächste Schlag, knapp neben dem ersten. Myriam schwankte. Die gespreizte Position ihrer Beine ergab keinen sicheren Stand und sie beugte sich ein wenig vor über den Tisch, um die Balance besser halten zu können, was die Spannung ihrer gefesselten Arme noch erhöhte. Jetzt verstand sie, warum er ihre Hände nicht einfach auf den Rücken gefesselt hatte. Er hatte von Anfang an dafür gesorgt, dass sie ihren Po nicht bedecken und ihm nicht ausweichen konnte.

»Du wolltest doch kennenlernen, was du beobachtet hast, nicht wahr?«

Der nächste Schlag erfolgte quer über ihre Oberschenkel. Myriam stöhnte auf. Das Tuch wurde von ihrem Speichel getränkt, der sich stärker als normal bildete. Ein weiterer Hieb und sie schrie auf. Der Stoff dämpfte ihren Schrei nur wenig. Ihre Beine zitterten. Es war nicht nur der Schmerz, der sie aus der Fassung brachte. Ihre gesamten Empfindungen waren völlig durcheinander. Ihre Brustwarzen spannten, ihr Schoß war heiß, ihre Klitoris pulsierte, und durch ihre Adern raste das Blut wie noch nie. Was geschah mit ihr?

»Schau, was für eine geile Sklavin du bist.«

Seinen Arm um ihre Taille legend hielt Ruben ihr einen Taschenspiegel zwischen die Beine. Offensichtlich war er gut vorbereitet, denn ihr gehörte dieser Spiegel nicht. Es war nicht zu übersehen, dass ihre Schamlippen angeschwollen waren vor Lust. Ihre Klitoris lag frei, aus der Vorhaut hervorgepresst und war prall wie noch nie, und alles glänzte feucht von ihrem Saft.

»Soviel ist schon mal bewiesen«, stellte Ruben amüsiert fest, »es macht dich geil.« Er legte den Spiegel weg und richtete sie auf. »Und du wirst noch mehr ertragen. Und falls du dich fragst warum – es gefällt mir, dich leiden zu sehen und besonders gefällt mir, wenn es dich geil macht, und dagegen kannst du gar nichts tun.«

Myriam stöhnte auf. Sie hatte keine Ahnung gehabt, wie hemmungslos das Verlangen war, das in ihr steckte. Es war ein wenig beängstigend, dies zu erkennen.

Eben holte Ruben aus seiner Hosentasche zwei Holzklammern hervor. »Ich habe genau das Passende für eine kleine Folter in deinem Badezimmer gefunden.«

Myriam schluckte. Sie wollte Befriedigung. Jetzt. Es war nicht nötig, noch mehr auszuprobieren. Sie wollte seinen Penis in sich spüren, der eine deutliche Beule in seiner Hose bildete.

»Du hast schon genug?«, kommentierte er ihr Kopfschütteln. »Das ist noch nichts. Das war mal gerade die Ouvertüre.« Ungerührt packte er ihren rechten Nippel fest mit zwei Fingern, zog ihn in die Länge und klippte die Wäscheklammer vollständig darüber, so dass ihre Knospe vollkommen lang und platt gepresst wurde.

Myriam wimmerte entsetzt auf. Der Schmerz setzte augenblicklich ein und schoss in ihre Brust ein. »Nimm sie weg«, kreischte sie hervor, aber das Tuch verunstaltete ihre Worte zu einem kläglichen Nuscheln.

»Darf ich dich daran erinnern, dass du mich zu dieser Session eingeladen hast?« Ruben grinste breit. »Ich darf also mit dir machen, wozu ich Luft habe.«

Es war nicht nur der schier unerträgliche Schmerz, der wie Feuerarme in ihre Brust ausstrahlte. Der Anblick ihrer gefolterten Brustwarze war entsetzlich. In diesem Moment wurde Myriam bewusst, dass der Unterschied zwischen voyeuristischem Zuschauen und selbst Erleben viel, viel größer war, als sie gedacht hatte. Nein, das stimmte so nicht. Es war ihr schon klar gewesen, dass es weh tun würde. Alles andere wäre entsetzlich naiv gewesen. Es war etwas anderes: Ihre Neugierde und ihr hochnäsiges *Was-andere-können-kann-ich-auch* hatten ihr dieses Erlebnis eingebrockt.

Ihre zweite Brustwarze erfuhr dasselbe Schicksal. Vergeblich versuchte Myriam ihren Oberkörper vorzubeugen und wegzudrehen. Ruben konnte sie nicht entkommen. Er lachte und hielt ihre Brust mit seiner großen Hand fest. Wimmernd beugte sich Myriam dem Schmerz und den damit einhergehenden widersprüchlichen Gefühlen.

Wieder präsentierte Ruben ihr ihre Lust, indem er den Spiegel vor ihre Scham hielt. Ihre Klitoris war deutlich zwischen den Schamlippen hervorgetreten und dabei dunkler und praller geworden. Geschah dies sonst auch, wenn sie sexuell erregt war? Myriam hatte noch nie nachgesehen, wozu auch. Lust war Lust, da war man ausreichend beschäftigt und verspürte nicht den Drang, seine Geschlechtsorgane zu begutachten.

Ihre Brust hob und senkte sich hektisch unter ihrem viel zu schnellen Atem und ihr wurde davon ein wenig schwindlig.

»So, ich stelle fünf Minuten ein. Damit du eine Vorstellung davon hast, wie kurz ich dich leiden lasse.« Er zeigte ihr das Display der digitalen Eieruhr, die er aus der Küche mitgebracht hatte. »Es gibt wunderschöne Methoden, solche Sitzungen auszuarbeiten. An mir soll es nicht scheitern. Aber bist du dazu bereit?«

Seine Hand streichelte zärtlich über ihren Rücken und seine Stimme hatte einen verführerischen Klang. Davon durfte sie sich nicht einlullen lassen.

»Zum Beispiel würde sich ein Plug in deinem Anus prächtig machen. Ich mag diesen Anblick, wenn ein Designerplug zwischen den Pobacken heraussteht und mir signalisiert: Ich bin bereit für dich.«

Oh nein, es mochte ja sein, dass Sophie dies toll fand. Niemals, nein niemals würde sie sich etwas in den Anus schieben lassen. Allein die Vorstellung führte dazu, dass sich ihr Schließmuskel fester zusammen zog.

»Oder was hältst du von schönem heißem Wachs auf deinen Titties, *Sugar*, ganz und gar davon eingehüllt, und natürlich wären deine Brüste dabei geschnürt, damit sie sich so richtig prall wölben. Du sollst es ganz und gar spüren, wie ausgeliefert du mir bist.«

Myriams Atem drohte stillzustehen. Allmählich zeigte er sein wahres Gesicht.

Er legte seine Hände um ihre Brüste, und formte sie in die Länge. »Sie sind so herrlich flexibel und ich sehe schon den flehenden Ausdruck in deinen Augen.« Er hob die Stimme und quiekte: »Mach mich los, mach mich los.« Er lachte vergnügt, ehe er mit gesenktem Ton weitersprach. »Du glaubst ja gar nicht, wie viel so ein Busen erträgt. Also, wie wäre es mit ein wenig Wachs und – nicht zu vergessen, ein Paar Nippelklammern, vielleicht sogar mit einem kleinen Gewicht daran?«

Myriams Blut gefror unter dem satanischen Glanz, der in seine Augen trat. Wenn sie diesen Abend überlebte, wollte sie Ruben nie wieder sehen. Nie. Ihre Neugierde wäre ausreichend befriedigt. Erregung her oder hin, das Risiko, dass er sie zu sehr quälte, war ihr zu groß.

»Hübsch wären auch ein paar Glöckchen, die bei jeder deiner Bewegungen bimmeln. Oder hat dir das bei Sophie nicht gefallen? Jedesmal wenn ich in deine Muschi stoße, macht es kling, kling, kling.«

Ein nächstes Mal wird es nicht geben. Und schon gar nicht mit schweren Klemmen an ihren empfindsamen Brustwarzen oder irgendwas in ihrem Hinterteil. Bestimmt tat dies alles unerträglich weh. Oh nein, sie hatte jetzt ausprobiert, dass ein gewisses Maß an Schmerz erregend wirkte, aber deswegen musste sie nicht ausloten, wann ihre Schmerz- oder Lustgrenze überschritten wurde und woran dieser Teufel von Ruben besonders viel Spaß hatte.

Seine Finger streichelten zart um ihre Nippel, berührten dabei kurz die Klammern, was einen blitzartigen Schmerz in ihre Brüste aussandte. Myriam zuckte wimmernd zusammen. *Verdammt,* wieso tobte in ihrer Vagina jetzt dieses verlangende Ziehen und überhaupt, wieso tat ihr Körper so, als gefiele ihm dieses Spiel mit dem Schmerz? Es war nicht möglich, klar zu denken. Wieso empfand sie es als aufregend, ihm ausgeliefert sein, obwohl er ihr andererseits Angst machte? Wollte er am Ende gar keinen Sex mit ihr haben, sondern war nur darauf aus, sie zu quälen? Ein reiner Masochist, der seinen Lustgewinn ausschließlich aus dem Foltern anderer bezog? Oh ja, seine Miene signalisierte ihr, dass es ihm große Freude bereitete, sie leiden zu sehen.

Ihr Blick fiel auf die Digitalanzeige. Waren wirklich erst zwei Minuten vergangen? Die Uhr musste defekt sein.

Ruben lächelte. »Als willige Sub wärst du bereit, dies solange auszuhalten, wie es mir gefällt. Und ich würde das Spiel noch steigern, indem ich deine Beine weiter spreize, damit du ganz und gar für mich geöffnet bist. Widerstand zwecklos.« Seine Stimme wurde so leise, dass sie kaum verstand, was er sagte. »Und vielleicht würde ich dann ein paar Klammern an deine Schamlippen setzen und zur Belohnung an deiner Klit saugen.«

Ein kalter Schauer jagte über Myriams Haut. Ihre Beine began-nen zu zittern. Seine Ideen hörten sich immer schmerzhafter, aber auch lustvoller an. Ihre Beine fixiert, ihr Schoß frei zugänglich … ihre Vaginalmuskeln zuckten. Nein, oh nein, zu riskant. Wenn dies hier vorbei war, dann wollte sie ihn nie, nie wieder sehen und in Zukunft ihre Neugierde im Zaum halten.

»Vielleicht sollte ich deine Leidensfähigkeit gleich jetzt noch mehr testen? Deine Wäscheklammern reichen aus, deine Brüste rundum zu dekorieren und sogar noch deine Schamlippen.«

»Hmmpf!«, wehrte sie kopfschüttelnd und mit vor Entsetzen aufgerissenen Augen ab.

Ruben lachte laut und gab beiden Klammern an ihrem Busen einen Stups. Für den Bruchteil einer Sekunde tanzten kleine Lichter vor ihren Augen. Sie schrie auf, was durch das Tuch, das inzwischen durch und durch von ihrem Speichel durchnässt war, kaum gedämpft wurde.

Seine Finger strichen sanft über ihre Wangen. »So schlimm ist es nicht, wie du tust. Du wolltest einfach nur auch mal diese Art von Sex ausprobieren, nicht wahr? Du dachtest sicherlich, was Nadine und Sophie können, kannst du auch, du naive geile Katze.« Sein Seufzen klang mitleidsvoll. Hatte er diese Foltermethoden nur aufgezählt, um ihr einen Schrecken einzujagen und in Wirklichkeit nie vorgehabt, diese auch anzuwenden? Seine Miene wurde ernst. »Nun, es ist so: ich werde meine Zeit nicht mit einem Neuling vergeuden, der nicht leidensfähig und nicht bereit ist, alles zu geben. Du bist zu schwach für dieses Spiel.«

Damit traf er ihren Stolz. Nein, das sollte er nicht von ihr denken. Womöglich würde er das herumerzählen.

Ich will das! Bestimmt gewöhne ich mich daran. Ich bin nicht verweichlicht!

Der Schmerz war inzwischen zum Aushalten, dafür wurde das verlangende Ziehen in ihrer Vagina immer unerträglicher. Genügte dies nicht als Beweis, dass dieses Spiel für sie genau richtig war? Wenn sie nur endlich wüsste, was sie eigentlich wollte. Aber

Ambivalenz war schon immer ihr zweiter Vorname gewesen. Es lag ihr einfach nicht, klare Entscheidungen zu treffen.

»Wobei«, fuhr Ruben sanfter fort, »Ich habe schon lange nicht mehr erlebt, dass eine Frau so herrlich nass wird wie du. Im Grunde genommen ist das ein gutes Zeichen. Wenn wir schon eine Weile zusammen wären und du dich als lernwillig und gefügig gezeigt hättest, dann würde ich dich belohnen und mit einem Vibrator befriedigen. Nochmal und nochmal, bis dir vor Schwäche die Beine einknicken.«

Eine überaus reizvolle Vorstellung.

»Wie viele Orgasmen kannst du hintereinander haben? Drei, vier?«

Mehr als einen hatte sie noch nie erlebt. Multiple Orgasmen kannte sie nur aus Gesprächen mit Freundinnen und hatte angenommen, dass diese schamlos angeben würden.

»Du wirst mich anflehen, dass ich dich nehmen soll. Hart und schnell, so gierig wirst du nach Befriedigung sein. Und ich werde dich mit Vergnügen aushungern.« Er grinste diabolisch und schob seinen Finger tief in ihre Spalte.

Myriam hielt die Luft an. *Ja, tiefer, nimm zwei Finger statt einem. Füll mich aus, und dann fick mich. Ich komme gleich.* Ihre Erregung verbot jetzt klare Gedanken. Irgendwie stand das, was er gerade gesagt hatte im Widerspruch zu dem, was er mit ihr machte. Aber was waren schon Worte. *Besorg's mir endlich!*

»Reizvoll wäre auch, dich zweifach zu nehmen. Erst nehme ich mir deine Muschi, dann dein Hinterstübchen. Aber dafür müsste ich dich natürlich erst vorbereiten und dehnen. Eine spannende Aufgabe für einen Dom.«

Es zielte immer wieder darauf, ihr Sophie als Beispiel vor Augen zu führen. Endlich läutete die verflixte Eieruhr. Myriam stöhnte enttäuscht auf, als Ruben seinen Finger aus ihrer Spalte zog. Er schaltete die Uhr aus. Doch der Schmerz, der sie die ganze Zeit über gepeinigt hatte, war nichts gegen den, der jetzt einsetzte, als Ruben die Klammern entfernte und das Blut wieder frei strömte.

Seine Finger griffen gnadenlos zu, rubbelten und zogen an ihren Nippeln, die viel sensibler waren als zuvor, und sie warf entsetzt ihren Kopf hin und her. Doch zugleich war dies so erregend, gab Impulse in ihren Schoß weiter, dass ihr Orgasmus auf einmal ganz nah war.

Unvermittelt hörte Ruben auf, um seinen Hosenschlitz zu öffnen und seinen Penis herauszuholen. Dieser hatte eine stattliche Erektion angenommen, und seine Eichel glänzte feucht.

»Als Sub würdest du mich nun bitten, ob du mir einen blasen und meinen Saft schlucken darfst. Und ich würde freudig annehmen.«

Was? Und ich?

Er lachte, wohl über ihre weit aufgerissenen Augen. »Natürlich kämst du danach noch auf deine Kosten – aber nur, wenn du deine Sache gut gemacht hast. Du musst dir deinen Orgasmus als Sub verdienen! Und Selbstbefriedigung ist verboten und zieht drakonische Strafen nach sich! Das sollte dir klar sein.«

Seine Hände lösten in Sekundenschnelle die Fesseln an ihren Händen und Beinen. Myriam konnte währenddessen den Blick nicht von seinem Geschlecht lassen. Der Anblick des steifen Schwanzes, der aus der Hose herausstand, steigerte ihre Erregung unfassbar.

»Knie dich aufs Sofa!«

Sie drehte sich um und gehorchte, und streckte ihre Arme, die von der ungewohnten rückwärtigen Haltung ein wenig steif waren und nicht so recht reagieren wollten.

Ruben rückte ihren Körper in Position, spreizte ihre Beine mehr, tätschelte ihren Hintern und gab ihr einen derben Klaps. »Wie geschaffen für ein ordentliches Spanking. Erst Vorwärmen mit einem Paddel, bis er schön rot ist, dann die Gerte. *Pamm, pamm.* Na, du hast bei Nadine gesehen, wie das funktioniert. Übrigens, ein Kochlöffel ist dafür auch sehr geeignet. Du kannst mich gerne nächstes Mal mit einem Kochlöffel in der Hand mit der Bitte um Züchtigung empfangen.«

Er lachte laut und drängte sich nun von hinten gegen ihren Po. Mit einer Hand umfing er ihre prallen Brüste und streichelte synchron über ihre Nippel, die seit dem Tragen der Klemmen hochsensibel waren. Ein Zischen kam über ihre Lippen. Verdammt, noch nie hatte sie ihren Körper so intensiv gespürt.

Endlich führte er seinen Penis in ihre Spalte ein. *Nun leg schon los!* Ihre Vagina zog sich zusammen, und Myriam versuchte, die Kontrolle zu übernehmen, vor- und zurück zu schaukeln, aber er trickste ihre Bewegung aus, indem er ihr folgte. Seine Hände umfingen ihre Brüste, die Nippel zwischen Zeige- und Mittelfinger eingezwickt. Ihre Begierde war so groß, dass sie alles ertragen würde, nur um sich ganz und gar dieser Lust zu überlassen.

Als er sich zurückzog und sogleich wieder hart, bis tief in ihr Innerstes hineinstieß, explodierte ihr Orgasmus mit einer solchen Intensität, dass sie die Kontrolle verlor und schrie wie noch nie in ihrem Leben. Ruben fuhr fort, presste ihre Brüste, während er kraftvoll zustieß, wieder und wieder. Sein Penis füllte ihre Vagina perfekt aus, und jeder Stoß brachte Myriam einem neuen Höhepunkt näher. Sie hatte die Augen geschlossen, und war jetzt völlig ohne Gedanken, ganz und gar nur noch Körper und Lust. Seine Hoden klatschten laut gegen ihren Unterleib, seine Hände packten sie an der Hüfte und er stieß wieder und wieder zu.

Ein noch intensiverer Orgasmus überrollte sie. Myriam schrie und schrie vor Lust, ihre Stimme schnappte über, unbändige Lust kontrollierte ihren Körper, und sie bemerkte dabei nur entfernt, als hätte es nichts mit ihr zu tun, dass Rubens Grunzen seinen eigenen Orgasmus einleitete, und er nun wild in sie hinein pumpte.

Es dauerte einige Zeit, bis Myriam verstand, dass sie in Rubens Arm lag. Hatte sie das Bewusstsein verloren? Seine Hose war wieder geschlossen, das Tuch aus ihrem Mund entfernt.

War das alles wirklich geschehen? Das war äußerst verwirrend.

»Wie geht's dir?«

»Gut«, hauchte sie.

»Für einen Frischling warst du gar nicht mal so schlecht«, grinste er.

Sie setzte sich auf und sah ihn an. »Ah ja?« Ihr Körper fühlte sich so herrlich befriedigt und entspannt an wie schon lange nicht mehr. Nichts erinnerte an irgendwelche Torturen. Eigentlich hätte sie gegen eine baldige Wiederholung nichts einzuwenden.

Spinnst du? Nie, nie wieder mache ich das mit! Das war nur ein Experiment!

»Wir könnten demnächst ein ganzes Wochenende oder auch mehr zusammen verbringen. Wenn du zu einem so intensiven Abenteuer bereit bist und dich traust. Überleg es dir. Vorher allerdings wirst du mich auf Knien bitten, dich zur Sub zu erziehen.«

Ruben, der Dominus

Einerseits hatte Ruben keine Lust, wieder eine neue Liebesbeziehung mit allen Auf's und Ab's, anzufangen, und auszuloten, inwieweit Myriam sich als Sub eignete. Auf den ersten Blick fehlte ihr das gewisse unterwürfige Etwas, das sie als zukünftige devote Sub auszeichnete. Niemand sollte aus reiner Neugierde etwas ausprobieren, wofür er nicht die innere Einstellung besaß.

Dass Myriam sich als gar nicht so zimperlich erwies, hatte ihn dann andererseits überrascht. Zwar war der Weg bis zu einer devoten Sub noch weit, aussichtslos erschien ihm dieser jetzt jedoch nicht mehr. Falls es nichts von Dauer wäre, so hätte er ihr wenigstens eine Lektion erteilt, und dazu verspürte er auf jeden Fall große Lust.

Die Liebe fürs Leben hatte bei ihm noch nicht angeklopft. Seine bisherigen Subs waren weder treu noch ergeben genug gewesen, ihn auf Dauer als ihren Meister oder wenigstens als Liebhaber anzuerkennen. Ein paar amüsante Spiele, unterhaltsam und erregend, von zwei bis drei Monaten Dauer, dann trennten sich ihre Wege schon wieder. Daher befand sich Ruben nicht direkt auf der Suche nach einer Gespielin, die diesen Platz einnahm. Es gehörte viel Glück dazu, sehr viel Glück sogar, dass sich zwei Menschen trafen, die in dieser Hinsicht dasselbe wollten.

»Du bist nicht dominant genug«, hatte Laurin kritisiert. Der musste gerade reden, war er doch selbst eher so eine Art Softie-Ausgabe eines Doms.

»Leg dir eine Strategie zurecht. Plane deine Sessions. Purer Sex ist nicht alles«, riet ihm Leo und lebte dies tatsächlich auch.

Alle beide waren gute Kumpel. Sie trafen sich nicht allzu oft, aber wenn, dann war es so vertraut, als hätten sie sich erst gestern gesehen. Diese Vertrautheit wünschte Ruben sich auch mit seiner Sub. Aber alles was er erlebte, war von einer gewissen Oberflächlichkeit geprägt. Es ging eben nur um ein Spiel.

Es war nicht so, dass er die große Liebe suchte. An diese glaubte er schon lange nicht mehr. Das war ein Teenagertraum. Irgendwann sollte ein erwachsener Mann der Realität ins Auge blicken, und die sah anders aus. Gefühle in der Partnerschaft wurden völlig überbewertet. Laurin und Leo mochten zu den wenigen Glücklichen gehören, bei denen Liebe, Sex und SM perfekt zusammenpassten. Ihm selbst würde eine reine, von aufregendem Sex, allerdings auch von Treue geprägte Beziehung genügen.

Nun, es blieb ihm nichts anderes übrig, als es mal wieder zu versuchen. Seine bisherigen Subs waren nicht völlig unbeleckt gewesen, sondern hatten schon mit anderen Doms Erfahrungen gesammelt. Schnell hatte man die gegenseitigen Bedingungen festgelegt, was dem Spiel mitunter ein wenig die Spannung nahm.

Mit Myriam wäre es anders. Sie war unerfahren, naiv in dem, was sie erwartete, dafür aber formbar. Ob allerdings er der geborene Erzieher war? Andererseits, wenn Laurin und Leo das geschafft hatten, warum sollte er es nicht auch hinbekommen. Und diesmal würde er alles so machen, wie er es sich schon immer erträumte. Es gab keine zwei Chefs. Nur ihn.

Verdammt. Es war lange her, dass er soviel Gedanken an eine Frau verschwendet hatte und sich dabei von allem anderen ablenken ließ. Was war nur los mit ihm?

Ruben rieb sich die Augen und wischte sich dann mit den Händen mehrmals über das Gesicht. Irgendwie mussten sich diese Gedanken doch mal vertreiben lassen! *Puh.* Zum Glück war heute einer jener seltenen Tage, an denen er das Stechen der Tattoos einem anderen Tätowierer überließ, der gelegentlich für ihn arbeitete und seinem hohen Qualitätsanspruch gerecht wurde. Für eine so verantwortungsvolle Tätigkeit war er selbst heute viel zu unkonzentriert.

In dem kleinen Büro, das man über eine Tür unter der Treppe zur Empore betrat, stapelten sich die Schachteln der letzten Monate und auf dem Schreibtisch sah es auch nicht viel besser aus. Ruben hasste Buchhaltung. Um Kosten zu sparen und einen gewissen Überblick über seine Finanzen zu behalten, bereitete er alle Unterlagen so perfekt wie möglich für den Steuerberater vor. Aber er war kein Schreibtischtäter, sondern empfand Papierkram zwar als notwendig, vor allem aber als äußerst lästig. Und heute war sowieso nicht sein Tag.

Das Telefon klingelte und Rubens Hand bewegte sich träge zum Hörer. Lustlos hörte er sich die Fragen eines potentiellen Kunden an. Die meisten Leute kamen über Mundpropaganda zu ihm. Über mangelnde Aufträge konnte er sich inzwischen nicht beklagen. Anfangs hatte er das Tätowieren in seiner Freizeit gelernt und ausgeübt. Als fest angestellter Kraftfahrzeugmechaniker in einer Motorradwerkstatt war alles geregelt gewesen. Feste Arbeitszeiten, sicherer Lohn, dreißig Tage Urlaubsanspruch. Da blieb abends und Samstags genügend Zeit, einem neuen Hobby nachzugehen.

Je bunter und ausgedehnter die Bilder auf seiner eigenen Haut wurden, desto weniger kam er mit der alltäglichen Routine zurecht. Inspektion, Reifenwechsel, Reparaturen. Zum Teufel mit der Sicherheit, die dieser Job bot! Mit Mut zum Risiko hatte er gekündigt und seinen eigenen Tattooladen eröffnet. Mittlerweile lief alles bestens. Alles – außer sein Liebesleben.

Ausgeliefert

Voller Ungeduld und unkonzentrierter als sonst bediente Myriam ihre letzte Kundin an diesem Tag. Es handelte sich um eine Quasselstrippe, die vom Hundertsten ins Tausendste abschweifte, und eigentlich wäre das Ablenkung genug gewesen. Heute jedoch interessierte Myriam sich nicht für den Klatsch. Ihre Gedanken waren mit Wichtigerem beschäftigt.

Am liebsten hätte sie Ruben verflucht. Die ganze Woche über musste sie immer wieder an das Erlebte zurückdenken. Es war zum Verrücktwerden. Selbst die Arbeit lenkte sie nicht ausreichend ab und nun stand auch noch das Wochenende vor der Tür. Es versprach ätzend zu werden.

Irgendwo in ihrer Unordnung war die Visitenkarte verschwunden. Natürlich hätte sie bei Nadine anrufen und diese um die Telefonnummer bitten können, die sie dummerweise auch nicht in ihrem Handy gespeichert hatte. Ihr Stolz verbat dies. Nadine brauchte nicht zu wissen, dass sie Ruben noch einmal wiedergesehen hatte.

Als Myriams Handy in der Handtasche klingelte, zuckte sie zusammen.

»Entschuldigung, bin gleich wieder da. Ich erwarte heute einen dringenden Anruf.«

Es wurde kein Name, nur eine ihr unbekannte Nummer angezeigt.

»Ja? Hallo?«

»Was hältst du von einem kleinen Sexabenteuer im Freien, um

ein paar BDSM-Praktiken kennenzulernen?«, brummte Rubens Stimme.

Wow, der ging aber ran! Wie wäre es zuerst mal mit *Hallo, wie geht's dir? Ist schon eine Weile her, dass wir …*

»Oder ist dein Interesse schon verflogen?«

»Hi Ruben. Ähm, klar. Wieso nicht?« Ihr Puls beschleunigte sich wie ein Hochleistungsmotor innerhalb von Sekunden. Myriam biss sich auf die Lippe. So schnell hatte sie nicht zusagen wollen, ihn eher zappeln lassen. Er brauchte nicht zu merken, wie sehr sie auf seinen Anruf gefiebert hatte. Aber ihr Kopf war leer gefegt, ohne einen einzigen klaren Gedanken, und sie reagierte einfach nur wie ein Programm, das auf Automatikmodus geschaltet war.

»Fein. Ich werde diese Gelegenheit nutzen, dich mit den wichtigsten Regeln vertraut zu machen. Einverstanden?«

Regeln? Das klang wenig verheißungsvoll. Obwohl, selbst das einfachste Spiel hatte eigene Regeln. Also gut. »Okay.«

»Kennst du den Parkplatz an der Bienenheide?«

»Na klar.« Der Parkplatz gehörte zu einem großen Waldgebiet am Stadtrand, einem beliebten Ausflugsziel. Myriam war schon lange nicht mehr dort gewesen.

»Okay. Morgen Nachmittag, sagen wir 14 Uhr, treffen wir uns dort. Ich will, dass du Turnschuhe oder anderes festes Schuhwerk trägst, dazu eine leichte Bluse und Hotpants oder Minirock. Ich gehe mal davon aus, du besitzt so etwas.« Er lachte leise.

Der Mistkerl setzte voraus, dass sie morgen noch nichts vorhatte. Myriam lag der Einspruch auf der Zunge, dass sie erst in ihrem Kalender nachsehen müsse, ob nicht eine Verabredung eingetragen wäre. Doch stattdessen kam ihr nur ein »Einverstanden.« über die Lippen.

»Und – Myriam: Keine Unterwäsche. Kein BH, kein Slip. Je enger und aufreizender deine Kleidung sitzt, desto besser.«

Sein Tonfall war tief und sexy, als er dies sagte und Myriam fühlte sich im selben Augenblick fast nackt. Kühle Luft streifte zwischen ihren Beinen hindurch, prickelte auf ihren Schamlippen, während ihr Oberkörper Hitze der Erregung abstrahlte.

»Lässt sich machen«, kicherte sie übermütig. Dieses Date versprach aufregend zu werden.

»Gut. Deine Haare bindest du zu einem Pferdeschwanz.«

Für einen Moment war Stille. Noch irgendwelche seltsamen Wünsche? Sie hielt den Atem an. Ihre Brüste spannten und sie wünschte sich, Rubens Hände auf ihrem Körper zu spüren. *Oh verflucht,* die nächsten Stunden würden unerträglich werden.

»Und, Myriam?«

»Ja?«

»Ich möchte noch eines klar stellen, ich bin nur an einer BDSM-orientierten Sexbeziehung interessiert, nicht an irgendwelchem romantischen Liebesgesäusel. Nur Spiel und Spaß. Keine Zukunftserwartungen oder so. Wir treffen uns wann und wo wir Lust haben, ohne weitere Verpflichtungen.«

Myriam schluckte, sie zwang sich zu einem Lachen. »Hey Ruben, passt. Let's have fun together.« War es nicht das, was sie selbst wollte? Beziehungen schufen nur Probleme. Hatte man mal keine Zeit oder Lust zu irgendetwas, was der andere gerne machen wollte, so war dieser in der Regel eingeschnappt. Und dennoch – so wirkliche Freude wollte sich nicht einstellen. Vielleicht lag es daran, dass sie gerne selbst bestimmte, und sich nicht gerne dirigieren ließ. Ein bisschen Sex im Grünen versprach auf jeden Fall eine interessante Abwechslung, die sie sich nicht entgehen lassen würde. Keiner ihrer bisherigen Freunde wäre auf so eine Idee gekommen, und vielleicht hätte sie auch gar nicht zugestimmt. Aber inzwischen … Und der Rest würde sich finden.

Endlich. Nach einer unruhigen Nacht und einem Vormittag, dessen Stunden einfach nicht zu vergehen schienen, war der Zeitpunkt gekommen. Im Nachhinein war Myriam über Rubens Vorschlag ein wenig verwundert gewesen. Hatte er nicht erwartet, dass sie ihn anrufen, und vor allem auf Knien um seine erotische Erziehung bitten würde? Offenbar hatte er es noch nötiger als sie, worüber sie laut lachen musste.

Aus ihrem Wagen aussteigend sah sie sich um. Autos verschiedenster Marken parkten mehr oder weniger ordentlich auf dem gekiesten Platz. Leute waren keine zu sehen. Zum Glück. Ein wenig unwohl fühlte sie sich jetzt doch in ihrer knappen Bekleidung. Man könnte sie leicht für eine Nutte halten. Auf dem Weg zu ihrem Auto hatte sie extra eine lange Strickjacke übergezogen, um nicht zu sehr aufzufallen.

Ihr Handy klingelte.

»Du bist unpünktlich«, knurrte Ruben.

»Wo bist du? Ich kann dich nirgends sehen.«

»Du bist unpünktlich«, wiederholte er energischer.

»Jaaa haa. Hab's verstanden. Für Staus kann ich nichts, und jetzt bin ich ja da.«

»Eine der Regeln: Pünktlichkeit. Merke dir: jede Regelverletzung zieht unweigerlich eine Strafe nach sich.«

Du meine Güte, ist der kleinlich. Sie war rechtzeitig losgefahren. Na ja, vielleicht ein wenig knapp, weil sie so lange überlegt hatte, welche Bluse sie anziehen sollte. Aber was konnte sie dafür, wenn sich alle Ampeln der Stadt gegen sie verschworen hatten und immer knapp vor ihr auf Rot umschalteten? Dafür gab es an ihrer Kleidung aber nichts zu beanstanden. Diese entsprach genau Rubens Anweisung.

Zu den roten Hotpants, die Myriam eine halbe Ewigkeit nicht getragen hatte und die knackig eng über ihrem Po spannten, hatte sie sich zwischen einer zitronengelben, gesmokten Bluse entscheiden müssen, die schulterfrei war, und einer weißen ärmellosen, deren Stoff ihre Brustwarzenhöfe durchschimmern ließ. Ihre makellosen braungebrannten Beine erschienen angesichts der knappen Hose noch länger, wenn sie sich bückte, war der Ansatz ihrer nackten Pobacken zu sehen. Damit, und jeder der beiden Blusen kam sie sich selbst unanständig vor.

Bevor sie eine endgültige Entscheidung traf, band sie ihre Haare zu einem fröhlich wippenden Pferdeschwanz zusammen. Ohne Schminke fühlte sie sich nicht perfekt. Mit kräftig getuschten Wimpern, die Augen zusätzlich durch einen starken Kajalstrich betont und knallrotem Lippenstift trat Myriam erneut vor den großen Schlafzimmerspiegel.

Die Mischung macht's, dachte sie übermütig, während sie sich von oben bis unten betrachtete. Die weißen Söckchen zu den roten Turnschuhen wirkten mädchenhaft artig, Bluse und Hotpants sexy und zügellos, die Schminke auffällig und aufreizend.

Grinsend wählte Myriam die weiße Bluse und strich sich mit den Händen über ihre Brüste. Ihre Nippel reagierten sofort und zeichneten sich als kleine Erhebungen durch den dünnen Stoff ab. *Ziemlich unanständig! Und wenn schon.* Es sollte kein Problem sein, Ruben aufzureißen und die Leitung über den Verlauf des Nachmittags zu übernehmen. Diesmal würde sie nicht alles ihm überlassen.

»Geh jetzt zu meinem Wagen. Siehst du das dunkelgrüne Cabrio?«

Mit dem Handy am Ohr näherte Myriam sich dem schicken Sportwagen.

»Nimm das Headset vom Rücksitz und steck dir den Stöpsel ins Ohr, wickel das Kabel irgendwie um deinen Pferdeschwanz, damit es dich nicht behindert. Dann werde ich dir weitere Anweisungen geben. Das Gerät ist sehr leistungsstark, es enthält auch ein kleines Mikro, damit ich dich hören kann.«

Sobald Myriam den Knopf im Ohr hatte, hörte sie seine Stimme und schaltete ihr Handy aus.

»So, und jetzt machst du den Kofferraum auf und legst dein Handy und deine Handtasche hinein.«

»Aber ich …«

»Regel Nummer Zwei«, unterbrach Ruben streng. »Gehorsam! Als Sub folgst du meinen Anweisungen, ohne diese jedesmal zu diskutieren. Du wirst nichts mitnehmen, außer du möchtest unser Treffen gleich hier abbrechen!«

Ist ja schon gut, murrte Myriam innerlich und legte ihre Tasche in den Kofferraum. Möglicherweise war es ein Fehler, sich darauf einzulassen. Andererseits wäre es aber auch ein Fehler jetzt zu gehen. Sie brauchte Befriedigung und sie wollte mehr kennenlernen. Die Zeit seit seinem gestrigen Anruf und ihr halbnacktes Outfit hatten sie in einen Zustand der Dauererregung versetzt. Wie sollte sie ihn jedoch verführen, wenn er sich ihr nicht einmal näherte? *Dass ich mein Handy zurücklasse, kannst du allerdings vergessen. Das ist meine Notfallversicherung. Man weiß ja nie …*

Kurz nachdem sie den Kofferraumdeckel zugeschlagen hatte, machte es *Klack*. Das Schloss verriegelte sich per Fernbedienung. Allzuweit entfernt konnte Ruben also nicht entfernt sein.

»So, folge nun dem Waldweg, ich melde mich gleich wieder. Und schau dich ja nicht um!«

Es fiel ihr schwer, seiner Anweisung zu folgen, aber sie beherrschte sich.

Myriam war noch keine fünf Minuten unterwegs, da sah sie vor sich auf dem Weg einen Gegenstand, der sich beim Näherkommen als Rucksack entpuppte.

»Nimm den Rucksack auf den Rücken und dann geh weiter.«

Zuerst einmal wollte sie wissen, was sich darin befand. Kaum nestelte sie an einem der Verschlüsse, da erklang Rubens Stimme ein weiteres Mal. »Du schaust nicht hinein! Beeil dich und geh weiter.«

Beobachtete er sie? Myriam schaute um sich, konnte ihn jedoch nirgends entdecken. Unterholz und Baumstämme standen zu dicht. Sie schulterte den Rucksack und ging weiter.

Eine Weile genoss sie die Natur und vergaß beinahe, warum sie hier war. Zwei rotbraune Eichhörnchen sprangen quer vor ihr über den Weg, eines schaute sie kurz an, schlug mit dem Schwanz aufgeregt auf und ab, gab keckernde Töne von sich, und folgte dann dem anderen in wilder Jagd einen Baumstamm hinauf. In der Nähe zwitscherten einige Meisen und irgendwo aus den Baumwipfeln war von Zeit zu Zeit das hämmernde Stakkato eines Spechtes zu hören.

»Frag die nächsten Leute, die dir begegnen, wo es zum Bärensee entlang geht.«

Myriam sah an sich herab. Was würden Fremde von ihrem Aufzug halten? *Brust raus, sei selbstbewusst! Niemand kennt dich hier. Lass die Leute denken, was ihre schmutzige Fantasie ihnen zum Denken gibt!*

An einer Weggabelung kam ihr ein Spaziergänger mit zwei Hunden entgegen. Der Mann hätte dem Alter nach fast ihr Vater sein können und musterte sie mit gierigem Blick von oben bis unten.

»Guten Tag. Können Sie mir bitte sagen, welcher Weg zum Bärensee führt?«

Der Fremde nickte und leckte sich über die Lippen. »Natürlich weiß ich das. Aber die Auskunft ist nicht umsonst. Was bekomme ich dafür, Kleine?« Er starrte auf ihren Busen.

Ehe Myriam eine schnippische Antwort geben konnte, mischte sich Ruben ein. *»Frag ihn, welchen Preis er verlangt und dann tu, was er sagt«*, erklang es in ihrem Ohr. *»Na los. Du wolltest BDSM kennenlernen, also gehorche! Ohne Gehorsam keine Belohnung.«*

Myriam bemühte sich um ein selbstbewusstes Lächeln und zwinkerte dem Mann zu. Wenn Ruben ihren ganzen Einsatz verlangte, dann würde er das hoffentlich gleich bereuen.

»Sie dürfen sich etwas wünschen. Was hätten Sie denn gerne für Ihre Auskunft?«

»Nun, wenn ich die freie Wahl habe – es ist lange her, dass ich so junge knackige Brüste angefasst habe«, grinste der Mann und strich sich seinen Schnurrbart mit dem Zeigefinger nach links und rechts weg. »Du siehst zum Anbeißen aus. Knöpf deine Bluse auf.«

Myriam erstarrte. Der Kerl wollte sie tatsächlich anfassen? *Ruben, sag was! Das kannst du nicht zulassen!*

Der Fremde griff sich in den Schritt. Oh nein, sie würde sich gewiss nicht von ihm ficken lassen. Langsam wich sie zurück. In der hellen Freizeithose und dem kurzärmeligen karierten Hemd wirkte er bieder und bürgerlich. Ob zuhause wohl eine Frau und Kinder auf ihn warteten? Bestimmt war er schon lange nicht mehr zum Stich gekommen. Würde Ruben ihr zu Hilfe eilen, falls der Fremde über sie herfiel oder würde es ihn aufgeilen, aus sicherer Entfernung zuzusehen?

»Nur anfassen«, beteuerte ihr Gegenüber, lachte und kam einen Schritt auf sie zu. »Nun mach schon. Du willst doch eine Auskunft. Und wer so rumläuft wie du, muss sich nicht wundern …«

»Na los! Gehorche!«

Lag da ein lüsternes Vibrieren in Rubens Stimme? Es fühlte sich an, als reckten sich ihre Brüste noch mehr nach vorne. Sie wollte berührt werden. Was war nur mit ihr los? *Aber doch nicht von einem Wildfremden!*

»Knöpf deine Bluse auf. Jetzt!«, hauchte seine Stimme verschwörerisch.

Wie fremdgesteuert knöpfte Myriam langsam ihre Bluse auf. Der Fremde strich sich wieder nervös über seinen Schnurrbart und ließ ihre Hände nicht eine Sekunde aus den Augen.

»Hände hinter den Kopf«, befahl Ruben und der lüsterne Unterton in seiner Stimme war jetzt ganz deutlich zu hören.

Zu Myriams Überraschung kniete der Mann plötzlich vor ihr nieder. Dann packte er mit seinen großen Händen kräftig zu und knetete ihre Brüste. *Verdammt*, wieso machte sie das an? In ihrem Schoß setzte ein lustvolles Zucken ein.

»Wundervoll«, murmelte der Spaziergänger, nahm einen ihrer Nippel in den Mund und fing an, hingebungsvoll daran zu saugen.

Im Nu waren Myriams Bedenken verflogen. Die Anspannung der letzten Stunden wurde von einer sprunghaft ansteigenden Erregung abgelöst.

»Oh Gott nein«, wimmerte sie. Der Mann verstand es, sie geil zu machen. Es prickelte überall. Sein Mund und seine Hände verschafften ihr innerhalb von Sekunden höchsten Genuss. Es spielte keine Rolle mehr, wer er war oder wie er aussah. Sie schaute über ihn hinweg in den Wald, der vor ihren Augen verschwamm.

»Nicht aufhören, machen Sie weiter …«, flehte Myriam und der fremde Mund stülpte sich noch weiter über ihren Nippel, saugte fester, schmatzte dabei, und mit seinen Fingern rubbelte er die andere Brustwarze, so dass sie vor Lust laut jauchzen musste.

»*Du Flittchen! Ich wusste doch, dass dir das gefällt. Willst du, dass er dich fickt?*«, lachte Ruben in ihrem Ohr.

»Nein, nicht er«, stieß Myriam hervor. »Du!«

Auch wenn dieser Mund und diese Finger wundervolle Gelüste bewirkten, wollte sie lieber Rubens Schwanz in sich spüren, nicht den dieses Fremden, der nun von einer knienden in eine sitzende Position wechselte und sie nach vorne zu sich herabzog.

Wimmernd ließ Myriam ihn gewähren. Mit herabgebeugtem Oberkörper hingen ihre Brüste dem Mann jetzt wie reife Trauben entgegen. Wäre es nicht grandios, wenn Ruben dazu käme, ihr die Hose herunterziehen und sie von hinten nehmen würde, während der andere Mann ihre Brüste fest im Griff hatte? *Du meine Güte, an Sex mit zwei Männern habe ich noch nie gedacht,* schoss es ihr durch den Kopf. *Wäre das geil!*

»*Öffne deine Hose und streif sie über den Po herunter*«, befahl Ruben, als könne er ihre Gedanken lesen. Sogleich fühlte sich ihr Schoß noch heißer und feuchter an als zuvor. Mit Freude würde sie seinen Schwanz in sich aufnehmen. Sie war bereit. Mit beiden Händen nestelte sie hektisch an ihrem Höschen und streifte es eilig bis zu den Kniekehlen herab.

»*Ein wunderbarer Anblick, du geiles Luder*«, flüsterte Ruben. »*Leider bleibt uns nicht viel Zeit. Die nächsten Spaziergänger werden bald hier sein.*«

Eine Hand klatschte laut auf ihren Po. Sie hatte keine Schritte näher kommen gehört. Ein Laut des Erschreckens entfuhr Myriams Mund, gefolgt von hemmungslosem Stöhnen. »Ruben, endlich! Nimm mich!«

Im selben Moment packte sie der Fremde fester, legte seine großen Hände auf ihre Taille, beugte sie noch tiefer, wobei er weiter an ihrem Busen nuckelte.

Der Schmerz auf ihrem Po war überraschend. Wieder und wieder ging Rubens Hand nieder, klatschte auf ihre sensible Haut.

»Nein!«, jammerte Myriam, stemmte sich mit den Händen gegen die Schulter des Mannes und versuchte sich aus seinem Griff zu befreien. Vergeblich. Die beiden Männer kontrollierten sie. Zudem fachte der brennende, immer heißer werdende Schmerz auf ihrem Po ihre Lust an.

Sie wandte ihren Kopf, um Ruben anzusehen. »Was machst du? Fick mich doch endlich!«

»Später«, lachte dieser. »Erst möchte dich leiden und auslaufen sehen.«

Bei jedem Hieb kreischte Myriam auf. Der Schmerz als solcher wäre vielleicht gut auszuhalten gewesen, aber die ungewöhnliche Kombination aus Schmerz und Lust nahm ihr jegliche Kontrolle. Es war ihr nicht einmal möglich, nach Ruben zu treten, da die enge Hose wie eine Fessel um ihre Beine lag.

Wie auf ein geheimes Zeichen hörten die beiden Männer plötzlich auf. Der Fremde erhob sich und half Myriam, sich aufzurichten. Er ordnete seinen Bart, der von ihrem Busen ein wenig verdrückt worden war, und zwinkerte sie vergnügt an.

»Du solltest dich wieder anziehen, bevor jemand kommt. Komm Bella«, rief er seinem Hund zu, der ein Stück entfernt auf dem Weg lag.

Es dauerte einen Augenblick, bis Myriam begriff, dass die beiden Männer fort waren und sie noch halb nackt auf dem Weg herumstand. Am Ende des Weges waren Personen zu sehen, die schnell näher kamen.

Hastig zog sie ihre Hose hoch und knöpfte die Bluse zu. Verdammt, waren ihre Brüste unter der Lust geschwollen? Die Bluse schien noch mehr als zuvor zu spannen, die Knöpfe drohten abzureißen, und der Gedanke, dass der Stoff ziemlich durchscheinend war, war Myriam jetzt richtig peinlich. Schnell suchte sie sich einen Weg zwischen den Büschen und wartete, bis die Spaziergänger vorbei gegangen waren.

Puh, das war knapp. Myriam atmete stoßweise, als sie auf den Weg zurück trat. Ihre Brust hob und senkte sich in schneller Folge.

Dieser verfluchte Ruben, hatte er die Sache mit dem Fremden eingefädelt oder billigend in Kauf genommen? Sie schüttelte über sich selbst den Kopf. Wie ein Flittchen hatte sie sich willig begrapschen lassen. Aber es war verflucht aufregend gewesen. Noch immer pochte es in ihrem Schoß und verlangte nach Befriedigung.

Sie öffnete die Hose und schob ihre Hand hinein. Oh ja, ihre Finger fühlten feuchtes Verlangen.

»Untersteh dich, dich selbst zu befriedigen. Fünf weitere Hiebe mit dem Rohrstock werden auf deinem Strafkonto verbucht … Eins, zwei, …«

Schmollend zog Myriam den Reißverschluss zu. *Spielverderber.* »Wieso machst du's mir nicht? Sag mir, wo du bist, ich komme zu dir.«

»Geh weiter.«

In Sekunden sank Myriams Motivation trotz ihrer pochenden Muschi auf den Nullpunkt. Wenn er sie nicht bald vögelte, hatte sie keine Lust mehr, dieses Spiel fortzusetzen.

Bald darauf kamen ihr schon wieder Spaziergänger entgegen. Zuerst eine Familie, die ihre zwei kleinen Kinder schnell an Myriam vorbeizog. Dann ein Pärchen mit Walking Stöcken, die unverschämt grinsten. Zuletzt ein etwa dreißigjähriger Jogger, der sie überhaupt nicht beachtete.

Keine Anweisungen von Ruben. War er noch da? Das Gewicht des Rucksacks auf ihrem Rücken war ungewohnt. Um sich abzulenken begann Myriam eine Melodie zu summen, die sich in ihrem Kopf schließlich zu einem Popsong entwickelte, den sie auf der Hinfahrt im Radio gehört hatte und dann fiel ihr auch der Text dazu ein. Fröhlich trällernd schritt sie voran, bis Ruben sich meldete.

»Stopp. Zu deiner linken ist ein Trampelpfad, folge diesem.«

Na toll, das war fast weniger als ein Trampelpfad, so eng stand das Unterholz. Eine Zeitlang hatte sie vollkommen vergessen, wie leicht sie bekleidet war. Jetzt war dies mit einem Mal wieder präsent. Sollte sie sich ihre Schenkel verkratzen? Vorsichtig ein Bein vor das andere setzend arbeitete Myriam sich voran.

»Autsch!« Ein kleiner Bluttropfen quoll aus einem Riss, an dem der Dorn eines Busches schuld war. »Kennst du noch mehr solche Wege, mit denen du mich martern willst?« Myriam schaute sich um, ob Ruben ihr folgte. Nichts zu sehen. Nur Vegetation.

»Es ist bestimmt nur ein harmloser Kratzer.«

Murrend schaute Myriam um sich. Der Pfad führte zu einem parallel zum Hauptweg verlaufenden schmäleren Weg, der vermutlich nur von wenigen Spaziergängern benutzt wurde.

»Und jetzt? Links oder rechts?«

»Rechts.«

»Wann treffe ich dich?«

»Früh genug.«

»Und was haben Euer Gnaden mit mir vor?«

Leises Lachen war die Antwort. *»Die Anrede passt schon mal. Die kannst du beibehalten.«*

Das war ein Scherz, dachte Myriam stirnrunzelnd. Zu Anfang hatte sie die Idee, sich im Wald zu treffen, für recht romantisch eingestuft. Es war schon eine Weile her, dass sie mit einem Partner spazieren oder wandern gegangen war. So wie dieser Waldspaziergang verlief, entsprach er allerdings nicht ihrer Vorstellung. Zur Romantik gehörten nun mal zwei – wo war Ruben?

»Halt, bleib stehen. Nimm den Rucksack ab und öffne ihn.«

»Wird auch Zeit. Ich bin schließlich kein Packesel«, maulte Myriam und ließ den Rucksack auf den Waldboden plumpsen. »Ich hoffe, du hast eine anständige Brotzeit eingepackt.«

»Erst die Arbeit, dann das Vergnügen. Nimm die Lederfesseln und den Strick heraus.«

Ein pinkfarbener Dildo strahlte Myriam mit grinsendem Delfinkopf aus seiner durchsichtigen Originalverpackung entgegen. *Oh wow,* der Rucksack schien ja alles Mögliche an erotischem Spielzeug zu enthalten. Darunter befanden sich die Fesseln aus schwarzem Leder, auf der Innenseite rot gepolstert.

Endlich ging es weiter. Ihre kaum gedämpfte Erregung pulsierte wieder spürbar durch ihre Adern. *Wo bist du?* Würde Ruben plötzlich aus dem Gebüsch springen und über sie herfallen, sie packen und an einen Baum fesseln? Wie aufregend. Darauf hätte sie jetzt richtig Lust.

»Ein Jogger kommt auf dich zu.«

Im selben Augenblick entdeckte auch Myriam den Mann, der nur mit einem Muscleshirt und Turnhose bekleidet sich ihr schnell näherte. »Hm, ja, ich kann ihn sehen.« Sie schaute sich nach einem Versteck um.

»Gut. Den bittest du, dich mit hoch erhobenen Armen an einen Baum zu fesseln.«

»Was?« Myriam lachte verlegen auf. »Du spinnst wohl. Ich frage doch nicht einen Wildfremden und liefere mich ihm …«

»Ich wiederhole: Regel Nummer Eins – Gehorsam. Tu was ich dir sage, sonst ist dein Anrecht auf einen Orgasmus für heute gestorben.«

Nun, er war ja offensichtlich in ihrer Nähe und beobachtete sie. *Ist ja schon gut. Ich hasse Regeln.* Die Idee, Fremde einzubeziehen, hatte zwar einen gewissen Reiz, abgesprochen war dies aber nicht. Woher wollte er wissen, dass sie damit einverstanden war, oder war ihm das egal? Dabei fiel ihr gerade wieder ein, dass sie von Geschichten gelesen hatte, in denen die Sub verschiedenen Männern zur Verfügung gestellt wurde. Würde es Ruben anmachen, dabei zuzusehen? Und selbst wenn, das wäre nicht in ihrem Sinne. Sie würde sich nicht wie eine Hure besteigen lassen!

»Ruben, du …«

»Los jetzt!«, befahl er ungeduldig.

Der Jogger grüßte flüchtig und sprintete bereits an ihr vorbei, als Myriam tief Luft holte und sich einen Ruck gab. »Hallo, entschuldigen Sie …«

Der Mann drehte sich um und joggte auf der Stelle. »Ja?«

»Ähm, könnten Sie mir einen Gefallen tun?« Der Mann würde sie bestimmt auslachen. Ihre Wangen glühten innerhalb von Sekunden und in ihrem Hals pochte eine Ader, die vorher nicht so deutlich zu spüren gewesen war.

»Um was geht es denn?« Der Jogger kam näher und blieb stehen.

Schweiß glänzte auf seiner gebräunten Haut, lief die Schläfen, den Hals und die Arme entlang. Er war ein wenig schlanker als Ruben, hatte nicht so kräftige Arme, dafür ziemlich muskulöse Oberschenkel. Ein Stirnband bändigte die halblangen verschwitzten Haare.

»Na ja, es klingt sicherlich ein wenig ungewöhnlich, aber mein Freund – also, wir machen gerade ein Spiel, und er möchte …«, Myriam schluckte und musste sich zwingen, dem neugierigen Blick des Fremden standzuhalten. »Also, er möchte, dass ich mich von Ihnen an einen Baum fesseln lasse.«

Puh, sie hatte es geschafft. Jetzt war es ausgesprochen. Sie hielt dem Fremden die Ledermanschetten entgegen. Dieser schaute verdutzt, dann fing er an zu lachen. »Das ist nicht dein Ernst, Mädel, oder?«

Verlegen senkte sie ihre Augen und schaute auf seine staubigen Turnschuhe. »Doch. Ich möchte – dass …« Myriam schluckte. Ihre Stimmbänder hörten sich auf einmal ungewohnt rau an. »Dass Sie mich anbinden.«

Der Jogger sah um sich. »Ist das hier so etwas wie ‚Verstehen Sie Spaß‘?«

»Nein«, erwiderte Myriam kopfschüttelnd. »Das ist ein ganz privates Spiel. Bitte. Tun Sie's?«

»Willst du das denn auch wirklich?« Er senkte die Stimme. »Ich meine, machst du das aus freiem Willen oder ist das nur *seine* perfide Idee? Ich kann dir helfen, wenn du zu etwas gezwungen wirst und hier weg möchtest.«

Myriam rang sich ein Lächeln ab. Die Augen ihres Gegenübers schienen sie bis in ihre Gedanken hinein zu durchbohren. Was würde er machen, wenn sie ihm wehrlos ausgeliefert war? Würde er dann seine wahre Natur offenbaren und über sie herfallen? Ihr Herz schlug einen Salto.

»Vielen Dank, aber ich finde das wirklich aufregend. Und es wäre wirklich toll, wenn Sie mich an einen Baum fesseln würden.«

»Okay, wenn du meinst.«

Als würde er jeden Tag nichts anderes machen, nahm der etwa

Dreißigjährige die Fesseln aus ihrer Hand entgegen und schnallte sie ihr um die Handgelenke. Nicht so fest, dass es ihr das Blut abschnürte, jedoch fest genug, dass sie sich nicht selbst befreien konnte.

Myriam beobachtete ihn dabei, innerlich vor Anspannung zitternd. Die Berührung des fremden Mannes wirkte auf sie elektrisierend.

Dieser sah sich jetzt nach einem geeigneten Baum um. »Wie wär's mit dem da?«, sagte er, auf einen Stamm von etwa einem halben Meter Durchmesser deutend.

»Sucht einen starken Ast, ich möchte dich von allen Seiten frei zugänglich«, befahl Rubens Stimme in ihrem Ohr. *»Und die Hände hoch erhoben, ich möchte dich auf Zehenspitzen tänzeln sehen.«*

Das kam überhaupt nicht in Frage. Auf keinen Fall würde sie wer weiß wie lange balancieren, bis ihr die Füße oder Arme weh taten.

»Vielleicht könnten Sie mich unter diesem Ast anbinden?« Sie deutete auf einen starken, fast waagrecht wegstehenden Ast.

»Ach so, nicht mit dem Rücken an einen Stamm?«

Sie schüttelte den Kopf. »Nein, er will, dass ich die Arme hoch über meinem Kopf halte und er mich von allen Seiten berühren kann.« *Was er hoffentlich auch bald tun wird!*

»Okay, komm.«

Der Mann warf den Strick über den kräftigen Ast, der gerade weit genug oben war, dass Myriams Hände ihn nicht erreichten. Geschickt knotete er die Enden an den Ösen der Fesseln fest und zog den Strick stramm, so dass sie mit hoch erhobenen und leicht gespreizten Armen vor ihm stand.

»Gut so?« Er trat einen Schritt zurück und betrachtete sie.

»Ja, ich denke schon. Danke.« Wie rot glühten ihre Wangen gerade jetzt?

Unter seinem Blick, der zwischen ihren Augen und ihren Brüsten hin und her wanderte, wurde ihr noch heißer. Unübersehbar zeichneten sich ihre harten Nippel dunkel durch die Bluse ab. Was würde geschehen, wenn andere Spaziergänger oder Jogger sie entdeckten? Sie wäre jeder Berührung hilflos ausgesetzt. Und was hatte Ruben mit ihr vor? Am liebsten hätte sie den Jogger gebeten, sie wieder los zu binden.

»Kann ich sonst noch etwas für dich tun?«

»Nein, alles prima«, presste sie hervor.

»Frag ihn, welchen Lohn er für diesen Gefallen bekommt!«

Ihre Vagina zuckte. »Ähm, Sie – was möchten Sie als Dank?«

Der Jogger lachte. »Du kannst mich wohl kaum bezahlen, wenn du gefesselt bist.«

Ihre Ohren glühten. »Ich dachte auch eher …«

Der Mann kam wieder näher. »Du dachtest was?«

Myriam wagte kaum zu atmen. Seine Hände legten sich auf ihre Brüste. Dann riss er mit einem Mal den Stoff entzwei, die Knöpfe sprangen davon, und eine Brust lag frei.

Myriam schrie erschrocken auf.

Er legte seine Finger um ihre Brust, presste sie zusammen, streichelte einige Male über ihre Brustwarze, die sich zusehends verhärtete. Abrupt hörte er auf.

»Na, dann noch viel Spaß. Ich bin sicher, hier kommt noch der eine oder andere vorbei, der dir gerne einen Gefallen tut.« Der Mann zwinkerte ihr grinsend zu, drehte sich um und joggte davon.

Puh! Myriam atmete auf. Sie sah an sich herab. Jetzt, da ihre Bluse zerrissen war, würde sie hoffentlich eher Mitleid erregen, als eine unausgesprochene Einladung zum Begrapschen auszudrücken?

»Du stehst ein bisschen zu bequem. Ich hatte gesagt, auf Zehenspitzen! Das ist schon dein zweiter Ungehorsam. Ich werde später dafür sorgen, dass du bereuen darfst.«

Das klang vielversprechend, aber auch beängstigend. »Kommst du nun endlich?«

»Geduld gehört zum Spiel. Ich alleine bestimme den Ablauf.«

Myriam seufzte.

Eine Weile war nichts zu hören, außer dem Knacken von Ästen, dem tiefen Gebrumme einer geschäftig hin- und schwirrenden Hummel und dem Gezwitscher der Vögel in den Wipfeln.

Die Zeit verstrich, ohne dass etwas geschah. Ihre Arme schmerzten ein wenig, aber noch war es auszuhalten. Auf Myriams mehrfache Frage, wann Ruben sich ihr endlich widmen würde, erhielt sie keine Antwort. Wollte er ihre Geduld auf die Probe stellen? Und wenn sie nun mal nicht so viel Geduld aufbrächte?

Gelangweilt verfiel sie in Tagträumerei. In ihrer Fantasie kam Ruben langsam den Weg entlang auf sie zu, betrachtete sie mit lüsternem Blick und riss ihr die Bluse vom Leib, dann die Hose, so dass sie nackt und ausgeliefert vor ihm in den Fesseln hing. Ungeniert befummelte er ihren Körper und ein Stöhnen entrang sich ihren Lippen. *Ja, mach mich geil.* Traum und Wirklichkeit schienen zu verschmelzen, als er schließlich seine Hose öffnete und sie sich angesichts seiner prächtigen Erektion erwartungsvoll über die Lippen leckte.

Ihr Wunschtraum wurde jäh von einem Geräusch unterbrochen, das nicht in diese Szenerie hinein passte. Gummi knirschte über den mit Steinen und Wurzeln durchbrochenen Weg. Zwei Männer auf Mountainbikes kamen schnell näher.

»Ruben? Ruben! Siehst du sie? Da kommen zwei Radfahrer!«

Keine Antwort.

»Ruben?«

Verdammt, hat der sich etwa verpisst? Myriam schaute nach oben, aber es war aussichtslos, sich selbst aus den Fesseln zu befreien. Mit ganzer Kraft zerrte sie hin und her, aber der Strick war stark genug, einem kräftigen Mann standzuhalten, und die Manschetten um ihre Handgelenke waren sicher verzurrt. *Verdammt.*

»Ruben?« Myriam rief ein wenig lauter.

Verflixt und zugenäht, wo steckte er? Sie wagte kaum noch zu atmen. Vielleicht würden die beiden Radfahrer nur geradeaus schauen und sie nicht bemerken, wenn sie sich ruhig verhielt.

Eine vergebliche Hoffnung.

»Hey, schau mal!«, hielt einer der Männer den anderen an, beide etwa Mitte dreißig, braungebrannt und für Myriams Geschmack zu sportlich. Aus dem Umfang ihrer Oberschenkel schloss sie, dass das Fahrradtraining häufig und ausgiebig stattfand. Die Gesichtshaut war trocken und faltig, und hätte sehr gut eine Feuchtigkeitspackung vertragen.

»Da hängt ‘ne fuchsrote Frucht am Baum!«

Myriam fühlte, wie ihr erneut die Hitze in den Kopf stieg.

Die beiden Männer stiegen ab, legten ihre Räder auf den Boden, bauten sich vor ihr auf und betrachteten sie ungeniert, mit einem immer breiter werdenden, anzüglichen Grinsen. Verflixt, wieso hatte sie sich auf diese Nummer eingelassen? Vielleicht hatte sie diese Sache mit dem BDSM falsch verstanden, womöglich gehörte es wirklich dazu, von irgendwelchen Männern gevögelt zu werden? Nein, so etwas war nur im Traum aufregend. Sie hatte dergleichen erst vor kurzem geträumt und einen sehr schönen Orgasmus gehabt. Aber in Echt? Das wollte sie nicht. *Nein!*

Als sie feststellen musste, dass sich in den knallengen Hosen der beiden Männer eine ansehnliche Beule bildete, zitterte sie vor Furcht und hätte am liebsten geweint.

»Geht weiter. Ich warte hier auf meinen Freund. Wenn der euch sieht …«

»Hey, nicht so voreilig, der Wald und seine Früchte gehören der Allgemeinheit.« Beide lachten, als wäre das ein guter Witz. »Welche Früchtchen wir pflücken und vernaschen, entscheiden wir selbst.« Die Biker zwinkerten sich zu.

»Verschwindet!«

»Sollen wir mal die Reife prüfen, Paul?«

»Na klar, Tom.«

»Verschwindet, mein Freund macht euch Beine, wenn er euch erwischt.«

Die beiden schauten sich um, wirkten jedoch nicht beeindruckt. »Weit und breit niemand zu sehen. Außerdem sind wir zu zweit, oder kannst du nicht zählen?« Paul stieß seinen Kumpel kameradschaftlich in die Seite. »Vielleicht hat er sie hier ausgesetzt, weil er sie nicht mehr haben will?« Er lachte, und legte die Hände wie einen Trichter an den Mund: »Früchtchen, frisches Früchtchen zu verschenken!«

Frech legte der Mann, der Tom gerufen wurde, seine Hand auf ihre nackte Brust und riss mit der anderen den restlichen Stoff entzwei. »Hm, gute Reife.«

»Lass das!«

Was fiel ihm ein? Myriam trat nach dem Mann und traf ihn am Schienbein.

»Autsch. Paul, sieh dich vor. Die Frucht ist widerspenstig.« Er lachte und packte fester zu. »Wir sollten sie vielleicht noch ein bisschen mundgerechter verschnüren. Schau mal nach, ob in dem Rucksack was Brauchbares drin ist.«

»Mach ich. Sie wird uns noch aus der Hand fressen, wenn wir mit ihr fertig sind.«

Was? Myriam sammelte ihren Speichel im Mund und spuckte Tom an. Dieser verzog verärgert das Gesicht und wischte sich einmal mit der Hand drüber.

»Vielleicht sollte ich dich für soviel Bosheit versohlen? Was meinst du?«

»Schau mal, was ich in dem Rucksack gefunden habe«, rief Paul und zeigte seinem Kumpel einen dicken roten Ballknebel.

»Prima, genau das Richtige. Ich hab nämlich was gegen spuckende Früchte.«

Myriam fühlte, wie sich ein stählerner Ring um ihre Brust legte. »Ruuuuubeeeen! Hilf mir! Ru…«

Ihre Gegenwehr war sinnlos. Paul hielt ihren Kopf fest, Tom schnallte ihr den Knebel um, sodass der Ball zwischen ihren Zähnen platziert war und ihren Mund aufspreizte und stopfte.

»Mmmmmpf!«

Myriams Herz raste. Wieso kam Ruben denn nicht und half ihr? Jetzt war sie diesen Kerlen wirklich ausgeliefert, die beide unverschämt grinsten. Vor Panik vergaß sie fast zu atmen.

»Du musst keine Angst haben, Kleine«, versicherte Tom und streichelte ihr mit der Hand sanft über die Wange. »Dir passiert nichts, wir wollen nur ein wenig spielen.«

Paul griff nach dem Stoff und riss ihr den Rest herunter. Ungeniert legte er seine Hände auf ihre nackten Brüste und befummelte ihre Brustwarzen. Verzweifelt versuchte Myriam nach ihm zu treten, aber er wich ihr geschickt aus.

Während Paul nun ihre Brüste knetete und mit ihren Nippeln spielte, die trotz der beängstigenden Situation prall und sensibel reagierten, öffnete Tom, der hinter ihr stand, Gürtel und Reißverschluss ihrer Hotpants. In genussvoller Langsamkeit zog er ihr diese bis zu den Fußknöcheln herab, so dass die Hose wie eine Fessel wirkte und sie nicht länger um sich treten konnte. Dann packte er mit einer Hand besitzergreifend ihre Pobacke, mit der anderen griff er von vorne über ihren Schoß und suchte zielstrebig ihren Kitzler.

Ich werde gleich ohnmächtig. Ich muss ohnmächtig werden, dann lassen sie von mir ab!, flehte Myriam. Aber das Adrenalin, das durch ihre Adern tobte, hielt sie wach. Verzweifelt schrie sie gegen den Knebel an und versuchte ihn vergeblich mit der Zunge aus dem Mund zu schieben. Umsonst. Wann würden die beiden Männer nacheinander über sie herfallen und sie vergewaltigen? Worauf warteten sie noch?

Auch wenn der Knebel dämpfend wirkte, drangen trotzdem Laute nach draußen, die Ruben hören musste. Falls er noch in der Nähe war.

»Schscht«, machte Tom und küsste sie auf die Wange. »Beruhige dich. Genieße, du musst keine Angst haben. Du willst das doch auch.«

Seine Stimme hatte einen warmen Klang. Während ihr Verstand vor Angst fast durchdrehte, nahm ihr Körper die sensiblen Berührungen der beiden wollüstig entgegen. Wieder musste sie daran denken, dass sie in ihren erotischen Nachtfantasien neuerdings manchmal von zwei oder mehr Männern verwöhnt wurde. In einem dieser Träume kniete sie im Vierfüßlerstand. Einer der Männer lag unter ihr und liebkoste ihre Brüste, einen bediente sie selbst mit einem Blow-Job, und der dritte war gerade dabei, sie mit schnellen harten Stößen von hinten zu nehmen. Es war ein Rausch gewesen, der nicht enden wollte. Die Männer tauschten die Plätze, sie fühlte sich gestopft und dominiert, als Frau zu einem bloßen Lustobjekt herabgestuft, und dennoch war alles so berauschend, dass sie in ihrem Traum nichts anderes gewollt hätte – einschließlich ihres Höhepunktes, der unter dem fröhlichen Lachen der Männer nicht enden wollte.

»Genieße es.« Myriams Herz hatte einen Aussetzer, als sie Rubens schmeichelnde Stimme hörte. *»Ich kann mir nicht vorstellen, dass dir das nicht gefällt, von zwei Männern gleichzeitig verwöhnt zu werden.«*

Wo war er? Myriam riss die Augen weit auf, und drehte ihren Kopf, soweit das in ihrer Position möglich war. Sie konnte ihn jedoch nirgends entdecken. Hatte der Mistkerl das etwa alles von Anfang bis Ende geplant und genoss ihren Anblick aus seiner Warte als Voyeur? Oder hatte er sie an diese Lustmolche verkauft?

»Mmmmmh!«

Mit jeder Sekunde wurde ihre Lust größer, ob sich ihr Verstand nun wehrte oder nicht. Nur war das hier kein Traum. Das war die pure Wirklichkeit, und diese ließ sich nicht von ihren Wünschen in eine bestimmte Richtung dirigieren. Zu gerne hätte sie gerade jetzt ihre Beine gespreizt, um die Hand, die ihren Kitzler verwöhnte, in sich aufzunehmen. Versuchsweise hob sie ihr Bein und schüttelte es, um den Fuß aus der Hose zu ziehen. Umsonst.

Paul hatte ihren Po losgelassen, stimulierte mit einer Hand ihre Lustperle, mit der anderen einen Nippel. Tom knetete ihre Brüste und saugte am anderen Nippel. Die Lust war unerträglich schön. Myriam wand sich unter ihren Händen, biss in den Knebel, bis ihre Zähne rebellierten. Ihr Höhepunkt war ganz nah. Ergeben schloss sie die Augen und stöhnte begierig in den Knebel. Gleich, gleich würde sie ihren Höhepunkt gegen den Knebel schreien, ihre Vagina lief aus vor Lust – da hörten die Berührungen abrupt auf.

Verwirrt öffnete Myriam die Augen und starrte die beiden an. Durch die engen Radlerhosen zeichneten sich überdeutlich ihre

Erektionen ab. Also würde sie jetzt doch gefickt werden? Es war ihr mittlerweile fast egal, dass sie die beiden nicht kannte. Die Hitze in ihrem Körper drohte sie zu verbrennen. Ob Handstimulation oder Schwanz, Hauptsache, sie käme zu ihrem Orgasmus.

»Schade, Kleine. Wir müssen leider weiter. Viel Spaß noch.« Als hätten sie es eilig, nahmen die beiden ihre Fahrräder und fuhren weiter.

Was? Nein!, formte sich Myriams Schrei hinter dem Knebel. *Nein, das kann nicht wahr sein. Warum haben die beiden nicht ihrer Erregung nachgegeben? Ich verstehe überhaupt nichts mehr. Das erträgt doch kein Mann, mit diesem Ständer zu radeln.*

Fassungslos schaute sie ihnen hinterher. Dann erst wurde sie gewahr, wie entblößt und einladend sie auf etwaige weitere ungebetene Gäste wirken musste. Ihr Oberkörper war nackt, ihre Nippel glänzten feucht vom Speichel, waren prall und dunkel. Die Hose hing tief über ihren Füßen, und jeder, der sie anfasste, würde sofort feststellen, dass ihr Schoß heiß und feucht war. Einige Tröpfchen kitzelten sich an ihren Innenschenkeln abwärts.

»Aaaargh!« Wütend und von neuer Angst erfasst kreischte sie in den Knebel und stampfte mit dem Fuß auf. Was hatte Ruben sich nur dabei gedacht?

Myriam sah an sich herunter, auf ihre nackten Brüste und die harten Knospen. *Genau genommen gebe ich ein peinliches Bild ab, so halb entblößt. Warum, zum Kuckuck, finde ich das dann so wahnsinnig aufregend?*

»Na, gefällt dir mein Spiel? Ich nehme mal an, du bist schon ganz schön feucht und heiß.« Ruben kicherte vergnügt in ihr Ohr. »Hättest du es gerne gehabt, dass die beiden dich so richtig hart rannehmen?«

Myriam fühlte ein wollüstiges Ziehen in ihrer Vagina. *Ja, verdammt nochmal.* Sie musste verrückt sein. Diese Gedanken widersprachen vollkommen ihren Moralvorstellungen. *Ach was, Moral. Ich bin ganz einfach geil und wenn ich nicht bald einen Schwanz in mir spüre, verliere ich den Verstand.*

Plötzlich stand Ruben vor ihr.

»Mmmmpf!«

»Du wirst noch eine Weile aushalten müssen. Freut mich, dass dich das Spiel so erregt.« Leise lachend packte er ihre Nippel, stimulierte sie zärtlich, und Myriam zerfloss vor Lust. *Du Bastard, so nimm mich doch einfach. Gib's mir!* Seine Hose bewies, wie sehr ihn seine voyeuristische Beobachtung angemacht hatte. Seit wann hielten Männer sich zurück? Waren die heute alle völlig übergeschnappt? Stand auf dem Kalender so etwas wie *Tag der Enthaltsamkeit?*

»Nun, wie ich schon sagte, du verdienst es, bestraft zu werden.« Er bückte sich nach ihrer Hose und holte ihr Mobiltelefon aus der Hosentasche. »Hatte ich dir nicht befohlen, dein Handy im Auto zu lassen. Ich denke, du wirst deine Bestrafung genießen.«

Myriam schüttelte den Kopf. *Mmmmpf!* Sie hatte keine Lust mehr weiter zu machen. Er sollte sie jetzt losbinden und sie vögeln, ob im Stehen oder auf dem Waldboden war ihr egal. Hauptsache, es passierte gleich, bevor ihre Adern durchbrannten und ihre Nippel explodierten. Alles in ihr schrie nach einem Höhepunkt.

Ruben zog die Augenbrauen hoch. »Erst Gehorsam, dann Belohnung.«

Seine Hand streichelte über ihre Brüste, umrundete ihre Brustwarzen, kreiste über ihren Bauch, ehe seine Finger zwischen ihre Schamlippen glitten. Sein Gesicht kam näher, hauchte ihr Küsse auf die Augen und die Wangen. Myriam zerschmolz unter seiner Berührung. Ihre Lustperle pochte wie verrückt. Aber Ruben zog seine Hand wieder zurück.

»Als Sub musst du dir deine Befriedigung verdienen.«

Ja doch. Das hast du schon einmal gesagt.

»Entweder durch Erfüllung einer Aufgabe, oder zumindest durch devoten Gehorsam.«

Sein Lächeln erschien ihr grausam. Strafte er sich denn nicht selbst, wenn er seiner Erektion nicht nachgab? Oder würde er sich in Kürze in die Büsche schlagen und sich selbst einen runterholen, während er sie weiter beobachtete? Sie hingegen konnte sich nicht einmal selbst befriedigen.

Der Rucksack lag aufgerissen auf der Erde und Ruben entnahm ihm eine Pappe, die er auseinanderfaltete und gegen den Rucksack lehnte, ohne dass Myriam lesen konnte, was darauf stand. Dann winkte er ihr grinsend noch einmal zu, schickte ihr einen Luftkuss, und verschwand auf der gegenüberliegenden Seite des Weges im dichten Unterholz.

Protestierend stampfte sie wieder auf und zerrte an ihren Fesseln. Aber natürlich drehte Ruben sich nicht um.

Verdammt. Die Erregung wurde nicht weniger. Und überhaupt, sie konnte es nicht leugnen, dass diese verdammte Situation sie anmachte, obwohl es peinlich und beängstigend war.

Wieder verging einige Zeit, bis erneut Stimmen zu hören waren, diesmal waren es zwei junge Frauen, die offenbar mehr am Reden als am Joggen interessiert waren.

»Oh, guck mal, die Ärmste ...«

Neugierig kamen die beiden näher. Myriam schöpfte Hoffnung. Frauen hatten bestimmt Mitleid mit ihr und vermuteten ein Unrecht.

Die beiden waren zwischen fünfundzwanzig und dreißig Jahre alt, und hatten eindeutig ein paar Pfunde zuviel auf den Rippen. *Mehr joggen und weniger reden wäre besser als herumstehen und glotzen.* Leider befand sie selbst sich im Augenblick in der schlechteren Ausgangssituation, denn die Frauen stupsten sich nun gegenseitig an und kicherten, während sie Myriam ungeniert von oben bis unten betrachteten.

»Hey, Laura, würdest du das mit dir machen lassen?«

»Nee, würde ich nicht, sieht interessant aus, findest du nicht, Susi?«

Susi nickte. »Was meinst du, macht sie das freiwillig?« Sie schaute sich suchend um, und zuckte dann mit den Schultern. »Sieht so aus, wie wenn, oder?«

Laura grinste. »Wir könnten ihr den Knebel abnehmen und sie fragen. Aber ...«

»Aber?«, wiederholte Susi und hob die Augenbrauen.

»Dann fängt sie vielleicht an zu schreien und wir wollen nicht andere Spaziergänger anlocken, nicht wahr? So gehört sie ganz und gar uns allein.« Sie zwinkerte ihrer Freundin verschwörerisch zu. »Hast du eigentlich schon mal eine andere Frau berührt? Ich meine, du weißt schon – überall?«

Susis Augen wurden größer, als sie verstand. Ihre Wangen röteten sie sich und sie musterte Myriams Busen. »Gute Idee. Hemmungslos befummeln, und sie kann gar nichts dagegen tun.« Laura lachte lauter und Susi fiel darin ein.

Es nützte nichts, dass Myriam abwehrend die Augen weit aufriss und den Kopf schüttelte. Warum halfen ihr die beiden denn nicht, und zogen ihr wenigstens die Hose hinauf? Stattdessen schienen sie tatsächlich Spaß daran zu haben, sie überall zu berühren, ihre Nacktheit und ihre Erregung zu erkunden, an ihren Nippeln zu lutschten oder sie hart zu zwirbeln, bis Myriam laut stöhnte. Es half nichts, ihren Verstand zu bemühen, und sich innerlich gegen die Berührung durch die fremden Frauen zu wehren. Noch nie hatte sie in Erwägung gezogen, Sex mit einer Frau zu haben. Trotzdem war ihr Körper war viel zu aufgeputscht, um gegen die Lust anzukommen.

»Ganz schön geil, findest du nicht?«, nuschelte Laura, ohne Myriams Nippel aus ihren Lippen zu entlassen. Sanft streichelte sie mit ihren Fingern über Myriams Perle, aber nie lange genug, um deren heiß ersehnten Höhepunkt auszulösen. Es war wie eine unendlich dauernde, wenngleich süße Folter.

»Wir sollten barmherzig sein und ihr einen Mann besorgen, der sie so richtig rannimmt«, lachte Susi.

Laura nickte, richtete sich auf und trat ein paar Schritte zurück, ihren Rücken durchstreckend. »Wir könnten den nächsten Jogger fragen, ob er Bedarf hat und dafür kassieren. Das ist bestimmt eine gute Einnahmequelle.«

»Oh ja, und besser als jeder Porno im Fernsehen. Schade, dass wir keine Kamera dabei haben, das wäre was für Youtube.«

Susi grinste breit, und entdeckte nun die Pappe, die gegen den Rucksack gelehnt war. »Was haben wir denn da? Hey, schau mal. Da steht drauf, dass die Kleine sehr unartig war und um eine harte Bestrafung bittet.«

Ruben, du Schuft!

In die Hocke gehend durchwühlte Laura den Inhalt des Rucksacks.

»Wolltest du nicht schon immer mal ein Spanking ausprobieren, Susi?«

Woher weiß sie, was Spanking ist?

»Oh gerne.« Susi klatschte vor Begeisterung in die Hände. »Zeig her, was du gefunden hast.«

Entsetzt starrte Myriam auf eine knallrote Fliegenklatsche aus Plastik und eine Reitgerte. Heftiger als zuvor schüttelte sie ihren Kopf. Zu ihrem Entsetzen reagierten die beiden Frauen nicht, sondern gingen in Position.

»Schau ihn dir nochmal an, ihren hübschen weißen Hintern. Der gehört gleich der Vergangenheit an. Was sie wohl angestellt hat?«

Die Frauen kicherten albern. Dann fingen sie an. Von der einen Seite bekam Myriam in den folgenden Minuten Hiebe mit der Fliegenklatsche verabreicht, von der anderen Seite mit der Reitgerte. Schnell hatten Laura und Susi einen gleichmäßigen Rhythmus gefunden, als machten sie das nicht zum ersten Mal. Während die Fliegenklatsche ein gleichmäßiges Feuer auf Po und Oberschenkeln entfachte, biss sich die Gerte äußerst schmerzhaft in die vorgewärmte Haut.

In den Knebel kreischend tobte Myriam in ihren Fesseln und trampelte mit dem Höschen an ihren Füßen. Es gelang ihr, daraus auszusteigen und sich nun, mit etwas mehr Bewegungsfreiheit hin und her zu drehen. Ihre Versuche, nach den beiden zu treten und den Hieben auszuweichen, machte jedoch alles nur noch schlimmer. Einer der Hiebe landete auf ihrem Venushügel und verursachte rote, vor ihren Augen tanzende Sterne. Und dazu kamen diese unverständlichen Empfindungen. Noch nie war sie sich so nackt und hilflos vorgekommen. Zugleich war sie fassungslos über die Erregung, die trotz der Schmerzen zugenommen hatte. Es war mehr als nur Schmerz. Es war das ganze Paket. Ihre Nacktheit, ihr Ausgeliefertsein, der Schmerz – alles das, fachte ihre Lust unerträglich an.

»Komm, wir schauen mal, ob der Rucksack noch etwas anderes her gibt«, stachelte Laura ihre Freundin an.

Für einen Moment atmete Myriam schwer atmend auf. Schweiß rann über ihre Haut und sie bemühte sich, gleichmäßig und langsamer zu atmen.

Grinsend wedelte Laura mit einer Augenklappe aus schwarzer Spitze.

Oh nein, ich will wenigstens sehen, was auf mich zukommt. Und nehmt mir mal diesen Knebel ab, mein Kiefer schmerzt allmählich.

Aber die beiden Frauen hatten ihre eigenen Pläne. Sie legten ihr nun auch an den Beinen Lederfesseln an, und schoben ihre Füße weiter auseinander. Der Rucksack hatte wohl weitere Stricke enthalten, die nun an Bäumen verknotet wurden. Vergeblich versuchte Myriam, ihre Beine zusammenzuhalten. Die beiden waren stärker und in der deutlich besseren Ausgangsposition.

Kurz darauf lag Myriams Scham offen zugänglich. Kühle streifte ihre feuchten Schamlippen, und dann eine Hand, die ihre Bereitschaft erkundete.

»Du kannst nicht leugnen, dass dich das anmacht«, stellte Susi lachend fest, und neckte mit einer Hand Myriams Kitzler, mit der anderen einen ihrer Nippel. Und dann erfolgte wieder ein Hieb mit der Fliegenklatsche auf ihren Po, weitere auf ihre Schenkel, und schließlich in sanfterer Ausführung auf Arme, Bauch und sogar auf ihre Brüste.

Myriam warf den Kopf zurück. Verdammt, sie sollte vor Angst sterben, doch stattdessen machte ihr Körper, was er wollte. Dies alles war unglaublich erregend. Gespreizt zu sein und nichts zu sehen steigerte nicht nur ihre Hilflosigkeit, sondern ihre Lust in einem Maße, von dem sie nie geglaubt hätte, dass diese noch ansteigen könnte. Es hatte wirklich keinen Sinn über das Wieso und Warum nachzudenken. Ergeben stöhnte Myriam und erwartete nur noch eines, dass die beiden einen Gegenstand im Rucksack vorfinden könnten, am besten einen Dildo, um sie damit zu penetrieren. *Bitte, bitte, treibt mich zum Höhepunkt.*

»Genug gespielt. Lassen wir anderen auch noch etwas übrig. Viel Spaß noch«, erklärte Susi, dann kündeten ihre leiser werdenden Stimmen und ihre Schritte davon, dass sich die beiden entfernten.

Was sollte das? Hatten sie gesehen, dass sich ein Mann näherte und wollten sie Myriam diesem überlassen? Aber das passte alles nicht zu dem, was die beiden Frauen gesagt hatten. Es war unfair, einfach aufzuhören und sie stehen zu lassen, als würde sie dieses Spiel plötzlich langweilen.

Schweiß und Lusttropfen kitzelten der Schwerkraft gemäß über Myriams Haut nach unten. Bis unter die Haarspitzen erregt wartete sie, vor Anspannung zitternd, was nun geschehen würde.

Die Zeit stand still. Da und dort war ein Knacken im Gebüsch zu hören, in der Ferne Stimmen, die erst näher kamen und sich dann doch entfernten. Ein Vogel trällerte hoch oben in den Baumkronen seine Melodie, Insekten summten in der Umgebung. Die Luft war erfüllt vom Duft diverser Blüten, Moos und Erde.

Dann, nach einer halben Ewigkeit, Myriams Erregung hatte inzwischen ein wenig abgenommen, hörte sie Schritte. Ein gleichmäßiges festes Auftreten. Die Härchen auf ihren Armen stellten sich spürbar auf. Sie fühlte, wie sie umrundet wurde. Ein eigenartiges Erlebnis, wie sich ihre Sinne auf die Situation einzustellen versuchten. Die Person trat kontrolliert auf, und dennoch hörte sie ein leises Knacken unter den Sohlen, vielleicht von kleinen trockenen Ästchen oder herabgefallenen Nadeln.

Erschrocken quiekte sie in den Knebel, als Hände sich auf ihre Oberschenkel legten, eine Zunge nach ihrer Lustperle tastete und einige Male gefühlvoll darüber leckte. Es genügte, ihre Erregung wieder aufzuputschen, und mehr sollte es wohl nicht sein, denn ebenso schnell hörte derjenige damit wieder auf. Seine Präsenz war übermächtig. Offenbar stand er nun direkt vor ihr. Ein Eau de Toilette kitzelte in ihrer Nase. Würzig, männlich, sportiv. Der Geruch war ihr nicht unbekannt.

»Trink etwas«, sagte Ruben sanft und entfernte den Knebel.

Eine Wasserflasche wurde an ihren Lippen angesetzt und Myriam trank gierig. Seine Finger massierten leicht über ihre Wangen und milderten die Spannung, die sich durch die aufgespreizten Kiefer gebildet hatte.

»Wie geht's dir? War's aufregend für dich?«

Was sollte sie darauf antworten? Sollte sie sich auch noch innerlich entblößen und eingestehen, wie sehr sie alles angemacht hatte? Jetzt, wo er bei ihr war, und ihre Ängste urplötzlich verflogen waren. Ein Zuhälter war er gewiss nicht. Nur jemand mit einer Vorliebe für ungewöhnliche Spiele, wie alle, die auf dieser merkwürdigen Party dabei gewesen waren.

Myriam leckte sich anzüglich über die Lippen. »Ja, es war bisher sehr aufregend. Du hast das alles geplant, die Frauen, die Radfahrer, nicht wahr?«

»Schon möglich.«

»Und du hast die ganze Zeit über zugeschaut und dich daran aufgegeilt? Du elender Schuft.«

Keine Antwort. Ihre Ohren lauschten angestrengt. Entfernten sich seine Schritte? Blätter raschelten.

»Ruben?«

Wieder keine Antwort.

»Ruben, komm sofort zurück!«

Doch stattdessen hörte sie zwei schnell näher kommende Männerstimmen.

»Oh, du bist ja immer noch da. Und wie einladend.« Der Mann schnalzte mit der Zunge. »Schau nur, die Frucht ist noch mehr gereift und zur Benutzung dargeboten.«

Myriam erstarrte. *Paul und Tom.*

»Schau mal, was da steht.« Beide lachten. »Du scheinst es ja echt nötig zu haben.«

Was, verdammt nochmal, stand exakt auf diesem dreimal verfluchten Schild, das Ruben aufgestellt hatte?

»Au!« Myriam schrie kurz auf und sog tief die Luft ein. Einer der beiden packte ihre Brüste und drückte sie nach vorne zusammen, während der andere etwas an ihren Nippeln festklemmte. Der Schmerz war gerade noch auszuhalten, nahm jedoch sekündlich zu. Doch damit nicht genug, Myriam blieb keine Zeit, sich ihrem Entsetzen zu widmen, denn nun befummelte eine Hand ihre Schamlippen, zog sie in die Länge, als wären diese die Zitzen einer Kuh.

»Nein«, wimmerte sie und wusste doch, dass dies nichts nützen würde.

Wieder schmerzte es kurz, dann wurden ihre Schamlippen schwer. Offenbar hatten die beiden ein Gewicht daran gehängt. Myriam stöhnte auf. Das Gewicht wurde angestupst und baumelte zwischen ihren gespreizten Beinen hin und her. Saft strömte aus ihrer Vagina und gab ihr das Gefühl vor Lust auszulaufen. *Was geschieht mit mir?*

Dann kitzelte es an verschiedenen Stellen auf ihrer Haut und sie konnte nicht anders, als hemmungslos zu lachen. Verdammt, diese Mischung aus Schmerz und Kitzeln, aus Ausgeliefertsein und Lust nahm ihr jegliche Kraft.

»Nein, nein, hört auf, aufhören!«

Federn oder etwas anderes von ähnlicher Leichtigkeit berührte sie an der Taille, unter den Brüsten, in der Leiste, unter den Achseln, an den Innenseiten ihrer Schenkel. Myriam wand sich lachend, an ihren Nippeln zupfte und zerrte es, das Gewicht an ihren Labien schaukelte hin und her – und dann, als sie es am wenigstens erwartete, wurde sie sekundenschnell von einem Orgasmus überwältigt, und sie schrie und schrie, bis ein Kuss ihren Mund versiegelte.

Erotische Qualen

Sein Hemd war mittlerweile klitschnass geschwitzt und sein Penis schmerzte. Erfahrungsgemäß hielt seine Erektion lange, aber es wurde ab einem gewissen Zeitpunkt sehr unangenehm, sich zurückzuhalten. Es gab nur zwei Möglichkeiten, diesen Zustand zu ändern. Entweder er legte selbst Hand an, oder er ging endlich hinüber zu Myriam und nahm sie in Besitz.

Einen richtigen Plan, wie lange er sie nur beobachten und wann er sie letztlich vögeln würde, hatte er nicht geschmiedet. Er hatte nur darüber nachgedacht und organisiert, wer von seinen Freunden Myriam wann und wie gleichermaßen erregen wie erschrecken sollte. Den Weg hatte er mehrmals ausgekundschaftet, um Nichts dem Zufall zu überlassen. Nicht ein einziges Mal war ihm dort jemand begegnet. Ideal für seine Zwecke.

Zwar hatte Laurin ihn vor allem darum gebeten, sich um diesen unerwünschten Gast zu kümmern, trotzdem war es wohl eher dem Zufall zu verdanken, wie sich alles entwickelt hatte. Leise war er ihr die Treppe hinauf gefolgt, in der Annahme, dass sie eine Toilette suchte. Danach würde sich eine Gelegenheit ergeben, sie anzusprechen. Umso verblüffter war er gewesen, als sie neugierig den Geräuschen nachging und er selbst vermochte nicht zu widerstehen, ihr in das Zimmer zu folgen. Was für ein Spaß, Myriam zu erschrecken und zu bedrängen! Er musste grinsen, wenn er daran zurückdachte, wie er sie hemmungslos überall berührt und dann kurz vor ihrem Höhepunkt zurückgelassen hatte. So wie jetzt.

In diesem Augenblick schrie Myriam vor Lust laut auf und Ruben sah, wie Tom seine Arme um sie legte, um ihren Schrei mit einem Kuss zu ersticken, bevor unerwünschte Passanten davon angelockt das Unterholz durchbrechen würden. Er ballte eine Faust und hieb gegen den nächsten Baumstamm. Es gefiel ihm gar nicht, dass Myriam einen Orgasmus hatte. So lange wie möglich hatte er diesen Moment hinausziehen wollen. Auf Knien hätte sie darum betteln sollen. Ein wütendes Knurren stieg aus seiner Kehle empor.

Nun ja, ein kleines persönliches Erlebnis in Sachen Dominanz und Unterwerfung hatte sie auf jeden Fall erhalten. Gewiss, es war nur wenig und er hatte sich noch nicht überlegt, ob daraus ein paar weitere Treffen werden sollten. Fürs erste war es ganz amüsant verlaufen und eine Wiederholung war vorstellbar. Obwohl sie Angst gezeigt hatte, war sie unübersehbar erregt gewesen.

Ohne etwas zu sagen trat Ruben aus dem Dickicht hervor und gab den beiden Freunden mit einem Handzeichen zu verstehen, dass sie gehen sollten. Tom und Paul grinsten, machten eine anzügliche Bewegung, dass er Myriam kräftig bumsen solle, dann hoben sie ihre Fahrräder auf und fuhren davon.

»Ruben? Bist du das?«, keuchte Myriam, als er vor sie trat und mit den Gewichten an ihren Nippeln spielte. »Aua, oh mein Gott, sind sie schon ganz platt?«

Ruben lachte. Er zupfte die Klemmen von Myriams Brustwarzen und beobachtete, wie die dunkle, fast bläuliche Färbung nachließ. Sie stöhnte.

Ihre vollen Lippen waren einladend. Eben leckte sie sich aufreizend mit der Zunge darüber, und Ruben gab seinen Empfindungen nach und presste seinen Mund auf ihren, während er gleichzeitig mit einer Hand seine Hose öffnete. Dabei ging er ein wenig zu hektisch vor, so dass er beinahe den Reißverschluss verklemmt hätte.

Als er das Gewicht löste, das an ihren Schamlippen zerrte, stöhnte sie in seinen Mund. Ohne weitere Vorbereitung drang er in sie ein und stieß tief zu. Myriams Kuss wurde leidenschaftlicher. Hatte sie sich danach gesehnt, ausgefüllt zu werden?

Es war ein wenig unbequem, frei stehend zuzustoßen, ohne richtigen Halt zu finden. Seine Arme um sie legend, versuchte er das Gleichgewicht für sie beide zu wahren. Myriams inbrünstiges Stöhnen und der wilde Tanz ihrer Zunge regten ihn dazu an, noch schneller und fester zuzustoßen. Ihr Körper bebte in seinen Armen unter den Orgasmen, die sie überfluteten und schenkten ihm ein ungeheures Glücksgefühl. Allerdings waren ihre Feuchte und ihre offensichtliche Erregung so stimulierend, dass es nur ein kurzer Genuss wurde, denn bereits nach wenigen Stößen kam sein eigener Höhepunkt.

Eine Weile hing sie schlaff in seinen Armen und er zog es in Erwägung, sie noch länger angebunden zu lassen. Aber es war schon recht spät, und er hatte noch zu arbeiten. Also band er sie schließlich los, und reichte ihr ein T-Shirt, das er ihr als Ersatz für die kaputte Bluse mitgebracht hatte.

»Die ersetze ich dir natürlich.«

Myriam winkte ab. »Musst du nicht. Dieses Erlebnis war es wert.«

Nun, dann war sie ihm also nicht böse. Schweigend schlenderten sie zum Parkplatz zurück. Gerne hätte er sich ein wenig mit ihr unterhalten und mehr über sie erfahren, aber er brachte kein Wort über die Lippen. In der Regel hatte er keine Schwierigkeiten damit, ein ungezwungenes Gespräch anzufangen. Heute jedoch war seine Zunge wie gelähmt, und vergeblich hoffte er darauf, dass sie den Anfang machen würde. Wäre sie bereit, sich ihm künftig zu unterwerfen? Für heute war der Reiz des Spiels verflogen.

»Sehe ich dich wieder?«, fragte Myriam, als sie bei den Autos angekommen waren.

Ruben zog unschlüssig die Schultern hoch. »Weiß noch nicht. Es hat dir also gefallen?«

»Es war eine sehr intensive Erfahrung«, erwiderte sie ausweichend. »Wir könnten ja auch einfach mal nur essen gehen oder zusammen was unternehmen.«

»Möglich. Ich möchte aber nicht, dass du dir Hoffnungen machst. Ich – suche keine feste Beziehung.«

»Ich auch nicht«, beteuerte sie zu schnell, als dass es wahr sein konnte.

Verfluchte Zweifel

Selbst mit einigen Tagen Abstand mochte Myriam die im Wald gemachte Erfahrung nicht missen. War sie anfangs hin- und hergerissen, ob sie im Nachhinein doch noch auf Ruben wütend sein sollte, weil er sie ohne Vorwarnung in dieses Abenteuer geschubst hatte, so überwog im Laufe der Woche wieder die positive Seite. Noch nie in ihrem Leben war sie derart erregt gewesen. Darüberhinaus war es eine besondere Erfahrung gewesen, über einen so langen Zeitraum immer knapp am Höhepunkt gehalten zu werden und dabei fast durchzudrehen. Es war einfach rundum aufregend gewesen, obwohl das Erlebnis an ihren Nerven gezerrt und sie so sehr erschöpft hatte, dass sie zehn Stunden am Stück geschlafen hatte.

Ein gemeinsames Essengehen hätte dem Ganzen einen schönen Abschluss gegeben. Stattdessen geleitete Ruben sie lediglich zum Parkplatz zurück. Seit sie Richtung Parkplatz losgegangen waren, hatte er kein Wort gesprochen und sein Gesichtsausdruck wirkte so geistesabwesend und verschlossen, dass sie sich nicht traute, ihn anzusprechen. Erst als sie bei den Autos ankamen, fand sie den Mut, ihn zu fragen, ob sie sich wiedersehen würden, doch seine Antwort war nicht ermutigend. War er wirklich nur an Sex, nur an Spielen interessiert, und überhaupt nicht an ihr selbst als Mensch? Wieso behauptete sie, dass sie darauf keinen Wert legte? War sie noch sie selbst? Sie musste das richtig stellen, nur wie und wann? *Jetzt!*

»Wie geht's mit uns weiter? Nur Spiele?«
Er streckte seine Hand aus und kreiste mit seinem Finger um ihre Brustwarze. Die sanfte Berührung schmerzte. Scheinbar war ihr Körper völlig überreizt.
»Du siehst nur die eine Seite, die Unterwerfung, den Gehorsam. Ich werde dir gerne zeigen, wie viel mehr diese Art Sex zu bieten hat. Und vor allem werde ich dir zeigen, was *ich* darunter verstehe.«

»Das ist mir zu wage. Erzähl mir mehr«, forderte sie.

»Deine Neugierde wird nochmal dein Verhängnis sein.«

»Möglich. Sag mir, welche Neigungen du hast. Ich habe keine Lust, mich auf Perversitäten einzulassen.«

Mit jeder Minute, die sie ihm gegenüber stand, gewann sie die Erkenntnis: *Er ist wie eine Droge.* Einmal probiert, kommt man nicht mehr davon los. Und in diesem Moment hegte sie auch gar nicht die Absicht, sich auf Entzug zu begeben. *Scheiß auf Infos. Tu es einfach! No risk, no fun!*

Ruben lachte. »Du bist voreingenommen. Wenn du etwas erleben willst, musst du schon eine gewisse Risikobereitschaft mitbringen und mir vertrauen. Dass du es kannst, hast du heute bewiesen. Nun mach den nächsten Schritt. Ich verspreche dir, du wirst so geil wie noch nie in deinem Leben sein. Ich werde dich in einem Zustand der Dauererregung halten, und ich werde nicht zulassen, dass du dich selbst befriedigst. Dein Verlangen wird so groß sein, dass du mich anflehen wirst, dich zu nehmen. An jedem Ort. Zu jeder Zeit. In jeder Stellung.«

Wow! Gänsehautfeeling. Seine Worte, langsam und mit Nachdruck gesprochen, verfehlten nicht ihre Wirkung. Ihr Körper wollte dieses Erlebnis.

»Kannst du dir vorstellen, ständig erregt zu sein? Viel länger als heute? Es ist der süßeste Schmerz, den es gibt. Er durchdringt jede Faser deines Körpers, schreit nach Erlösung, und wenn dir diese Gnade gewährt wird, erlebst du ein Glücksgefühl, von dem du nicht einmal ahnst, wie gigantisch es sein kann.«

Seine Stimme hatte den Tonfall eines Predigers. Nein, sie durfte sich nicht von ihm einlullen lassen, auch wenn dies alles sehr verheißungsvoll klang. Vielleicht verlor sie sich dabei?

»Aber, ich dachte, BDSM besteht vor allem aus Züchtigung? Was ist damit?«

Mit nachsichtigem Lächeln fuhr er fort. »Natürlich werde ich dich auch züchtigen. In Maßen, um dir den rechten Weg zu weisen, den Weg zur freiwilligen Unterwerfung.«

»Was soll denn daran bitteschön freiwillig sein?«

Sein Zeigefinger tippte an ihre Stirn. »Du denkst zu viel nach. Und das dauert mir zu lang. Wenn du glaubst, du bist soweit, dich auf das sinnlichste Abenteuer deines Lebens einzulassen, dann ruf mich an.«

Ein auf die Lippen gehauchter Kuss, dann ging er weiter zu seinem Wagen, händigte ihr ihre Tasche aus, ihr Handy und ihren Autoschlüssel, stieg ein und fuhr davon.

War sie für ihn lediglich Mittel zum Zweck für seine speziellen Begierden?

Seither durchlebte ihr Körper in den ruhigen Minuten der Nacht die Empfindungen, die sie aus dem Wald mitgenommen hatte. Zwischen Traum und Realität dahin schwebend, strudelte sie von Erregung zu Erregung, und fand nur mittels ihrer diversen Vibratoren vorübergehende Erlösung. Was sie wirklich brauchte, war jedoch ein Mann. Diese Spannung, die sie erlebt hatte, konnte ihr nur einer geben. Kein Vibrator. Und auch nicht irgendein Mann. Nur einer: Ruben.

Warum meldete er sich nicht?

Wenn sie wörtlich nahm, dass er keine Beziehung wünschte, sondern ausschließlich an Sexspielen interessiert war, bestand das Risiko, ihm auf die Nerven zu gehen, wenn sie die Initiative ergriff. Bis vor kurzem hätte sie behauptet, genau dasselbe zu wollen. Nur Sex. Keine Beziehung. Keine Verpflichtungen. Inzwischen sehnte sie sich nach mehr, viel mehr, wenn sie ehrlich zu sich selbst war.

Immer wenn sie die Augen schloss oder tagträumte, sah sie Rubens Antlitz vor sich. *Verdammt*, es war mehr geschehen, als nur eine kurze sexuelle Vereinigung zwischen ihnen. Möglicherweise war sein Interesse nach diesem einmaligen Spiel erloschen. Vielleicht war es nicht so verlaufen, wie er es sich vorgestellt hatte? Myriam seufzte. Würde er ihr klipp und klar sagen, dass er sie nicht wiedersehen wollte, würde es zwar ihr Ego treffen, aber sie käme bald darüber hinweg. Aber hatten seine letzten Worte nicht so geklungen, als ob er ihre Initiative sogar erwartete?

Die Anrufe hätte sie sich sparen können. Die Netbox verkündete Rubens Abwesenheit nicht nur einmal, sondern beharrte in den folgenden Stunden weiterhin auf seiner Unerreichbarkeit. Trotzdem Myriam eine Nachricht hinterlassen hatte, meldete er sich weder an diesem noch an den folgenden Tagen bei ihr. Es war kaum zu ertragen. Alle ihre Vorsätze, die gegen eine feste Beziehung argumentierten, waren an diesem einen Nachmittag zu Makulatur geworden. Sie wollte ihn! Ja, er war eigentlich nicht ihr Typ. Ja, sie hasste Tattoos. Aber er war einmalig. Einmalig aufregend.

Es half auch nichts, das Ganze als eine Art One-Night-Stand abzutun. Die innere Unruhe, die sie seit jener Party und erst recht seit dem Walderlebnis erfasst hatte, ließ sich durch nichts stillen und nicht einmal ihre Arbeit, die sie wirklich gern machte, lenkte sie ab.

Endlich läutete das Telefon und Rubens eingespeicherte Nummer wurde angezeigt.

»Hi Ruben.« Binnen einer Sekunde verdoppelte sich Myriams Herzschlag. Wann und wo würden sie sich diesmal treffen?

»Du hast mich angerufen?«

Tolle Feststellung. Was sollte sie darauf antworten? Mehr als ein »Hmm« brachte sie nicht heraus, ihre Zunge klebte am Gaumen. *Blöde Kuh, sag ihm, dass du ihn wiedersehen willst.*

»Weißt du, ich habe mir das nochmal überlegt. Du hast keine Erfahrung in solchen Sachen und ich will dich nicht tiefer hinein ziehen.«

Myriam schluckte. Sie sollte erleichtert sein, dass er ihr den Ausstieg ermöglichte, ehe sie zu tief in etwas hinein geriet, was ihr Vorstellungsvermögen sprengte. Stattdessen fühlte sie Enttäuschung. War sie ihm nicht gut genug? »Wie, das war alles? Warum überlässt du die Entscheidung nicht mir, ob ich weitermachen will?«

»Na ja, wie soll ich sagen – ich hab nicht die Geduld, klein anzufangen und dir Zeit zu geben. Ich mag's gern etwas härter und spiele lieber mit erfahrenen Subs.«

Myriams Gehirn suchte fieberhaft nach einer Lösung, die sie ihm anbieten konnte. »Du meinst, je härter du rangehst, desto schärfer macht dich das?« Bilder geisterten durch ihren Kopf, was er unter hart verstehen mochte, und sie fragte sich, wie weit sie gehen durfte.

Lachen erklang durch den Hörer. »Ja klar.« Nach einer kurzen Pause fügte er hinzu: »Es ist gefährlich, wenn du nur aus reiner Neugierde mitmachst.«

»Ich mach das nicht aus Neugierde!«, protestierte Myriam. Ihr Herz klopfte bis zum Hals. »Ich will das!« Sie musste ihn treffen. Am besten sofort, bevor das Adrenalin, das durch ihre Adern rauschte, explodierte.

»Dann beweise es mir!«, forderte er scharf und legte auf.

Was war das denn jetzt? Fassungslos starrte Myriam auf den Hörer in ihrer Hand. Wieso legte er einfach auf?

Beweise es mir!

Ihr Verlangen schlug in Wut um. Dieser *eingebildete tätowierte Affe!* Der konnte lange warten, ehe sie sich dazu herablassen würde, ihn anzubetteln. Etwas anderes hatte er ja wohl nicht gemeint. Es gab genügend andere Männer. Normale Männer. Und bestimmt waren darunter auch welche, die ihre Geliebte gerne mal fesseln oder eine Klatsche verwenden würden.

Eine halbe Stunde lang versuchte Myriam sich den Verlauf ihrer kurzen Unterhaltung schön zu reden. Hatte sie das nötig, sich von einem solchen Kerl irgendetwas vorschreiben zu lassen? Dummerweise kehrte ihre Erinnerung immer wieder zu den Szenen zurück, die ihre Begierde von Neuem entfachten. Wie Ruben sie stimuliert hatte, während sie Sophie und deren Dom beobachtete. Und dann noch all das, was ihr selbst im Wald widerfahren war.

Es war mehr gewesen, als ein bloßer sexueller Akt. Mehr, um sich jetzt mit Normalität zufrieden zu geben.

Unruhig lief Myriam im Zimmer auf und ab. Sie brauchte Rat. Kompetenten, ehrlichen Rat. Zögernd schwebte ihr Finger über den Tasten. Einerseits war es ihr unangenehm, Nadine anzurufen. Andererseits würde sie keine Ruhe finden, wenn sie nichts unternahm.

Es klingelte einmal, zweimal … *Nun geh schon ran. Bitte sei zuhause.*

Beim siebten Mal wurde endlich abgenommen.

»Schäfer.«

»Ah, Nadine? Gottseidank bist du da. Hast du einen Augenblick Zeit? Ich muss dich was fragen.«

»Myriam? Bist du das?«

»Ja. Ja klar.«

»Hallo, wie geht's dir? Bist du neulich gut heimgekommen? Du warst plötzlich verschwunden.«

»Ja, alles in Ordnung. Ich muss was mit dir bereden, aber das musst du für dich behalten, klar? Also …«

Nadine hatte verschiedene Vorschläge gemacht, was Myriam tun könnte, um Ruben zu überzeugen. Myriam war kurz davor laut loszulachen. Meinte Nadine das wirklich ernst? Alles in ihr sträubte sich dagegen. Alles? Nein. Nur ihr Verstand. Ihre erogenen Zonen hingegen fanden die Vorschläge sehr erregend und fieberten danach berührt zu werden.

»So wie Ruben seine Rolle als Dom versteht, muss das Recht auf Befriedigung erarbeitet werden. Auf jeden Fall erwartet er deine Unterwerfung. Zeig ihm, dass du bereit bist, auf seine Wünsche einzugehen und dass du ihm vertraust. Ohne Wenn und Aber.«

»Hm.« *Beweise es mir.*

»Du musst das nicht tun«, beteuerte Nadine. »Ruben wird das versteh'n.«

»Ich weiß. Das Dumme ist – ich stecke schon zu tief drin.«

»Nach nur zwei Treffen?« Nadine kicherte. »Dich muss es ja ganz schön erwischt haben.«

»Danke für deinen Rat.«

Myriam hatte es auf einmal eilig aufzulegen. Auch wenn Nadine ihr ein paar interessante Informationen über Ruben gesagt hatte, verlangte es sie nicht nach einem engeren freundschaftlichen Kontakt. Nadine war einfach nicht der Typ Frau, den sie zur Freundin haben wollte. Zu weich, zu lieb, zu naiv. Und da sie selbst so offenherzig alles über sich erzählt hatte, würde sie vielleicht auch nicht alles für sich behalten, was sie von Myriam erfuhr.

Sie hätte nicht anrufen sollen. Myriam seufzte. Einerseits widerstrebte es ihr aus Prinzip, sich einem Mann unterzuordnen, andererseits sagte sie sich, dass dies ja nicht den Alltag betraf – den es mit Ruben ohnedies nicht geben würde – sondern nur das sexuelle Zusammensein.

Wenn sie ihr inneres Gleichgewicht wieder finden wollte, musste etwas geschehen. Im Zweifelsfall würde sie feststellen, dass sie Rubens Spiele nicht mochte und das würde es ihr erleichtern, von ihm loszukommen. *Das habe ich schon vor dem letzten Treffen gehofft.*

Tief Luft holend beschloss sie, nicht länger nachzudenken, sondern endlich aktiv zu werden.

Mut zum Risiko!

Zweimal umrundete Myriam den Häuserblock auf der Suche nach einem Parkplatz, der sich näher am Eingang befinden würde. Umsonst. Es blieb ihr nichts anderes übrig, als den nächstbesten und zugleich schlechtesten Platz zu akzeptieren, der einen kleinen Fußmarsch bis zu ihrem Ziel erforderte.

Eine geschlagene Stunde lang hatte sie ihren Kleiderschrank und ihre Schuhsammlung durchstöbert, nachdem sie den Entschluss zum Handeln gefasst hatte, ehe sie sich für eine schwarze Korsage und einen Minirock aus Leder entschied, dazu eine schwarze Strumpfhose mit silbernem Lurexfaden. Nur einmal hatte sie diese Kombination getragen, anlässlich einer Faschingsparty unter dem Motto *Lack und Leder* – sollte das ein Omen gewesen sein? Das war schon eine ganze Weile her.

In diesem Aufzug und mit den Mörder-Stilettos, die am besten dazu passten, legte sie ungern weite Wege zurück. *Kopf hoch und nicht stolpern, Mädel,* sagte sie sich, als sie ausstieg. Nach ein paar Schritten fühlte sie sich schon sicherer. Nur um die nackten Schultern war es ein wenig kühl.

Ein Ehepaar um die Sechzig kam ihr entgegen, er mit einer Lodenjacke und abgeschossener Stoffhose bekleidet, die Frau mit graubrauner Strickjacke und einem ebenso langweiligen Rock. *Du meine Güte, sogar meine Oma ist farbenfroher und moderner gekleidet.* Die missbilligenden Blicke der beiden drückten mehr aus als Worte.

Myriam reckte das Kinn noch ein wenig höher. *Ihr seid ja nur neidisch, weil ihr euch das in meinem Alter nicht getraut hättet.* Nicht nur durch ihre Kleidung fiel sie auf, ganz bewusst hatte sie sich auch wieder extravagant geschminkt.

Das Studio befand sich in einem Eckhaus, mit großen Fensterscheiben nach beiden Seiten, an deren Oberkante in gelb-rot-geflammten Buchstaben der Name *Powerflame-Tattoos* prangte. Von der Decke abgehängte Posterdrucke mit Ganzkörpertätowierungen verwehrten weitgehend den Einblick in den Laden. In der Auslage davor lockte eine reichhaltige Auswahl an Piercingschmuck, ausgelegt auf in Falten drapiertem schwarzem Samt.

Schwungvoll drückte Myriam die Tür auf. Das tiefe Brummen eines Harley-Motors erklang anstelle einer Türglocke und kündete ihr Eintreten an.

Rechts vom Eingang befand sich eine kleine Sitzgruppe aus braunem Leder, das ein wenig abgeschossen war. Auf der Glasplatte des Beistelltisches lag ein aufgeschlagener Ringordner, in welchem Fotos mit Tattoobeispielen abgeheftet waren. Die Sitzgelegenheit wurde zum Raum von einer Regalwand abgetrennt, in der sich nur eine Handvoll Bücher befanden. Dahinter führten ein paar Stufen eine Empore hinauf.

Auf der linken Seite vom Eingang standen mehrere Vitrinen, in denen Ohrringe, Halsbänder und Piercingschmuck präsentiert wurden. Daran anschließend folgte ein Thresen mit der Kasse. Am Ende des Ladens vervollkommnete ein Graffiti im Stil einer Tätowierung die Dekoration und kaschierte die beiden Türen, deren Türschilder *Privat* und *WC* erst auf den zweiten Blick zu erkennen waren.

Ein Mann von der Gestalt eines Wikingers, muskulös und jeder Zentimeter der sichtbaren Haut bunt tätowiert, dazu aschblonde, zu einem Zopf geflochtene Haare und Vollbart, die Pratzen auf dem Thresen abgestützt, schaute Myriam aus seinen stechend blauen Augen interessiert an.

»Servus. Wos konn i für di doa? Wuist a Nasnpiercing?«

Myriam verstand kein Wort. »Hallo.« Sie schluckte. Allein aufgrund seiner Größe wirkte der Mann furchteinflößend. Sein schwarzes T-Shirt spannte über den breiten Schultern und den starken Oberarmen. *Wicky und die wilden Männer.*

Nervös strich Myriam sich durch die Haare, die sie mit Gel zu einer wilden Mähne verstrubbelt hatte. Irgendetwas an ihr sollte nicht ordentlich und gestylt wirken, hatte sie beim Blick in den Spiegel beschlossen. Zudem passte dieser Look hervorragend zum gewählten Makeup. Viel Maskara, ein breiter Lidstrich und ein besonders dunkler Lidschatten. Eigentlich wirkte sie nicht aufgehübscht, sondern düster. Heute sollte einmal alles ganz anders sein als sonst. Eine auch äußerlich vollkommen andere Myriam, passend zum Beschreiten eines neuen Pfades.

»Ich wollte eigentlich zu Ruben.« Ihr Herz wummerte jetzt wie verrückt. Hoffentlich hatte sie sich nicht zu viel vorgenommen. Und was würde sie machen, wenn er überhaupt nicht da war?

»Ruben? Der sticht grad a Tattoo«, erwiderte der lebende Kleiderschrank jetzt halbwegs verständlich. »Wenn du warten willst?« Seine Stimme war freundlicher als seine Miene und sanfter als seine Gesamtausstrahlung.

Ein wenig wie ein großer Kuschelbär. »Ich warte auf Ruben. Ich setz mich da vorne hin.«

»Kloar. Schaugst dia was Schenes aus. Wennst a Frage host, sogst ma bescheid.«

Es lag ihr auf der Zunge zu sagen, *Ich bin nicht wegen eines Tattoos hier,* stattdessen nickte sie erneut. Vorsichtig ließ sie sich auf der Kante des Ledersofas nieder, darauf bedacht, dass ihr Mini nicht hinauf rutschte, und blätterte in dem Ordner. Noch nie hatte sie in Erwägung gezogen, sich eine Tätowierung stechen zu lassen. Immerhin war dies ein endgültiger Schritt, nur schwer rückgängig zu machen. Außerdem hatte sie viel zu viel Angst vor Nadeln, weshalb sie auch kein Piercing hatte, nur Ohrringe. Mal abgesehen davon, dass ihre Haut ihr heilig war.

Dennoch, viele der abgebildeten Tattoos fand sie sehr schön.

Wahre Meisterwerke, bildhaft, fast plastisch. Abgesehen von Totenköpfen und anderen morbiden Motiven gab es Blumenranken, Elfen, Porträts, aber auch Ornamente und aufwändig ausgearbeitete Schriftzüge. Als letztes folgten Erklärungen und ein paar Großaufnahmen vom Tätowieren.

Autsch. Myriam schüttelte den Kopf. *Nein, das könnte ich nicht.*

»Ciao, bis zum nächsten Mal«, verabschiedete sich Ruben von der Kundin, die bei dem Wikinger einen neuen Termin zur Fertigstellung vereinbarte.

»Da vorn sitzt oane, die wui zu dir.«

Ganz in Schwarz, mit Lederhose, bedrucktem T-Shirt und Lederweste mit Fransen bekleidet, fast wie bei ihrer ersten Begegnung, stand Ruben mit einem Mal vor ihr. Seine schwarzen schwungvollen Ornamente erschienen fast auf ihrer Augenhöhe. *Irgendwie passen sie zum ihm.*

»Hey, das ist aber eine Überraschung.«

Mit einem Male fand Myriam ihre Idee nicht mehr so gut. Warum nur war sie manchmal so eigensinnig, und bildete sich ein, sie könne mit Links dasselbe machen wie andere? Nun, ihr Ego würde einen Rückzug nicht zulassen, selbst auf die Gefahr hin, dass er sie abwies oder sogar auslachte.

Sichtlich erfreut streckte Ruben ihr seine Hand entgegen und sie erwiderte aufstehend seinen Gruß. Sein Händedruck war warm und von angenehmer Stärke.

»Ich dachte, du magst keine Tattoos? Für was hast du dich entschieden? Oder soll ich dich erst noch beraten?«

»Nein, nein. Ich wollte einfach nur zu dir«, flüsterte Myriam. »Können wir uns irgendwo ungestört unterhalten?«

»Sicher.«

Ruben machte eine Handbewegung, dass sie an ihm vorbei und die Treppe hinaufgehen sollte. Trotz seines Rockeroutfits passte diese Geste zu ihm, denn sie wirkte nicht höflich, eher bestimmend. Mit dumpfen Schritten folgte er ihr in seinen Bikerboots die schwarz lackierten Treppenstufen hinauf.

»Setz dich.« Er deutete auf einen Drehhocker. »Ich hab gleich Zeit für dich, muss nur schnell Ordnung machen.«

Das Studio auf der Empore, durch einen dunkelroten schweren Vorhang vom Verkaufsraum abgegrenzt, war mit Deckenstrahlern hell ausgeleuchtet. Ein bequemer, verstellbarer Behandlungsstuhl, Rollwägelchen mit Farben und anderen Utensilien, ein Regal, ein Hocker auf Rollen. An den Wänden ein bodenlanger Spiegel, zwei Lampen, drei sehr ästhetische Aufnahmen von Körpern, deren Tattoos wie gemalt aussahen.

Myriam schaute Ruben zu, wie er hin und her ging, konzentriert aufräumte, da und dort mit einem Tuch drüber wischte. Was er genau machte, nahm sie nicht wahr. Sie hatte nur Augen für seinen durchtrainierten Körper, die Bewegungen geschmeidig wie die eines Raubtiers, kaum gebändigte, gefährliche Kraft. Alles wirkte kontrolliert, nur die von einem Haargummi im Nacken zusammengehaltenen Locken waren ein wenig zerzaust und lockerten das Gesamtbild auf.

Ihr Blick blieb an seinem knackigen Po hängen, über dem die dünne Lederhose wie eine zweite Haut lag. Am liebsten hätte sie zugepackt. Ihr wurde warm und ein lüsternes Kribbeln ergriff Besitz von ihr.

»So, entschuldige, aber das war wichtig«, wandte er sich kurz darauf ihr zu und schaute freundlich lächelnd auf sie herab. »Ich mag keine Unordnung beim Arbeiten. Über was wolltest du denn mit mir reden? Du siehst übrigens zum Anbeißen aus. Hast du heute noch etwas vor?«

Wow, ein Kompliment aus seinem Mund. Von seinen dunkelbraunen Augen mit den langen Wimpern fühlte sie sich völlig paralysiert. Selbst wenn sie ihm hätte ausweichen wollen, sie hätte es nicht geschafft, und sie hasste sich für diese Schwäche. Beinahe versagte ihr die Stimme, als sie ihm antwortete. »Nein, ich habe nichts vor. Ich dachte, es könnte *dir* gefallen, wenn ich …«

Ruben hob eine Augenbraue und sein Lächeln verschwand. »Wenn du was?«

Gib dir einen Ruck. Nadine hat dir gesagt, was du tun musst.

Zwischen ihr und ihm war gerade genug Platz. Vorsichtig, um sich die Strumpfhose und die Schuhspitzen nicht zu ruinieren, sank sie vor ihm auf die Knie und schaute wieder zu ihm auf. Aus dieser Warte wirkte er noch dominanter als sonst. Es war schwer, seinem kritischen Blick standzuhalten. »Ich …« Sie schluckte. »Ich möchte deine Sub werden.«

Sekunden verstrichen, ehe Ruben tief Luft holte und diese laut ausstieß. Unterdrückte er ein Lachen? In seinen Mundwinkeln bildeten sich so verdächtige kleine Grübchen. »Aha. Normalerweise ergibt sich das. Es ist mir noch nie passiert, dass mir eine Frau einen solchen – hm – Antrag gemacht hat.«

Aber, er hat doch selbst gesagt … Es war nicht gerade bequem, auf dem Boden zu knien, abgesehen davon, dass Myriam sich dabei ein wenig lächerlich vorkam. Seine Aufforderung war also gar nicht ernst gemeint gewesen?

Aber Ruben lachte nicht. Er musterte sie weiterhin mit ernstem Gesicht und strich sich mit der rechten Hand nachdenklich über sein Kinn.

Na, dann halt nicht.

Als Myriam Anstalten machte, sich zu erheben, hob er plötzlich den Zeigefinger. »Bleib!« Es lag ein Grollen in diesem einen Wort, welches das Kribbeln in ihrem Bauch verstärkte. Wollte er etwa doch?

»Hände auf den Rücken, Brust raus, Kopf senken.«

Ohne zu zögern gehorchte sie. Bedeutete dies, dass er einverstanden war? Seine Füße verharrten auf der Stelle. Oder wollte er Zeit zum Nachdenken gewinnen?

»Erregt dich der Gedanke, dass du dich mir auslieferst?«

»Ja.«

Seine Bikerstiefel hatten die beste Zeit wohl schon hinter sich. Schmutzig waren sie zwar nicht, sie wirkten durchaus mit Schuhcreme oder Fett gepflegt, also offensichtlich lag ihm etwas an ihnen. Dennoch war nicht zu übersehen, dass sie alt und viel getragen waren, denn das Leder zeigte am äußeren Rand Risse, die ein Tragen in absehbarer Zeit oder zumindest bei Regenwetter vereiteln würde. Bestimmt hätte sie selbst diese Schuhe längst weggeschmissen. Und was sagte das über Ruben aus? Dass er beständig war, lieb Gewonnenes zu schätzen wusste oder dass er knauserig oder sogar pleite war?

»Findest du es im Augenblick aufregend, vor mir zu knien?«

»Ich …«

»Antworte nur mit Ja oder Nein. Also, findest du es aufregend, oder nicht?«

»Ja«, hauchte Myriam.

»Dir ist klar, dass ich als Dom das Spiel bestimme, und von dir wieder so etwas wie neulich im Wald verlangen könnte, und noch viel mehr?«

»Ja.« Worauf wollte er hinaus?

»Hm. Kein Beziehungsstress, wir führen eine rein sexuelle Beziehung. Wir kommen nur zusammen, um Spaß zu haben.«

»Ja, sicher.«

Der tiefe Seufzer, den Ruben ausstieß, irritierte Myriam. War er skeptisch, weil sie keine Erfahrung hatte? Schmollend schob sie die Unterlippe vor. Sie würde ihm beweisen, dass sie für diese Aufgabe tough genug war. Die Frage, ob sie mehr als das wollte, verbot sie sich.

Seine Füße entfernten sich aus ihrem Blickfeld. Sie schaute ihm hinterher.

»Dein Kopf bleibt unten!«

Uuups, hatte er hinten auch Augen? Schnell senkte sie wieder den Kopf und verharrte in dieser Position, obwohl sie hörte, wie er die Treppe hinunter ging. Vielleicht hatte er ja eine Kamera installiert und beobachtete sie.

Das Ertönen des Harley-Sounds verkündete, dass ein Kunde den Laden betrat. Wie gut, dass sie hier oben niemand sehen konnte.

Ruben wechselte ein paar Worte mit dem Kunden, verwies ihn dann an den Wikinger und ging wieder die Empore hinauf.

»Sieht so aus, als ob du das Grundprinzip verstanden hast«, stellte er fest.

Myriam fühlte, wie er ihr etwas um den Hals legte und im Nacken verschloss. Es musste ein Halsband sein. Sie hatte davon gelesen, von Halsbändern als Kennzeichen der Subs, auch vom Ring der O. Ihre Nackenhaare hatten sich dabei gesträubt. Wie konnte man sich freiwillig ein Zeichen der Versklavung umlegen lassen? Und nun war sie auf einmal ein wenig von Stolz erfüllt, weil sie sich traute, über ihre Konventionen zu springen, sich mit einem Symbol dieser Welt kennzeichnen und sich auf dieses Abenteuer einzulassen. Ganz offensichtlich war sie dabei, den Verstand zu verlieren, aber das war ihr mittlerweile egal.

»Sorry, aber ich hab noch ’ne Frage.«

Verdammt. Sie war so auf Ruben konzentriert gewesen, dass sie nicht gehört hatte, wie jemand die Stufen heraufgekommen war. Hitze strömte in ihre Wangen. *Verdammt, verdammt, ich mache mich hier voll zum Affen! Gut, dass mich in diesem Aufzug wohl niemand wiedererkennen wird.*

»Ja, was gibt’s denn noch?«

Wenn sie Rubens Stimmlage richtig interpretierte, war er über die Störung ebenfalls nicht erfreut.

»Kann ich meine Freundin mitbringen? Sie möchte gerne dabei sein.«

»Wenn du keine Angst hast, dass ihr beim Zuschauen schlecht oder dass sie ohnmächtig wird. Meinetwegen. Empfehlen kann ich das nicht.«

»Ahm, okay. Ich versuch’s ihr auszureden. Entschuldige die Störung, sehe, du bist beschäftigt.«

Hörte sie da ein wenig Spott aus der Stimme des Fremden heraus? Ihre Wangen wurden noch heißer.

»Steh auf«, sagte Ruben, kaum dass der Fremde wieder hinunter gegangen war. Er nahm ihr Gesicht in beide Hände und küsste sie.

Von Null auf Hundert, schoss es Myriam durch den Kopf. Sein Kuss war fordernd, voller Leidenschaft, und seine Hände nestelten jetzt ungeduldig an den Verschlüssen ihres Mieders, bis er es geschafft hatte und seine Finger ihre Brustwarzen zwirbelten. Wie ein Blitz schoss die Erregung in ihren Schoß. Ja, verdammt, sie wollte ihn. Mit Worten ließ sich nicht erklären, warum sie von seiner Nähe und wenigen Berührungen so sehr erregt wurde.

Als sie versuchte, sein T-Shirt hochzuziehen, drückte er ihre Hände nach unten auf seinen Schoß. Mit deutlicher Härte wölbte sich sein erigierter Schwanz durch das Leder. Ihre Hände zitterten, als sie den Reißverschluss aufzog, den Gürtel öffnete und ihm die Hose über den Po streifte.

»Nimm mich«, flüsterte sie mit bebenden Lippen an seinem Mund.

Ehe sie sich versah, hatte er sie herumgewirbelt, damit sie sich nach vorne gebeugt am Stuhl abstützte, ihre Strumpfhose und ihren String bis zu den Kniekehlen herab geschoben. Sie war ein wenig entsetzt, wie energisch er an der Strumpfhose zerrte. Zum Glück war diese erstaunlich stabil und ihr Geld wert gewesen. Dann drückte er sie etwas mehr mit dem Oberkörper nach unten, packte sie beidseits an der Hüfte und drang tief in sie ein.

»Aaah, ja, ja«, stieß Myriam hervor. Endlich würde er das Feuer in ihrem Schoß löschen. Allein dies war die ganze Aktion wert gewesen. Mit schnellen tiefen Stößen trieb er sie innerhalb von Sekunden an den Rand eines Höhepunktes, gleich, gleich wäre es soweit. Aber als ahnte er dies, hielt er abrupt mit keuchendem Atem inne.

»Du unterwirfst dich meinen Wünschen?«

Noch ein einziges Mal stieß er zu, als wolle er damit ausdrücken, *du gehörst mir und ich mache mit dir, was ich will.* Oh ja, wie gerne wäre sie *Sein*. Ihre Vagina pulsierte wie verrückt, es war eine Qual, wie er ihren Orgasmus hinauszögerte.

»Ja, ich werde tun, was du willst.« Obwohl es ihr klar war, dass er sie manipulierte, indem ihr Körper mit einer ungeheuren Ausschüttung von Endorphinen auf seine Aura reagierte, schaffte sie es dennoch nicht, dagegen anzukommen. Alles würde sie tun, alles, was immer er verlangte.

Wieder stieß Ruben nur ein einziges Mal zu, schwer atmend. Seine Hände lagen so heiß auf ihren Hüften, als wollten sie ein Brandmal zu ihrer Kennzeichnung hinterlassen.

»Ich werde es dir nicht einfach machen«, knurrte er.

»Es ist mir egal, nimm mich!«, stieß sie voller Verlangen hervor.

»Dann will ich, dass du mir an einem verlängerten Wochenende gehörst, ganz und gar mir.«

»Ja«, keuchte sie. »Ja. Alles was du willst.«

Er lachte leise.

»Es heißt: was du willst, Herr!«

Dann stieß er mehrmals kraftvoll zu. Ihre Vagina zog sich eng um ihn zusammen, und Lustwellen pulsierten durch ihren gesamten Unterleib. Ein Inferno der Lust explodierte in ihrem Inneren. Als sie ihre Gefühle hemmungslos herausschrie, beugte er sich über sie und legte seine Hand auf ihren Mund. Mit kaum unterdrücktem Stöhnen kam er und nahm ihre Vagina mit seinem Samen in Besitz.

Verwirrung

Kaum hatten sie sich voneinander gelöst und angezogen, hatte Ruben sie in die Arme genommen und leidenschaftlich geküsst. Von irgendwoher holte er eine Flasche Wein und zwei Gläser, und dann erklärte er ihr ein wenig seine Arbeit, zeigte ihr anhand von Fotos, auf welche Tattoos er besonders stolz war.

Aber Myriam hörte ihm nur halbherzig zu, was weniger an ihrer Abneigung der Tätowierungen lag, als vielmehr ihren Gefühlen zuzuschreiben war. Sie hatte nur Augen für Rubens Anblick. Während er mit Leidenschaft von seiner Arbeit sprach und versuchte, sie von dem künstlerischen Wert zu überzeugen, strahlte er soviel Energie und Männlichkeit aus, dass sie davon benommener wurde als vom Wein.

Als sie eine Stunde später hinaus in die kühle Abendluft trat, fühlte sich das wie ein Schlag ins Gesicht an. *Wow! Dieser Mann strotzt vor Lebenslust. Reißt mich das mit oder frisst es mich auf?Mir bleibt keine Wahl, als mich dem zu stellen und es herauszufinden.*

Ihre Finger tasteten nach dem Halsband, das er ihr umgelegt hatte. Kühles schmales Metall. Ob sie es wohl abnehmen konnte? Das wollte sie im Grunde genommen gar nicht wissen. Ein kleiner Ring machte das Halsband zu einem Symbol ihres Verhältnisses.

Sein. Ich bin jetzt Sein, war der Gedanke, der sie seither beflügelte.

Was für ein Glück. Ihre Chefin war gut gelaunt und hatte ein paar freien Tagen zugestimmt, wenn auch erst Ende der nächsten Woche.

Myriam konnte es kaum erwarten, mehr Zeit mit Ruben zu verbringen, obwohl sie der Gedanke daran zugleich ein wenig ängstigte.

Nur halbherzig den Erzählungen ihrer Kundin lauschend, massierte sie mit routinierten Bewegungen Pflegecreme ein und trug ein dezentes Tagesmakeup auf. Erst als die Stimme etwas resoluter wurde und die junge Frau ihr wohl schon zum zweiten Mal dieselbe Frage stellte, wurde Myriam bewusst, dass sie mit ihren Gedanken ganz woanders war.

»Frau Falk, wir hatten einen blauen Lidschatten abgemacht!«

Oh! Im Augenblick leuchteten die Lider zu den Augenbrauen hin in Orange, zur Lidkante in Grün übergehend.

»Aber natürlich, ich weiß. Ich bin ja noch nicht fertig«, beeilte sich Myriam zu versichern. Sie biss sich kurz auf die Unterlippe. Verflixt, wo war nur ihre Konzentration geblieben? Es gelang ihr, das Grün ein wenig zu reduzieren und durch Blau zu verstärken. Als sie fertig war, äußerte sich die Kundin sehr zufrieden und betrachtete das Orange als modischen Akzent.

Glück gehabt!

Seit zwei Tagen dachte Ruben über Myriams Auftritt in seinem Laden nach. Dafür, dass sie sich insgesamt unerfahren gab, hatte sie ihre Sache ziemlich gut gemacht. Wie ernst aber war es ihr damit, sich seinen sexuellen Neigungen zu unterwerfen und wie viel Spaß würde sie selbst dabei haben? Er hatte kein Interesse daran, irgendwann feststellen zu müssen, dass sie das alles aus kurzfristiger Verliebtheit ertrug und ihn später dafür hasste. Er musste herausfinden, wie weit sie tatsächlich gehen würde. Am besten, er überraschte sie dort, wo sie ihn am wenigsten erwarten würde.

Die Türglocke, die sein Eintreten ankündigte, erinnerte ihn an das Trällern eines Kanarienvogels. Der Raum wirkte mit den harmonisch abgestimmten Farben sonnig und warm. Ein wenig hatte er gehofft, Myriam hinter dem Thresen anzutreffen. Stattdessen schaute ihn eine brünette Mittvierzigerin durch ihre Brille hindurch mit einem aufgesetzten Lächeln an.

»Guten Abend, was kann ich für Sie tun?«

Fast hätte er sich nur nach einer Lotion oder einem Eau de Toilette erkundigt. Aber er gab sich einen Ruck, schließlich war er aus einem anderen Grund hergeeilt und seit wann war er auf den Mund gefallen?

»Guten Abend, Ihr Geschäft wurde mir von Freunden empfohlen. Sie bieten kosmetische Behandlungen an – auch für Männer?«

Sein Gegenüber schmunzelte. »Aber natürlich. Der moderne Mann von heute möchte sich ja auch etwas gönnen. Ein bisschen Pflege und eine Gesichtsmassage mag doch jeder. Sollen wir gleich einen Termin vereinbaren?« Sie schlug einen Terminplaner auf.

»Oh, ich weiß, ich bin etwas spät dran. Heute geht's wohl nicht mehr?« Es fiel ihm nicht schwer, einen besonders charmanten Tonfall anzuschlagen, als ob sein Fall besondere Dringlichkeit hätte.

Mit hochgezogener Augenbraue musterte sie ihn, als wollte sie sagen, *so schlecht sehen Sie doch gar nicht aus, dass das sofort sein muss.* Stattdessen erwiderte sie: »Ich kann Ihnen das nicht versprechen. Wenn Frau Falk, unsere Kosmetikerin länger bleiben kann, dann ja.«

Vielleicht erwartete sie, dass er beteuerte, das müsse nun wirklich nicht sein, dass ihre Angestellte Überstunden machte. Aber den Gefallen würde er ihr nicht tun.

»Das wäre natürlich wunderbar. Ich zahle auch gerne 'was extra.«

»Wenn Sie sich bitte ein paar Minuten gedulden.«

Während die Inhaberin durch eine Tür in den hinteren Bereich des Geschäfts verschwand, schaute Ruben sich um. Die Einrichtung wirkte ein wenig eigenwillig und individueller gestaltet, als er dies von Parfümerien kannte. Es war nicht so, dass er darin Experte gewesen wäre. Aber ab und an gönnte er sich einen männlich frischen Duft oder benötigte ein exklusives Eau de Toilette zum Verschenken.

Die sonnigen Farben waren ungewöhnlich, aber gut gewählt. *Eine warme Atmosphäre regt zum Kaufen an.* Die Glasböden, auf denen die Produkte namhafter Hersteller und diverse Accessoires präsentiert wurden, wirkten leichter und aufdringlicher als die sonst üblichen Regale.

Es währte nur einen Augenblick, dann kam die Chefin zurück und bat ihn mit einer Handbewegung, ihr zu folgen. Sie öffnete vor ihm eine Tür am Ende des Ganges und ließ ihn an sich vorbeigehen. »Bitte sehr. Ich wünsche Ihnen eine gute Entspannung.«

»Herzlichen Dank.«

Ruben klopfte einmal an die angelehnte Tür und trat ein, ohne ein Herein abzuwarten.

Für Sekunden starrte Myriam ihn ein wenig ungläubig an, dann prustete sie »Du?« und kam auf ihn zu, um ihn zu küssen. Im letzten Moment trat er einen Schritt zur Seite, als hätte er es nicht bemerkt.

»Guten Abend, Frau Falk. Ihre Hände sollen wahre Wunder vollbringen, wurde mir gesagt. Ich nehme an, ich sollte für die Behandlung meine Jacke ausziehen?«

Sie stutzte, dann schien sie zu begreifen, dass dieses Zusammentreffen ein Teil ihres Spiels war und ging darauf ein. »Guten Abend, mein Herr. Bitte geben Sie mir Ihre Lederjacke, ich werde sie aufhängen.« In der Ecke neben dem Fenster befand sich ein Garderobenständer mit Bügeln. »Am besten ziehen Sie auch Ihr T-Shirt aus, wenn es Ihnen nichts ausmacht.«

Erstaunlich, wie mühelos sie vom Du auf das Sie umschaltete. Das war ein gutes Zeichen. Bevor sie auch sein Shirt über einen Bügel hängte, blieb ihr Blick kurz auf seiner Brust hängen. Gefiel ihr, was sie sah? Zwei- bis dreimal die Woche trainierte er seine Muskeln, sofern es seine Zeit zuließ. Nicht zuviel. Er wollte keinesfalls wie ein Bodybuilder aussehen. Nur soviel, dass nichts schlaff wurde oder sein Bauch Speck ansetzte.

Langsam drehte er sich herum, einfach so, als wollte er sich einen Überblick vom Raum verschaffen. Wenn er sich ihr mit nacktem Oberkörper präsentierte, so konnte er auch die Gelegenheit nutzen und ihre Reaktion auf sein großes Rückentattoo testen. Es handelte sich dabei um ein Meisterwerk des Mannes, bei dem Ruben sein Handwerk gelernt hatte, und zeigte einen grimmig schauenden Drachen, der mit seinen Krallen Rubens Haut auseinanderpresste, um sich aus dessen Körper zu befreien. Das Motiv beinhaltete viel Symbolik und zeigte einen Teil seiner nicht immer glatt verlaufenen Vergangenheit.

Ruben war über diese düsteren Zeiten hinweg und es war gut, dass er den Drachen nur sehen konnte, wenn er sich vor einen Spiegel stellte. Es war nicht mehr wert, darüber nachzudenken. Als positiven Gegenpart hatte er sich später eine Rosenranke stechen lassen, die sich hinter dem Drachen ihren Weg ins Freie bahnte und deren Dornen immer mehr von Blüten verdrängt wurden, je weiter sie sich über seine Schulter und seinen Oberarm ringelte.

In Myriams Augen las er Erstaunen, vielleicht sogar Bewunderung. Das genügte ihm. Ihr Widerwille saß also nicht so tief, dass sein Beruf irgendwann zwischen ihnen stünde. Es hatte ihn sowieso gewundert, dass sie ihn im Studio aufgesucht hatte. Ihr Verlangen, mehr zu erleben, musste sehr groß sein.

»Bitte, nehmen Sie Platz.«

Ruben setzte sich auf den Behandlungsstuhl, der dem in seinem Studio nicht unähnlich war, und Myriam deckte ihn mit einem vorgewärmten Handtuch bis zum Hals zu. Dann lächelte sie ihn an. »So. Womit darf ich Sie verwöhnen, mein Herr?«

Die Art, wie sie *mein Herr* aussprach, löste ein Kribbeln in ihm aus. Ob sie wohl verstanden hatte, worum es ging?

»Ich habe gehört, Sie sind eine wahre Künstlerin im Verwöhnen. Was auch immer das heißt. Das wollte mir niemand verraten. Überraschen Sie mich …«

Ein kurzes Zögern, ein leichtes Augenaufreißen, dann öffnete sie ihre Bluse, zog diese betont langsam aus und zelebrierte das Aufhängen auf den Bügel, wobei sie ihn nicht aus den Augen ließ. Ob sie ahnte, dass sein Schwanz unter dem großen Handtuch erfreut zuckte? Die weiße Spitze ihres BHs verbarg kaum die dunklen Brustwarzenhöfe und ihre Knöpfe, eine Aufforderung zum Streicheln.

Als sie es dabei belassen und hinter ihm Platz nehmen wollte, schnellte seine Hand hervor und hielt sie fest. Ein kurzer Laut des Erstaunens kam über ihre Lippen.

»Ausziehen«, forderte er rau.

»Das ist aber im Preis nicht inbegriffen«, erwiderte sie keck. »Zwanzig Euro für jedes Kleidungsstück.«

Dieses kleine Miststück! Machte sie das wirklich zum ersten Mal?

»Einverstanden. Ausziehen. Alles.«

Der folgende Striptease bescherte ihm nicht nur vehementes Herzklopfen, sondern prickelnde Lustgefühle. Büstenhalter, Rock und Strümpfe flogen über den Garderobenständer, bis Myriam nur noch einen String trug, der kaum ihre Scham bedeckte.

»Alles!«, forderte er streng. Sein Schwanz zuckte voller Ungeduld.

Sie zierte sich, wand sich, zog das schmale Bändchen herauf und herunter, und schließlich drehte sie ihm ihren makellosen Hintern zu, um sich des Strings völlig zu entledigen.

Ruben unterdrückte nur mühsam ein lüsternes Stöhnen. Am liebsten wäre er aufgesprungen und hätte ihr gezeigt, was für Folgen dieses frivole Verhalten auslöste. Aber er war nicht hier, um wie ein Lüstling über sie herzufallen. Als wollte sie ihm beweisen, dass sie abgesehen von seinem Halsband und ein paar Ringen an den Fingern nun wirklich nichts mehr am Leib trug, drehte sie sich mehrmals vor ihm, wobei sie wie eine Ballerina den Blick die ganze Zeit nach vorne gerichtet hielt, ganz auf ihn fixiert, und mit den Händen ihre Scham bedeckte.

»Gut. Jetzt können Sie anfangen.« Als wäre es ganz selbstverständlich, nun von ihr kosmetisch behandelt zu werden, schloss Ruben die Augen. Bestimmt erwartete sie etwas anderes, aber genau das sollte sie lernen – aus seinen Anweisungen nicht automatisch auf die Folgehandlung zu schließen. Sie musste sich auf ihn einlassen, ganz und gar. Und Sex gab es nur, wenn er das für angebracht hielt. Seine Finger zuckten, wollten sie am liebsten packen und über seinen Schoß ziehen. Verflixt! Er hatte sich das viel einfacher vorgestellt. Manchmal war es eine höchst unangenehme Qual, seine eigene Lust zu zurückzuhalten.

Mit leisem Summen fuhr der Stuhl in eine schräge, fast waagrechte Position.

»Liegen Sie bequem, mein Herr?«

»Sehr bequem.«

Wenn du wüsstest!

Mit einem warmen Tuch wischte Myriam sanft seine Gesichtskonturen nach und strich ihm ein paar Strähnen aus dem Gesicht. Wie liebevoll sie das machte! Er hörte, wie das Wasser lief und sie das Tuch auswringte, dann auf seine Stirn und um seine Nase herum legte, so dass die Nasenlöcher frei blieben. Dann fuhr sie behutsam über Kinn und Hals, hinunter bis auf seine Brust und er hielt den Atem an, ob sie seine Nippel berühren würde. Sein Herz hüpfte unregelmäßig vor Spannung – aber es geschah nichts.

So ganz genau war ihm nicht klar, was Myriam machte. Er war noch nie zur Kosmetik gewesen, wozu auch. Seine Haut bedurfte keiner besonderen Pflege und eigentlich, ja eigentlich fand er es sogar irgendwie unmännlich. Schließlich musste er als Mann ja nicht *schön* sein, und da er keine Hautprobleme wie Akne zu beklagen hatte, bestand keine Notwendigkeit. Es war ein Spontanentschluss gewesen. Er wollte herausfinden, wie Myriam sich verhalten würde, wenn sie ihm unerwartet gegenüber stand, und wie ihre Arbeit ablief und überhaupt – plötzlich hatte er das für eine gute Idee gehalten. Sex hatte er dabei nicht zwingend eingeplant, aber lange würde er es nicht mehr aushalten.

Mal fühlte es sich warm an, dann wieder kühl und erfrischend, schließlich wie das Auftragen einer gelartigen Lotion. Auch wenn seine Haut dieser Pflege nicht bedurfte, so lohnte es sich auf jeden Fall, die entspannende Wirkung zu genießen. Allmählich verlangsamte sich sein Puls, eine innere Ruhe kehrte in ihm ein, und sein Kopf driftete in eine andere Sphäre davon. Selbst seine Erektion wurde schwächer.

Ein herrlicher Sommertag ging zu Ende. Sie hatten eine Motorradtour gemacht und waren abends zu einer Grillparty gefahren. Er sah Myriam dabei zu, wie sie sich aus der engen Lederkombi schälte, unter der sie lediglich einen String und Socken trug. Alles fand Platz in den Ledertaschen seines Cruisers. Bei wem oder wo sie eingeladen waren, war nicht relevant. Ausschlaggebend war allein die Tatsache, dass die Subs nackt waren und auf allen Vieren durch das weiche Gras robbten. Es sah lustig aus, wie sich alle anstrengten, dabei eine gute Figur zu machen und ihren Po empor reckten.

Auch Myriam folgte ihm an einer Leine, und er wusste, lange würde er soviel reizvolle Nacktheit nicht aushalten. Irgendwo würden sie ein Plätzchen für sich finden, und dann würde er sie nehmen. Im Augenblick aber war er durstig und hungrig von der Fahrt und schickte sie weg, ihm eine Erfrischung zu holen.

Die Party fand in einem Garten statt, der von einer dichten hohen Thujahecke umgeben war. Neugierige Blicke der Nachbarn waren also nicht zu befürchten. Bierbänke und Tische luden zum Verweilen ein. Bislang nutzte sie jedoch niemand. Alle standen locker herum, ihr Glas in der Hand, als warteten sie auf ein besonderes Ereignis.

Myriam bewegte sich gekonnt in der Hocke, um mit einer Hand ein Bierglas, in der anderen das Essen für ihren Herrn zu transportieren. Mit durchgestrecktem Rücken blieb sie vor ihm sitzen, den Po auf den Fersen, und reckte den Teller mit beiden Händen für ihn empor. Eine Grillwurst, ein Stück Fleisch, Kartoffelsalat, Senf und Ketchup, eine Brezn. Ruben ließ sich Zeit, auch, als ihre Arme zu zittern anfingen. Die Wurst war mundgerecht in kleine Stücke geschnitten, und das Bier rann kühlend seine Kehle herunter.

Ein Geräusch hieß ihn innehalten. Laut knurrend meldete sich Myriams Magen.

»Was war das?«

»Entschuldigung, Herr.«

»Hunger?«, fragte er und drückte den Teller ein wenig tiefer, um sie anzusehen. Sie nickte.

Er spießte ein Stück Wurst auf, drückte es in den Ketchup und schob es ihr in den Mund.

Als er sich erneut umschaute, bemerkte er, dass die Kleidung der Männer merkwürdig reduziert war, und schaute irritiert an sich selbst herab. Er sah nicht anders aus. *Ich trage Chaps!* stellte er belustigt fest. Nur Chaps. Ohne etwas darunter. Hastig sah er noch einmal in die Runde. Bei allen Doms wölbte sich der nackte Po unter dem breiten Gürtel hervor, der die Beinlinge am Körper hielt. Penis und Hoden hingen frei. Es wirkte fast ein wenig albern und zugleich sehr erotisch, wie ihre Schwänze baumelten oder erregt abstanden. Einige Sub knieten vor ihren Herren und zeigten ihre Zungenfertigkeiten bei einem BlowJob. Niemanden genierte es. Im Gegenteil, bei ihrem Anblick zwickte es lustvoll in Rubens Lenden.

Der Reiz einer sinnlichen Berührung lenkte ihn ab und entlockte ihm ein lautes Stöhnen. Myriams Lippen bildeten einen festen Ring um seinen Schaft. In ihrer Muschi konnte es kaum lustvoller für ihn sein. Ihre Zunge leckte gefühlvoll über seine Eichel und ihre Finger kraulten seine Hoden. Wie schön, dass sie es den anderen Sklaven gleich machte und ihm mit ihrer erotischen Dienstbarkeit huldigte.

Mit dem Öffnen seiner Augen kehrte er ruckartig in die Wirklichkeit zurück. Der Anblick, der sich ihm bot, war kaum anders als eben in seiner Fantasie. Die Lust jedenfalls war überaus real. Myriams gefühlvolle Gesichtsmassage musste ihn so schläfrig gemacht haben, dass er nicht bemerkt hatte, wie sie das Tuch zurückgeschlagen und seine Hose geöffnet hatte.

Beidseits seines linken Beines auf der Liege kniend, war sie über seinen Unterleib gebeugt und bot ihm den perfekten Ausblick auf ihren Mund, der über seinen Schwanz gestülpt diesen mal mehr, mal weniger einsaugte. Eine vorwitzige rote Strähne ringelte sich über ihrer Nase und sie schob diese hinters Ohr.

Vor, zurück. Vor, zurück. *Du meine Güte ist das geil.* Ihre katzengrünen Augen fixierten ihn, als wollte sie ergründen, ob sie die Kontrolle über ihn erlangt hatte. Zumindest in diesem Augenblick entsprach dies den Tatsachen, denn wer konnte dieser Lust schon widerstehen?

»Ah, wer hat dir das erlaubt?«, presste er mühsam hervor und krallte seine Finger in die Armlehnen, um sich zu beherrschen.

»Sie haben mich nicht davon abgehalten, Herr«, nuschelte sie ihre Rechtfertigung, ohne seinen Schwanz aus ihrem köstlich warmen Mund zu entlassen. Er fühlte ihre Zähne, wie sie vorsichtig über seine empfindliche Haut kratzten und hielt die Luft an, ehe er überwältigt hervor stieß: »Gehört das etwa auch zur Kosmetik?«,

»Nur bei einer Exklusivbehandlung«, kicherte sie.

»Los, komm. Rauf mit dir. Ich will meinen Schwanz in deiner Muschi spüren.«

Sie ließ sich nicht zweimal bitten. In Sekundenschnelle zog sie ihm seine Hose vollständig bis zu den Kniekehlen herunter, dann schwang sie sich auf seinen Schoß und senkte sich langsam über seinen Schaft herab.

Synchron stöhnten sie auf.

Ruben packte Myriam an den Armen und zog sie näher zu sich, bis er mit seinen Zähnen an ihren Nippeln knabbern konnte. Seine Zunge tanzte um und über ihren Knopf und seine Hände kneteten genießerisch ihre weichen Rundungen. Ihr Stöhnen nahe an seinem Ohr war laut, doch das fachte seine Lust nur noch mehr an. Ungestüm ritt sie ihn, erbebte unter ihrem Orgasmus, und fuhr fort, ohne eine Pause zu machen, immer noch vor Wollust keuchend. Ehe er sie auffordern konnte, sich Zeit zu lassen, und sich noch mehr Höhepunkte zu gönnen, war es vorbei. Ein tiefes Brüllen begleitete seinen Orgasmus und er schlang seine Arme um Myriam, zog sie auf seine Brust herab und stieß einige Male selbst zu, um er ihr einen letzten lustvollen Aufschrei zu entlocken.

War er eingeschlafen? Erschreckt setzte Ruben sich auf. Seine Hose war hochgezogen und geschlossen, aber das wunderbare Gefühl, Sex erlebt zu haben, bebte noch nach. Dieses ausgeglichene Glücklichsein, voll innerer Ruhe und Zufriedenheit.

»Geht's dir gut?«

Myriam stand plötzlich neben ihm, eine Tasse Kaffee in der Hand und vollständig bekleidet.

»Du kleine Verführerin.« Durstig nahm er einen Schluck.

Sie lächelte. »Du bist doch bestimmt nicht hergekommen, um dich kosmetisch behandeln zu lassen.«

Abenteuer Sklavenausflug

In Erwartung erlebnisreicher Tage war Myriam fröhlich und überdreht, je näher der Zeitpunkt rückte, so dass ihre Chefin sie mitunter merkwürdig ansah. *Wenn du wüsstest,* dachte Myriam heiter.

Endlich war es soweit. Vor lauter Aufregung hatte sie kaum geschlafen, fühlte sich dennoch frisch und war noch vor dem Läuten des Weckers aufgestanden, um zu duschen, sich einzucremen und zu schminken.

Ruben empfing sie mit einem zarten kurzen Kuss auf ihre Lippen, warf ihre schmale Reisetasche auf den Rücksitz und hielt ihr sogar zuvorkommend die Beifahrertür des Kombis auf. Allerdings hatte sie erwartet, dass er sie mit seinem Cabrio abholen würde. Aber vielleicht war der Wagen nicht für die Berge geeignet. Auf jeden Fall schien er für die paar Tage viel eingekauft zu haben, wenn er die Vorräte teilweise hinter den Sitzen statt im Kofferraum lagerte.

Die Fahrt führte hinaus aus der Stadt auf die Autobahn, später auf eine Bundesstraße, schließlich auf eine wenig frequentierte kleinere Straße, die durch einsam gelegene Dörfer weiter Richtung Berge führte. Auf Myriams Frage, wohin sie unterwegs seien, antwortete er nur mit einem Lächeln. Stattdessen machte er die Musik lauter. Hardrock dröhnte aus den Lautsprechern. Seine Absichten hatte er nicht konkretisiert.

Das Schild war von Laub verdeckt kaum zu erkennen, als sie abbogen und Ruben einen einsam gelegenen Parkplatz ansteuerte, um auszutreten, wie er vorgab. Vorsichtshalber hatte Myriam sich angeschlossen. Es wäre unangenehm, wenn sie ihn in Kürze bitten müsste, eben deswegen für sie rechts ranzufahren. Als sie zum Wagen zurückkehrte, stand die Heckklappe offen.

Ruben deutete auf die Hundebox, die im Heck des Kombis untergebracht war. Genauer betrachtet handelte es sich um einen größeren Drahtkäfig, immerhin ausgelegt mit einer kuscheligen Decke. »Gib mir deinen Mantel und dann hinein mit dir.«

»Was? Das soll doch wohl ein Scherz sein.« Darauf würde sie sich auf keinen Fall einlassen. Jetzt war klar, warum sie nicht mit dem Cabrio unterwegs waren. Myriam zog eine Schmollschnute, während Ruben darauf wartete, dass sie gehorchte.

»Nein, das ist kein Scherz«, erwiderte er geduldig. »Hast du schon vergessen, was du mir geschworen hast?«

Verdammter Kerl. Wieso nur wollte sie *Sein* werden? Ihre eigenen Worte hallten klar und deutlich in ihrem Gedächtnis wieder. Hätte sie ahnen können, was er daraus machen würde?

Den Mantel enger um sich ziehend schüttelte Myriam den Kopf. Sie war eine Idiotin, dass sie sich von Abenteuerlust und sexuellem Verlangen hatte leiten lassen.

»Vergiss es. Ich will Sex, sonst nichts. Wenn wir uns darin nicht einig sind, dann fahr mich wieder nach Hause.« Sie zog an der Beifahrertür. *Verriegelt.*

»Mach sofort die Tür auf!« Wütend funkelten ihre Augen Ruben an.

»Du hast zwei Möglichkeiten, Sklavin. Entweder du steigst jetzt nackt in den Käfig, oder du trampst nach Hause«, erwiderte er ungerührt, lässig an den Wagen gelehnt. »Ich bin sicher, dass du in diesem Aufzug jemanden findest, der dich gerne mitnimmt. Nur vielleicht nicht umsonst.«

»Du spinnst doch. Willst du mich erpressen?« Sie baute sich mit in die Seiten gestemmten Fäusten vor ihm auf und reckte sich ihm entgegen.

»Erpressen? Ganz und gar nicht. Wie würdest du denn dein Angebot interpretieren? Kniest vor mir nieder und bietest mir an, alles, sprichwörtlich alles für mich zu tun?«, erwiderte er mit spöttischem Unterton. »Und jetzt streikst du schon bei so einem simplen Befehl? Ich bin enttäuscht.«

Das musste in einem Zustand geistiger Umnachtung geschehen sein. Was war nur mit ihr los? Irgendwie war sie zur Zeit nicht sie selbst. Nicht einmal als naiver Teenager hatte sie sich so unvorsichtig und dumm verhalten. Und was jetzt? Ihre Wut wich dem unsicheren Gefühl, ob er wohl wirklich ohne sie weiterfahren würde. *Dumme Kuh. Wie konntest du dich bloß darauf einlassen, nur einen Mantel anzuziehen?*

»Ich hatte ja keine Ahnung, dass du mein Versprechen so schamlos ausnützen würdest.«

»Allmählich solltest du dich entscheiden, was du willst. Dein gewohntes durchschnittliches Leben weiterführen wie bisher, oder Neues erleben. Ich habe dir doch gesagt, dass ich es dir nicht leicht machen werde. Du musst dich schon ganz und gar auf das Spiel mit mir einlassen. Halbe Sachen mache ich nicht. Das einzige, was ich dir versprechen kann, ist, dass du es sicherlich nicht bereuen wirst.«

Woher wollte er das wissen? Mutlos sanken ihre Arme herab. Am liebsten würde sie ihm die Augen auskratzen.

Mit einem Lächeln seiner schön geschwungenen Lippen zelebrierte er es, langsam Knopf für Knopf, ihren Mantel zu öffnen. Myriam hielt den Atem an. Das kurze Frösteln, als die Luft ihren nackten Busen streifte, wich einem Hitzeschub, der über ihren Körper wallte, sobald seine Hände ihre Brüste umfassten. Die bloße Berührung genügte, das Adrenalin in ihren Adern auf Hochtouren zu schüren. Das war doch völlig verrückt, was hier abging. Hätte ihr vor kurzem jemand gesagt, dass sie sich auf so etwas einlassen würde … Bestimmt träumte sie einen überaus real wirkenden Film. *Ich muss nur aufwachen!*

»Wenn uns jemand sieht!«, versuchte sie sich matt seiner Verführung entgegen zu stellen.

»Siehst du hier jemanden außer uns?«, schmunzelte er. »Und

wenn schon, dann bekommst nicht du Schwierigkeiten, sondern ich, wenn die Polizei hier aufkreuzt, um dich zu retten.«

Der Mantel rutschte von ihren Schultern und Armen, und sie stöhnte vor Verlangen laut auf, als Ruben nun zärtlich über ihre Brustwarzen streichelte.

»Hände auf den Rücken«, sagte er leise und sie gehorchte wie gefangen von seiner Nähe und Berührung.

Er beließ es nicht dabei, ihre Nippel zu stimulieren. Seine Hände streichelten über ihre Arme, den Nacken hinauf, dann über ihre Wangen, fuhren zart über ihre Lippen und hoben ihr Kinn, um sie zu küssen. Es war ein sinnlicher Kuss, ohne Druck, ohne Forderung. Ihre Lippen öffneten sich wie von selbst. Seufzend schlang sie ihre Arme um seinen Hals und erwiderte das Necken seiner Zunge voller Leidenschaft, bis sie beide atemlos voneinander abließen.

»Steigst du nun ein?«, fragte er, seine Nasenspitze an ihrer, seine Augen von bedrohlich dunkler Nähe, weit aufgerissen, als würde er auf diese Weise trotz der geringen Distanz schärfer sehen.

»Nein, nicht hinten. Nicht in diese Hundebox. Das ist – erniedrigend«, stieß Myriam kraftlos hervor. Durfte es wahr sein, dass diese wenigen Minuten mit ihm ihr Blut so sehr in Wallung brachten, dass sie fast schon bereit war, seiner Forderung nachzugeben?

Schweigend hob Ruben sie hoch, als wäre sie federleicht, und setzte sie, die Füße voran, behutsam im Käfig ab.

»Nein …«, wimmerte sie.

Ihr Kopf signalisierte Befehle wie *Aussteigen, wehr dich, raus hier …*, aber ehe sie es schaffte, auch nur einen Muskel zu aktivieren, hatte Ruben die Käfigtür herabgelassen, mit einem Vorhängeschloss verriegelt und eine Decke über den Käfig geworfen.

Nein!

Das Zufallen der Heckklappe brachte Myriam zurück in die Wirklichkeit.

Nein!

Ein Ruck ging durch den Wagen, als er anfuhr und die laute Musik machte jede Kommunikation unmöglich. Wenigstens war der Boden des Käfigs weich ausgepolstert. Myriam rüttelte an den Stäben. Nichts rührte sich. Offensichtlich hatte Ruben an alles gedacht und den Käfig gut gesichert. So gut es ging, kauerte sie sich im Schneidersitz mit geducktem Kopf hinein. Eigenartigerweise empfand sie keine Angst. Was geschah mit ihr? Wenn sie die Luft tief einsog, nahm sie ihren eigenen Duft auf. Den Duft ihres Lustsaftes, der ihrem Schoß entströmte. Auch ohne sich selbst anzufassen fühlte sie, dass ihre Nippel hart waren und sich nach nichts mehr sehnten, als nach seiner Berührung und diesem Spiel, gleichgültig was er von ihr verlangte.

»So, nur damit wir das abschließend nochmal klar stellen: Du willst meine Sub sein?«

Myriam nickte. Von der Fahrt im Heck des Wagens war ihr ein wenig übel. Der Käfig hatte keine Zweifel darüber offen gelassen, dass Ruben seine eigenen Vorstellungen von diesem Spiel hatte. Sie sollte sich wohl besser darauf einstellen, dass da noch mehr kommen konnte.

Ihrem Gefühl nach waren sie bergauf und viele Kurven gefahren. Ihre Übelkeit hatte nicht weiter zugenommen, aber als der Wagen endlich anhielt, der Kofferraum geöffnet und die Decke zurückgeschlagen wurde, fühlte sie sich benommen.

Ruben reichte ihr die Hand, um ihr beim Aussteigen zu helfen. Er zog sie an sich, bis sie sicher auf den Füßen stand. Er war fast einen Kopf größer als sie und seine Muskeln waren spürbar, obwohl seine Umarmung sehr gefühlvoll dosiert war, wie geschaffen, sich geborgen zu fühlen. Aber war das nicht nur ein Wunschgedanke? Würde er sie im Ernstfall überhaupt beschützen oder war er der Teufel in Person? Myriam unterdrückte ein Seufzen, dann löste sie sich von ihm und sah sich um.

Der Wagen parkte neben einem Blockhaus, unweit des Weges, der wohl eher für Wanderer als für motorisierte Fahrzeuge angelegt worden war. Vielleicht war es ganz gut, dass sie während der Fahrt nichts gesehen hatte. Allein der Blick hinab auf die Serpentinen, die sich weiter unten im Wald verloren, war beängstigend. Das Bergpanorama vor ihren Augen entschädigte jedoch für alles. Gipfel reihte sich an Gipfel, einige von Schneeresten geziert, manche felsig kahl, andere bis hoch droben dicht bewaldet. Darüber wölbte sich ein fast wolkenloser, strahlend blauer Himmel.

»Wie geht's nun weiter?«, fragte sie und drehte sich zu Ruben um.

»Eine gute Frage. Gibt es irgendetwas, was du absolut ausschließen möchtest, Myriam? Etwas, wovon du weißt, dass es dich völlig abtörnt? Ich will dich in den nächsten Tagen nämlich immer nur heiß sehen.«

Woher sollte sie das wissen? Sexuelle Spiele hatten bisher nicht zu ihrem Leben gehört. Sie dachte kurz daran, was sie im Internet gesehen und gelesen hatte. Eine Blockhütte in Abgeschiedenheit war darin nicht vorgekommen, und noch wusste sie nicht, was für Inventar sie darin erwartete. Vielleicht die reinste Folterkammer?

Eines stand jedenfalls fest: das hier war live und vor allem – sie war die Hauptperson in diesem Spiel. Im Augenblick fühlte es einfach eigenartig an, völlig nackt und schutzlos vor Ruben zu stehen, und noch dazu keine Ahnung zu haben, wo sie sich befanden. *Ausgeliefert. Ich bin ihm völlig ausgeliefert. Niemand wird mich retten, wenn ich ihn falsch eingeschätzt habe.* Ein Frösteln überzog ihre Haut.

»Ich weiß nicht, was mich abtörnt. Ich hab sowas ja noch nie gemacht«, erwiderte sie vorsichtig und zog eine Schnute. »Ich werd‘s dich wissen lassen, wenn mir etwas nicht gefällt.«

»Sofern ich dir Gelegenheit zum Sprechen lasse. Es gibt so wunderschöne Knebel.«

Damit meinte er vermutlich nicht seinen Schwanz. Als er mit dem Zeigefinger zwischen ihren Brüsten entlang strich, setzte auf ihrer Haut ein wohliges Kribbeln ein. Du meine Güte, sie sehnte sich so sehr nach Berührung, dass ihr seine Forderungen und das Risiko fast egal waren.

»Gut, dann stelle ich mich mal ganz allgemein auf der Widerspenstigen Zähmung ein.« Er lachte und legte seine Hände auf ihre Brüste. »Dir ist hoffentlich klar, dass du mir mit Haut und Haar gehörst. Ich werde mit dir machen, was ich will, was mich heiß macht. Du wirst meine Lustsklavin sein. Nimm das wörtlich.«

Falls das eine Warnung sein sollte, so waren sich ihr Verstand und ihr Körper über die Reaktion, die diese hervorrief, wieder einmal nicht einig. Während sich ihr Verstand empörte, wollte ihr Körper nichts anderes, als das seine Hand, die jetzt ihre Brustwarzen umfuhr, sich tiefer bewegte und ihre Lustperle stimulierte. Ließ ihn ihr Anblick etwa kalt? *Nimm mich. Hier, jetzt, gleich.*

Enttäuscht unterdrückte sie ein Seufzen, als er sich von ihr abwandte und seine Hand eine weite Bewegung über die Landschaft machte. »Wenn du flüchten möchtest, bitte. Ich werde dich nicht aufhalten. Weit und breit keine Menschenseele. Also, letzte Gelegenheit deinerseits, Einschränkungen zu machen.«

Das klang mitleidig, als würde er glauben, sie wäre schnell zu überfordern und hielte nichts aus. Wenn sie sich tatsächlich irgendwo in einer einsamen Gegend aufhielten, so galt dies auch für ihn, das sollte er mal nicht außer Acht lassen. Sollte es sich als notwendig erweisen, würde sie ihm ihrerseits das Leben schwer machen.

»Keine Einschränkungen. Ich mag's hart«, versicherte Myriam mit fester Stimme. Sie würde vor diesem Macho auf keinen Fall zu Kreuze kriechen. Wenn er aus ihr eine Lustsklavin machen wollte, die nach seiner Pfeife tanzte, würde er sich ganz schön anstrengen müssen.

»Du bist sexy«, erwiderte er.

Schön, dass dir das auch schon auffällt. Gehen wir jetzt hinein oder schlagen wir hier Wurzeln?

»Aber das macht dich noch nicht zu etwas Besonderem.«

Wie meinte er das? Das klang, als wäre sie eine Sache, die man jederzeit austauschen könnte.

»Hattest du schon mal Analsex?«

Myriam zuckte innerlich zusammen und schluckte. »Nein.« Hatte sie eben erst behauptet, dass sie alles mitmachen würde? *Shit,* wenn sie jetzt einen Rückzieher machte und diese Idee ablehnte, würde sie nicht nur sich, sondern vor allem ihm eine Schwäche eingestehen. Nein, das kam überhaupt nicht in Frage. Irgendwie würde sie sich diesem Thema entziehen, wenn es soweit war. Wobei – ernsthaft darüber nachgedacht hatte sie noch nie. Vielleicht sollte sie es ausprobieren, um festzustellen, was sie dabei empfand. Was war schon dabei, sich einmal, nur einmal, darauf einzulassen. Wenn es ihr nicht gefiel, würde sie das in Zukunft einfach ablehnen. So schlimm würde es schon nicht werden.

»Das Beobachten von Sophie und Leo hat dich heiß gemacht. Ich denke, da geht noch mehr. Viel mehr. Ich werde eine richtig geile Stute aus dir machen.«

Stute? Sagte man das so in seinen Kreisen? Nicht gerade ihre bevorzugte Wortwahl, aber egal, er sollte nicht glauben, dass er sie durch seine Andeutungen schockierte. »Dann mach's doch«, antwortete sie, einen möglichst gleichgültigen Ton anschlagend. *Stuten können ausschlagen, das sollte dir klar sein. Gib auf deine Eier acht!*

Sein Gesicht nahm einen verärgerten Ausdruck an, als gefiele ihm ihre Antwort nicht. »Ich will dich nicht zu etwas zwingen, was dir keinen Spaß macht. Ich erwarte Gehorsam und Lust am gemeinsamen Spiel, und ich werde nicht zurückschrecken, diesen Gehorsam mit Bestrafungen einzufordern, aber selbst das sollte dir Lust bereiten. Sonst hat das alles hier keinen Sinn. Du weißt nicht, worauf du dich einlässt, nicht wahr? Ich hatte gehofft, du hättest dich ein wenig schlau gemacht, bevor du dich mir anbietest.«

Sein strenger Tonfall verschlug Myriam für einen Augenblick die Sprache, fachte zugleich aber in ihrem Schoß ein Begehren an, das sie nur allzu gut kannte. Verdammt, sie war mehr denn je in Gefahr, ihren Verstand abzulegen.

Seine Hand packte sie am Kinn und hob ihren Kopf an, so dass sie gezwungen war, ihm direkt in die Augen zu sehen. *Diese langen Wimpern, wie schön sie geschwungen sind. Jede Frau würde vor Neid erblassen. Und ich mag es , wenn er mich so streng ansieht und ich schwache Knie bekomme.*

»Also, was ist jetzt?«, fragte er ungeduldig. »Sollen wir hier abbrechen und nach Hause fahren?«

»Nein. Ich will das hier. Ich bekomme Lust, wenn du so streng zu mir bist«, gestand sie verwirrt. Wo war ihr Stolz geblieben? Plötzlich wollte sie nichts anderes, als vor ihm niederzuknien, ihn demütig von unten herauf anhimmeln und ihren Schwur zu wiederholen. Das war absolut verrückt.

Auf Rubens Gesicht machte sich ein zufriedenes Grinsen breit. Er gab ihr einen zarten Klaps auf die Wange, dann griff er überraschend fest in ihre Haare am Hinterkopf. »Wir kommen der Wahrheit langsam näher. Ich dachte schon, du würdest kneifen. Hoffentlich hast du es dir gut überlegt, dass du mir gehören willst! Hände auf den Rücken und Beine auseinander!«

Sie brauchte einige Sekunden um zu begreifen, dass dies ein Befehl war, dann gehorchte sie. Weiter ihren Kopf fixierend, griff er mit der anderen Hand nach ihrer Brust, wog sie in seiner Hand, spielte mit ihr, indem er sie presste und wieder losließ, zuletzt ihren Nippel packte und hart zwirbelte. Myriam schrie unter dem intensiven Schmerz auf, dann presste sie die Lippen zusammen und gab nur noch ein Wimmern von sich. Seine Dominanz war physisch und psychisch zu spüren. Sie fühlte sich ihm im Augenblick vollkommen unterlegen, doch das heizte ihre Lust mit einer Geschwindigkeit an, die atemberaubend war.

»Beine weiter auseinander, Hände höher auf den Rücken!«

Oh mein Gott, was geschieht mit mir? Obwohl er nicht gerade zärtlich mit ihrer Brust umging, empfand sie mit jeder Sekunde mehr Lust, wozu auch ihre geöffneten Schenkel beitrugen, dieses Gefühl, sich ihm völlig zu darzubieten.

»Gefällt dir das?«

»Ja«, presste sie heraus.

»*Ja, Herr,* heißt das ab sofort. Und es sollte dir gefallen, denn falls du es noch nicht begriffen hast, ich bin ein Sadist, und es macht mich heiß, wenn du leidest. Also leide in Schönheit für mich, Myriam.«

Plötzlich ließ er ihre Brust los und griff mit seiner Hand fest in ihren Schritt. Myriam entfuhr ein spitzer Schrei, als er mit zwei Fingern tief in sie eindrang. Ihre Vagina schloss sich sofort eng um ihn, als wollte sie ihn festhalten.

»Oh ja, es gefällt dir, gequält zu werden. Deine Nässe verrät dich. Ich werde dich ab sofort härter rannehmen! Jedes Mal ein wenig mehr. Willst du das?«

»Ja«, wimmerte sie.

»Wie heißt das?« Er stieß einmal tief zu.

»Ah! Ja, Herr!«

»Ich werde mit dir Sachen machen, von denen du noch gar nicht weißt, dass sie dir gefallen und dich erregen werden. Einverstanden?«

Seine Finger füllten sie noch mehr aus. Waren es zwei, oder gar drei? Wie sollte sie einen klaren Gedanken fassen und über den Inhalt seiner Worte nachdenken, wenn ihr Körper innerhalb von Sekunden nur noch aus Verlangen bestand? Sie wollte berührt werden, und sie wollte diese Mischung aus Lust und Schmerz spüren. Er kontrollierte sie bereits jetzt vollkommen, nicht nur ihren Schoß. Ihre Vaginalmuskeln pumpten wie verrückt und sie hatte das Gefühl, alles an ihr wäre überdimensional angeschwollen und würde sich ihm heiß und lustvoll präsentieren. Ihre Brüste, ihre Nippel, ihre Klitoris, ihre Schamlippen.

»Ja, mach mit mir, was du willst.« *Verdammt, ich bin jetzt schon süchtig nach dieser Lust und danach, von ihm kontrolliert zu werden. Ich kann keinen klaren Gedanken mehr fassen.*

»Wie heißt das? Du solltest schnell lernen, dich korrekt auszudrücken. Denn für jeden Fehler wirst du Riemen und Rohrstock kennenlernen, klar? Es liegt also ganz bei dir, Sklavin, ob du morgen noch sitzen kannst.«

»Ja, Herr«, stieß sie laut und deutlich hervor. *Riemen und Rohrstock?* Bisher hatte sie davon nur einen kleinen Vorgeschmack bekommen. War sie so stark wie Nadine? Würde sie den Schmerz aushalten, und viel wichtiger: würde es ihr dieselbe Lust bereiten, die sie im Augenblick empfand, wenn er so grob und besitzergreifend war?

Flammen würden viel besser zu dir passen, mein Drache, überlegte Myriam und musste grinsen.

»Ist dir klar, was auf dich als Erziehung zukommt? Ich werde dich zu meiner Lustsklavin *erziehen*. Meine Lust steht also im Vordergrund. Ein *Nein* werde ich zu keiner Zeit akzeptieren. Im Gegenteil. Wenn du etwas nicht willst, könnte mich das erst recht anmachen. Und erst wenn ich rundum zufrieden bin, werde ich dir deinen Höhepunkt gönnen. Bis dahin werde ich dich am Limit halten. Ich will es jederzeit fühlen, dass du für mich feucht bist, verstanden?«

»Ja, Herr, natürlich«, keuchte Myriam. Es war unmöglich über seine Worte nachzudenken, solange dieses Verlangen in ihr tobte, das dringend nach Befriedigung verlangte. Wie würde es sein, wenn er sie vielleicht stundenlang darauf warten ließ?

Seine Hand zog ihren Kopf weiter nach hinten, so dass sie gezwungen war, ihm direkt in die Augen zu blicken und dann steckte er ihr seinen Finger in den Mund. Ihr Duft stieg ihr scharf in die Nase. Sie mochte ihn nicht, aber sie hatte keine Wahl.

»Sauber lecken.«

Widerwillig gehorchte sie. Ihr Saft schmeckte herb, leicht salzig, aber es war nicht so abstoßend, wie sie geglaubt hatte. Was würde er noch von ihr verlangen, was sie nicht mochte? Sein Blick brannte auf ihrer Haut wie tausend Nadelstiche. Er verteilte ihren Speichel rund um ihre Lippen, glitt mit seinem feuchten Finger ihren Hals hinab, zwischen ihre Brüste und über ihren Nippel. Myriam hielt den Atem an, als er ihn berührte, zärtlich, reizend. Würde er wieder hart zugreifen? Doch seine Hand wanderte tiefer, über ihren Bauch, ihren Venushügel umkreisend. Nicht eine Sekunde ließ er sie dabei aus den Augen.

Dann drang er wieder in sie ein, diesmal ganz langsam. Seine Finger bewegten sich in ihr, dehnten ihre Spalte, und sein Daumen glitt sanft über ihre Klitoris. Ihre Beine begannen zu zitterten.

Wie grausam würde er sie quälen? Hatte sie sich das wirklich gut überlegt, sich auf dieses Spiel einzulassen? Aber selbst wenn sie sich jetzt dazu entschließen würde, ihn wegzustoßen – was sie nicht fertig bringen würde – und fortzulaufen, er würde sie sowieso einholen. Sie war verloren. *Mein Körper gehört ihm. Meine Muschi ist warm und feucht. Ich will ihn. Wann verdammt nochmal, zieht er sich aus und nimmt mich?*

»Du veränderst deine Position keinen Millimeter!«, brummte er, gab ihr Haar frei, und während Myriam sich bemühte, ihren Kopf hoch zu halten und ruhig stehen zu bleiben, legte er eine Hand um ihre Brust, knetete sie und packte fest zu, strich mit seinem Daumen über ihren prallen Nippel. Gleichzeitig fickten sie seine Finger der anderen Hand, glitten schmatzend auf ihrem Saft hinein und hinaus. Wimmernd bemühte sich Myriam darum, nicht den Halt zu verlieren, was angesichts der gespreizten Beine und ihrer Lust alles andere als einfach war.

Und dann geschah es. Schneller als erwartet ergoss sich ihre Lust in einem überwältigenden Orgasmus, und Myriam verlor nun die Kontrolle über ihre Haltung, klammerte sich mit beiden Händen an Rubens Oberarmen fest und schrie ihre Lust heraus. Je schneller und fester seine Finger in sie hineinstießen, desto mehr schrie sie.

»Ja, ja, gib's mir. Ja.«

Ihr Orgasmus war noch nicht völlig abgeebt, da fand sie sich kopfüber auf seinen Schenkeln wieder, auf der Holzbank vor der Hütte. Er packte ihre Hände und zerrte sie ihr auf den Rücken, hielt sie mit eisernem Griff fest. Ihre Unterschenkel klemmte er zwischen seinen Beinen ein. Dann brannten innerhalb von Sekunden ihre Pobacken unter den kontinuierlichen Hieben seiner flachen Hand.

»Aua, nein, Ruben, aua …« Schreiend versuchte sie sich seinem Griff zu entwinden. Vergeblich. Sie war wie in einem Schraubstock gefangen. Unnachgiebig ging seine Hand nieder, ehe er kurz innehielt.

»Nun, Myriam. Warum strafe ich dich?«

Verzweifelt versuchte sie sich aus der Umklammerung seiner Beine zu stemmen. Seine Hand ruhte heiß und heimtückisch auf ihrem Po. »Lass mich sofort los!«

Seine Hand klatschte erneut auf dieselbe Stelle und Myriam jaulte gequält auf. Verdammt, tat das weh. Das war zu viel, eben noch von Lust erfüllt und nun mit diesen brennenden Schmerzen konfrontiert zu sein. »Aua, bist du übergeschnappt?«

»Antworte, dann höre ich auf.«

»Keine Ahnung, du perverses Arschloch, ich werde dich anzeigen!« Ihre Stimme schnappte über vor Wut.

Für einen Moment geschah nichts, dann begann er lauthals zu lachen. »Wofür? Dass ich dich geil mache?« Er nestelte in seiner Hosentasche, löste kurz den Druck seiner Beine und presste ihr ein Taschentuch zwischen die Schenkel und wischte sie trocken. »Ich werde dir beweisen, dass dich diese Züchtigung anmacht, und du kannst inzwischen nochmal nachdenken, warum du sie dir verdient hast.«

Erneut ging seine Hand nieder, diesmal jedoch an einer anderen Stelle. Großflächig klatschte er mal hier, mal dort, kehrte zu denselben Stellen zurück, und es brannte immer schlimmer. Dass sie ihn verfluchte und laut schrie, schien ihn überhaupt nicht beeindrucken. Lag die Hütte so einsam, dass er keine herbei eilenden Wanderer befürchten musste? Es brannte wie Feuer und Tränen liefen über ihre Wangen. Vergeblich bäumte sie sich auf und versuchte, sich zu befreien.

Es war nicht zu leugnen, dass es aufregend war. Die Kontrolle, die er über sie ausübte, wie er sie mit festem Griff herabdrückte, wie seine Schenkel ihre Beine in die Zange nahmen. Egal, wie sehr ihr Verstand ihn verfluchte, weil er sie demütigte und ihr den Hintern versohlte – ihr Schoß war in Aufruhr, wollte mehr, wollte vollkommen unterworfen werden. Es fühlte sich nicht an, als ob sie erst kurz zuvor einen Orgasmus erlebt hatte. Ihre Vagina sehnte sich mit unerträglicher Intensität danach ausgefüllt zu sein. Um wie viel aufregender musste es sein, einen fetten Dildo in sich zu tragen, und dann über seinen Schenkeln zu liegen, ihre Spalte eng um den Dildo geschlossen, und sehnsüchtig auf die Penetration wartend. Schluchzend ergab sie sich.

»Los, sag mir, warum ich dich züchtige«, wiederholte Ruben. Seine Stimme wirkte ein wenig atemlos, als strengte ihn seine Arbeit an.

»Ich weiß es nicht, bitte sag es mir, bitte …«, wimmerte sie. »Und bitte hör auf, ich kann nicht mehr.«

Es war nicht möglich, dem Vorsatz treu zu bleiben, sie wäre härter und dickköpfiger als er, und würde niemals um Nachsicht betteln, niemals weinen. Er saß eindeutig am längeren – und schlagkräftigeren Hebel. Langsam aber stetig hatte er sie dorthin gebracht, wo er sie offensichtlich haben wollte.

Ruben lockerte seine Beinzange und zog Myriam in eine kniende Position zwischen seine Schenkel, wischte eine Träne unter ihrem Auge fort. »Nimm die Hände nach oben, hinter deinen Kopf!«

Myriam gehorchte schniefend und japsend. Ihr Brustkorb hob und senkte sich schwer unter ihrem zu schnellen Atem. Zu gerne hätte sie ihren Po befühlt und über die schmerzenden Stellen gerieben, aber gerade das wollte er wohl unterbinden. Immerhin war diese Aktion auch an ihm nicht spurlos vorübergegangen. Auf seiner Stirn glänzten kleine Schweißtropfen.

»Ich hatte dir befohlen, deine Position nicht zu ändern. Das gilt auch, wenn du einen Orgasmus hast, verstanden? Du bist nicht aufrecht stehen geblieben, sondern hast dich an mir festgehalten.«

Wenn sie sich im Augenblick höchster Erregung nicht fallenlassen durfte, wann dann?

»Verstanden?«

»Ja, Herr.«

»Gut. Fahren wir fort. Wie viele Orgasmen willst du täglich erleben?«

War diese Frage ernst gemeint? »Ähm, ich …« Wenn sie eine zu hohe Zahl nannte, würde er sie für unverschämt halten. Eine zu niedrige würde den Eindruck erwecken, sie wäre nicht scharf auf Sex. »Drei?«, erwiderte sie vorsichtig.

»Okay. Darüber lässt sich reden. Das liegt ganz bei dir.« Er nahm ein neues Tuch, presste es auf ihre Schamlippen. Sie brauchte es nicht zu sehen, um zu wissen, dass es feucht und klebrig sein würde. Es gab keinen Zweifel, die Züchtigung hatte ihre Säfte noch mehr angekurbelt. Er schnupperte, dann hielt er ihr das Tuch vor die Nase. Allein der Duft, den es verströmte, war ein Beweis für ihre Erregung.

Ihr fehlte nur noch eines für einen erneuten Höhepunkt. Ein praller Penis, der sie ganz und gar ausfüllte. »Fick mich. Bitte fick mich. Jetzt.«

Seine Miene wirkte undurchdringlich.

»Wie willst du mich? Welche Position soll ich einnehmen?« Die Beule in seiner Hose war eindeutig. »Fick mich! – oder ist es dir lieber, wenn ich dir einen blase??« Schließlich waren sie nicht zum Reden hier. Sie ließ ihre Arme sinken, um seine Hose zu öffnen.

Seine Hände schnellten vor, packten ihre Nippel fest, zogen daran und zwangen sie, sich ihm entgegen zu beugen.

»Auaa.« Myriam keuchte vor Schmerz auf. Was hatte sie denn nun wieder falsch gemacht?

»Ist das dein Jargon?«, fragte er streng. »Ficken?« Er spuckte angewidert auf den Boden.

Verwirrt schaute sie zu ihm auf.

Er zog ihre Nippel zueinander und drehte an ihnen. Oh nein, sie hätte niemals gedacht, dass sie nicht nur bei Zärtlichkeit Lust empfand, sondern auch unter einer solch groben Behandlung. Kontrolle! Das war es. Diese schmerzhafte Kontrolle machte sie an. Ihr Körper gehörte ihm.

»Hände wieder hinter den Kopf!«

Schnell gehorchte sie.

»Jetzt pass mal auf. Nur weil ich tätowiert bin und wie ein Rocker aussehe, heißt das nicht automatisch, dass ich mich im Straßenjargon mit dir unterhalten will.«

Wo war das Problem? War Ficken denn nicht ein ganz normales, alltägliches Wort?

»Wenn es dir gefällt, den sexuellen Akt als *Ficken* zu bezeichnen, okay. Darüber lässt sich reden. Aber dann will ich mal gleich klarstellen, was ich darunter verstehe: Einen harten und kompromisslosen Akt. Ohne Vorspiel. In einer Stellung, die mir gerade gefällt, selbst wenn sie für dich unbequem ist. Überleg es dir also besser zweimal, bevor du es nochmal verlangst, und sorg dafür, dass du feucht bist, sonst wird es dir keinen Spaß machen. Vergiss nicht, du gehörst mir!«

Wow, ist ja gut! Jetzt benahm er sich wie ein richtiger Mann. *Nein, nicht wie ein Mann, wie ein Dom!*

»Wie soll ich mich denn deiner Meinung nach sonst ausdrücken?«, stieß sie atemlos hervor.

Abrupt stieß er sie zurück, so dass sie auf ihren Fersen zu sitzen kam. »Wenn du lustvollen, sinnlichen Sex haben willst, solltest du es Kuscheln oder Schlafen nennen. Oder lass dir etwas einfallen, was nett klingt. Du kannst auch gerne ein neues Wort erfinden.«

Oh je, war er etwa ein Sensibelchen? Irgendwie passte das gar nicht zusammen.

»Okay, okay. Gebongt. Du magst es also nicht zu hart. Du bist eher ein Kuscheltiger.«

»Das habe ich nicht gesagt.« In seinen Augen lag eine lauernde Lüsternheit.

»Gut, dann fick mich jetzt«, grinste sie frech.

Wortlos stand er auf. Die Erektion, die sich durch seine Hose abdrückte, verlangte doch geradezu nach Einsatz. Wie ertrug er das nur, solange zu warten, ohne zum Stich zu kommen?

»Steh auf, beug dich runter und stütz dich auf der Bank ab.«

Myriams Herzschlag begann zu rasen. Sein Befehlston sandte ihr wohlige Schauer über den Körper. Eilig nahm sie die befohlene Position ein. Wollte er wirklich hier draußen, in der Sonne und war er sich ganz sicher, dass niemand vorbei kommen oder sie mit einem Fernglas beobachten würde?

»Beine weit auseinander.«

Doch statt seine Hose zu öffnen, schloss er die Tür der Hütte auf und ging hinein. Myriam nutzte die kurze Zeit festzustellen, dass sich vor ihr ein großes Fenster befand. Die Fensterläden waren geschlossen. Als Ruben mit einem großen Kochlöffel in der Hand wieder herauskam, war sie nahe daran, laut loszulachen. Er hatte seine Hose geöffnet und es sah einfach zu komisch aus, wie sein Schwanz aus der schmalen Öffnung herausstand und bei jedem Schritt leicht wippte. Zugleich war es erregend zu wissen, dass er sich nicht ausziehen, sondern sofort zur Sache kommen würde, minimalistisch entblößt und ganz Herr der Lage. Er degradierte sie damit ganz klar zu seiner Sklavin und ihr war bei diesem Gedanken überhaupt nicht unwohl.

»Bitte mich, dich zu züchtigen, weil du gefickt werden willst.«

Myriams Lippen zitterten. Plötzlich wünschte sie sich, er würde sie anbinden, damit sie ihm nicht ausweichen könnte. Würde der Kochlöffel mehr schmerzen als seine Hand?

»Ich warte! Bitte mich!«

»Bitte züchtige mich, Herr, weil ich von dir gefickt werden will!«

Ihr Po war von der vorausgegangenen Züchtigung noch empfindlich. Der erste Hieb schmerzte so sehr, dass sie die Zähne zusammenbiss und aufstöhnte. Der zweite und dritte entlockte ihr einen Aufschrei. Dasselbe geschah auf der anderen Pobacke, dann strich Ruben mit dem Kochlöffel über ihren Hintern und ihre Oberschenkel hinab. Er würde doch wohl nicht weiter machen?

Plötzlich erschien der Kochlöffel in ihrem Blickfeld. »Halten!« Er schob ihr den Stiel zwischen die Zähne.

»Willst du immer noch gefickt werden?«

Myriam nickte. Oh ja, ihr Schoß verlangte danach, völlig ausgefüllt zu werden. Seine Eichel rieb sich an ihren Schamlippen und ihrer Klitoris. Dann drang er so schnell und tief von hinten in ihre Vagina ein, dass es ihr ein wollüstiges Stöhnen entlockte. Es blieb ihr keine Zeit, sich an dieses Ausgefülltsein zu gewöhnen. Er drückte ihren Kopf tiefer, seine Hände hielten ihre Hüften und er stieß sich kraftvoll hinein, wieder und wieder, bis zum Anschlag, so dass seine Hoden laut gegen ihren Körper klatschten.

»Du gehörst mir!«, presste er dabei heraus. »Vergiss das nie.«

Oh mein Gott, er nimmt mich in Besitz. Kein Zweifel, ich bin sein Eigentum. SEIN.

Ihre Vagina war völlig lustüberreizt, und dann schrie Myriam ihren Höhepunkt heraus. Der Kochlöffel fiel zu Boden. Aber Ruben hielt nicht inne, stieß weiter, schaukelte ihren Körper vor und zurück. Wieso spritzte er nicht ab? Ihre Brüste schwangen wild hin und her. Wie es wohl sein mochte, wenn Gewichte daran hingen, schoss es ihr für Sekunden durch den Kopf, ein Bild vor Augen, das sie im Internet gesehen hatte. Sollte sie ihn darum bitten, sie nicht zu schonen, sie nach seinem Willen zu quälen? Seine Bewegungen wurden noch schneller, ein weiterer Höhepunkt bahnte sich an, und Myriam überließ sich völlig ihrer Lust, schrie aus vollem Hals und dann erst wurde ihr bewusst, dass er ebenfalls gekommen war.

Einige Minuten lang stützten sich seine Hände neben ihren auf der Bank ab. Sein Atem streifte heiß ihren Hals.

»Ich mag es, wenn du unartig bist«, keuchte er. »Es wird mir ein Vergnügen sein, dich zu züchtigen, zu demütigen, in deine Position einzuführen. Deine Seele und dein Körper werden ganz und gar mir gehören.«

Der Teufel persönlich sprach zu ihr.

»Mit all deiner Lust. Irgendwelche Einwände?«

»Nein«, erwiderte sie atemlos. Wenn es aufregend war, mit dem Teufel zu spielen, warum sollte sie sich diese Gelegenheit entgehen lassen? Ihr Herzschlag beruhigte sich nur langsam.

»Ich will dich unterwürfig sehen. Beug dich tief herunter, halte dich mit den Händen an deinen Fesseln fest. Du bleibst in dieser Stellung, bis ich dir erlaube, dich aufzurichten.«

Während sie gehorchte, fluschte sein Schwanz aus ihrer Muschi. Das Ratschen des Reißverschlusses kündete davon, dass Ruben sein Geschlecht wieder in der Hose versorgt hatte.

»So, und damit der Kochlöffel immer einsatzbereit ist, wirst du ihn für mich bereit halten. Wie ich sehe, hast du ihn fallen lassen.«

Es folgte ein Hieb auf jede Pobacke, dann schob er ihr den Löffel wieder zwischen die Zähne.

Während Myriam in der befohlenen Stellung verharrte, brachte Ruben die Vorräte und Taschen aus dem Auto in die Hütte. Irgendwo in der Nähe plätscherte es, vielleicht gab es einen Bach in der Nähe? Oh je, sie war doch sehr verwöhnt und brauchte ihre morgendliche Dusche – welche Möglichkeiten gab es hier in den Bergen, sich zu waschen?

Das Öffnen der Fensterläden und Fenster lenkte sie von ihren Überlegungen ab. Es dauerte noch eine ganze Weile, ehe Ruben ihr erlaubte, sich aufzurichten und herein zu kommen.

Die Hütte war geräumiger, als sie von außen wirkte. Links vom Eingang befand sich ein Buffet mit Küchengeschirr, an der Wand ein Bord mit Tellern und Tassen, daneben ein klassischer Holzkohleofen zum Heizen und Kochen, darüber an einer Stange Löffel und Kellen. Gegenüber, auf der rechten Seite, gab es eine Eckbank mit rot-weiß-karierten Polstern, einen Holztisch und zwei Stühle. Im hinteren Bereich der Hütte stand ein großes Bett mit Holzgestellt und karierter Bettwäsche, darüber ein Bord mit Büchern, daneben eine hölzerne Truhe und ein Regal, in dem säuberlich sortiert Essensvorräte lagerten.

Auf den ersten Blick wies nichts darauf hin, dass es Züchtigungsinstrumente, Fesseln oder andere Utensilien für ihr erotisches Spiel gab. Es blieb spannend, was er wohl vorhatte. Der einzige, der sich jemals Zeit dafür genommen hatte, ihren Körper bis zur Unerträglichkeit zu erregen, den Höhepunkt so lange wie möglich heraus zu zögern und damit einen bleibenden Eindruck zu hinterlassen, war Ruben. Ähnliches hatte sie niemals zuvor erlebt. Selbst die Fahrt im Käfig hatte sie nach anfänglicher Wut erregt. Nun stand sie vor ihm, wie er vorgegeben hatte, nackt, nur mit Wandersocken und Wanderschuhen bekleidet. Das war schon ein wenig merkwürdig.

Währenddessen hatte Ruben sich umgezogen. Die auffälligen Tattoos auf seinen Armen, eine Sammlung vieler kleiner Figuren, wie sie nun erkannte, verschlungen mit Ornamenten und seltsamen Schriftzeichen, wollten nicht so recht zu seiner neuen Kleidung passen. Seine Lederkleidung hatte er gegen eine leichte Trekkinghose und ein ärmelloses Funktionsshirt eingetauscht. Dazu trug er klassische Wanderschuhe, die bis über die Knöchel reichten. Was hatte er vor?

Er goss zwei Gläser Wasser ein, reichte ihr eines davon und sie stürzte es durstig hinunter.

»So, und nun knie dich auf die Bank vor der Hütte, Beine auseinander, und tief runter beugen.«

Myriam stockte angesichts des schwarzen Analplugs, den er in der Hand hielt, der Atem. »Du willst doch nicht … Nein, der – der passt nicht bei mir rein.«

»Zum Kneifen ist es zu spät. Du hattest die Gelegenheit, nein zu sagen. Oder stehst du nicht zu deinem Wort?«

Myriams Herz hämmerte laut. Der Dildo, den Sophie getragen hatte, war weitaus dicker gewesen, und länger, versuchte Myriam sich ihre Lage schön zu reden. Also würde sie diese verkleinerte Ausgabe mit links ertragen. Sie atmete einmal tief ein und aus, dann ging sie nach draußen, kniete sich auf die Bank und sah ihm zu, wie er aus einer Spenderflasche etwas Gleitgel auf die Spitze des Plugs drückte. Sodann presste er mit einer Hand ihre Pobacken auseinander.

Druck setzte auf ihren Anus ein, und sie fühlte, wie Ruben den Dildo hin und her drehte, bis ihr Schließmuskel nachgab und die Spitze eindrang. Es dauerte nicht lange, und die Dehnung nahm zu. Ihr Schließmuskel spannte sich gegen den Druck und ihr Kopf ruckte nach oben.

»Das tut weh!«, protestierte sie, als es noch unangenehmer wurde.

»Da musst du durch. Mit jedem Mal wird es leichter gehen. Vor allem wenn du immer dafür sorgst, dass dein Darm entleert ist. Dann bist du entspannter. Und das ist erst der Anfang, die kleine Ausführung. Ich habe dich gewarnt. Aber du wolltest doch das volle Programm, oder nicht?«

Myriam biss sich auf die Lippen. Normalerweise gab sie sich keine Blöße, wenn es nur nicht so unangenehm wäre. Wer ließ sich schon gerne am Anus herumfummeln. Selbst bei ihrer Frauenärztin empfand sie bei der alljährlichen Vorsorgeuntersuchung unangenehm, wenn diese ihren Finger in Myriams After bohrte. Aber das aktuelle Empfinden war wesentlich intensiver und es bestand kein Zweifel, dass es ihrer Demütigung und Unterwerfung diente.

»Wenn du nicht stillhältst, werde ich dich fesseln!«

Ja, und am besten so, dass ich dir völlig ausgeliefert bin und du mich überall berühren kannst. Als die dickste Stelle des Plugs endlich den Widerstand ihres Schließmuskels überwand, schrie sie unter dem brennenden Schmerz auf.

»Okay, geschafft.«

»Aua«, wimmerte sie.

»Es wird noch einige Male schmerzhaft sein, bis wir die passende Größe für dein Hintertürchen gefunden haben, aber irgendwann hast du dich daran gewöhnt.«

Das war im Augenblick kaum vorstellbar.

Ruben streichelte ihr beruhigend über den Rücken. »Steh auf. Wir gehen eine Runde spazieren.«

Vorsichtig erhob sie sich. Ihr Schließmuskel pumpte, um den Eindringling los zu werden. Damit nicht genug, bei jedem Schritt baumelte ein kleiner Pumpball von hinten gegen ihre Schenkel.

»Lauf natürlicher, nicht so verkrampft«, rügte Ruben.

»Aber – es fühlt sich an, also ob dieses Ding aus mir herausgezogen wird!«

Er lachte lauthals. »Das ist nur ein kleiner Vorgeschmack auf einen Pferdeschweif. Der hat auch ein Gewicht und schlägt dir gegen die Beine.«

»Pferdeschweif?«, wiederholte Myriam fassungslos und sah wieder das Bild von Sophie vor sich, aufgezäumt wie ein Zirkuspferd und mit der Trense im Mund nicht nur zum Schweigen verurteilt, sondern auch dazu, ihrem Herrn überallhin brav zu folgen.

»Dieser Anblick hat dich so richtig heiß gemacht. Ich denke, ich werde aus dir eine hübsche Stutensklavin machen«, erklärte Ruben amüsiert, als könnte er ihre Gedanken lesen.

»Nein«, erwiderte sie entschlossen und griff nach dem Ende des Plugs, um ihn sich herauszuziehen, aber er war schneller und hinderte sie daran.

»Stopp. Du hast gesagt, du willst meine Sub sein.«

Verflixt-und-zugenäht! Ihr Schließmuskel pumpte aufgeregt, aber abgesehen vom Druck des Dehnens flaute der Schmerz bereits ab.

»Du wirst bald merken, dass dich alles erregt, was ich dir zumute. Ich werde dir vieles abverlangen, aber du wirst dabei auf deine Kosten kommen.«

Myriam schluckte. »Okay.« Er sollte das nicht ständig wiederholen müssen. Sie würde sich zusammenreißen.

Sein Griff lockerte sich. »Nimm den Ball und drück ihn einmal vollständig zusammen.«

Sie bückte sich ein wenig und fingerte nach dem Ende des Schlauches, nahm den Pumpball in die Hand und drückte ihn langsam zusammen. Der Druck in ihrem Anus nahm zu. *Kann mein Darm davon platzen?* Ihr Herz raste.

»So, und jetzt gehen wir.« Ruben deutete auf einen Weg, der hinter der Hütte begann. »Den Berg hinauf, hopp hopp.«

»Aber …« Sie schaute an sich herunter. »So?«

»Ich werde den Ausblick auf deinen entzückenden Arsch genießen. Geh, oder ich zieh dich an einer Leine hinter mir her. Glaube mir, das ist wesentlich anstrengender!«

Himmel, fast war sie geneigt, das zu riskieren. Es war nicht die Sonne, die ihr den Schweiß aus den Poren trieb. Ihr Körper vibrierte von oben bis unten, vollkommen auf ihn fixiert. Und bei näherer Betrachtung, gefiel er ihr sogar in diesen Trekkingklamotten.

Eine heiße Wanderung

Ruben fuhr sich mit den Fingern durch die langen Haare, flocht sie zu einem groben Zopf, wickelte sich diesen wie einen Dutt am Hinterkopf zusammen und fixierte ihn mit einem Haargummi. Dann schulterte den Rucksack, der bisher auf der Bank gestanden hatte und auf sein Zeichen ging sie los, ihm voraus. Bei jedem Schritt schlug der Pumpball gegen ihre Beine, und sie wusste nicht, ob sie darüber lachen oder sich schämen sollte.

Sie blickte sich zu Ruben um. »Was ist, wenn uns jemand begegnet?« Seine Handbewegung scheuchte sie weiter. Wenig später befahl er »Pumpen!«, und sie gehorchte schweren Herzens.

Ihr Schließmuskel hatte sich keineswegs beruhigt. Ganz im Gegenteil. Der Weg führte nun steiler bergauf und bei jedem Anheben eines Beines hatte sie das Gefühl, der Plug scheuere und dränge sich hinaus. Außerdem hatte sie das Bedürfnis ein wenig breitbeinig zu laufen, jeden Schritt überlegt zu setzen, auch weil sie der baumelnde Pumpball störte.

Noch weitere drei Male musste sie den Plug aufpumpen, und jedesmal befürchtete sie, dass dies unabsehbare Folgen haben könnte. Aber Ruben diskutierte nicht, er trieb sie voran. Es fehlte nur eine Peitsche oder ein Stock in seiner Hand, damit er sie wie ein Stück Vieh behandelte. Sie war verschwitzt und ein wenig außer Atem, als er ihr schließlich befahl, stehen zu bleiben und sich mit gespreizten Beinen weit nach unten zu beugen. Zu ihrer Erleichterung ließ er die Luft ab und zog den Plug heraus. Doch zu Myriams Entsetzen holte er nun einen anderen, noch dickeren, längeren aus dem Rucksack.

»Nein!« Sie schüttelte abwehrend die Hände, richtete sich auf und wich zurück. Dieses Ding passte auf keinen Fall in ihr Hinterstübchen, das sich ohnehin schon in völligem Aufruhr befand. Ihr Eingang fühlte sich wund gerieben an und pochte.

»Wie ich schon sagte, es ist nur am Anfang unangenehm. Es dauert ein wenig, bis du dich daran gewöhnst.«

Wieso nur hatte sie nicht daran gedacht, den Analplug als absolutes No-go zu deklarieren!

»Deine beiden Freundinnen werden sich köstlich amüsieren, dass du diese Prüfung nicht bestanden hast.«

Myriam verschränkte die Arme vor der Brust. Sie fühlte sich so entsetzlich nackt. »Das ist mir völlig egal. Sie sind nicht meine Freundinnen.« Dass es ihrem Ego nicht völlig egal war, wie andere sie beurteilten, brauchte er nicht zu wissen.

»Es ist dir egal. Von mir aus.« Ruben setzte sich auf einen Baumstumpf. »Wieso wehrst du dich gegen deine Erregung? Schmerz und Erniedrigung bereiten dir Lust, was ist dagegen einzuwenden?«

Wie recht er hatte. Sie musste sich nicht einmal berühren, um den Beweis zu haben. Ihr Duft war so stark, dass sie ihn selbst roch. Der leichte Schmerz und das ungewohnte Gefühl, mit dem Dehnen ihres Anus einem neuen Erlebnis entgegen zu gehen, irgendwann in den nächsten Tagen sozusagen ein zweites Mal in ihrem Leben entjungfert zu werden, hatte ihre Schamlippen anschwellen lassen.

»Komm her.«

Widerstrebend gehorchte sie.

»Position!«

»Nein, du tust mir weh!«, entgegnete sie und schlug nach seinen Händen.

Er ließ sich nicht abwehren und streichelte sanft über ihre Nippel. »Aber der Dehnungsschmerz geht doch schnell vorbei.«

»Du bist so gemein!«, fauchte sie.

Seine Antwort war ein Lachen. »Schon vergessen, ich empfinde sadistische Lust dich zu quälen.«

Myriam knurrte wütend.

»Okay, ich werde es dir für den Anfang ein wenig leichter machen zu gehorchen«, erklärte er und kramte in seinem Rucksack. »Mund auf.«

Myriam zögerte, als sie den Knebel sah. Eine breite Ledertrense, auf einer Seite zusätzlich eine knebelartige Verdickung, geformt wie ein kleiner dicker Penis.

Sein strenger Blick schwächte ihren Widerstand und sie öffnete ihren Mund. Ihr Herz raste. *Du wolltest ein ganz spezielles Abenteuer erleben und nun hast du es!* Der Knebel drückte ihre Zunge herunter. Mit geschickten Handgriffen schnallte Ruben ihr die Riemen um den Kopf. Ein Herausschieben des Knebels war unmöglich, zumal auch daran ein kleiner Schlauch befestigt war und Ruben den Knebel nun noch ein wenig aufpumpte.

»Mmmmmpf«, protestierte sie erschrocken.

Myriam streckte ihre Hände aus, um Rubens Hemd zu öffnen, seine Haut fühlen, seine Nippel berühren. Es konnte nicht länger sein, dass er völlig angezogen war, während sie splitternackt vor ihm herlief. Aber er schlug ihr schmerzhaft auf beide Hände und legte eine Ledermanschette um jedes ihrer Handgelenke. Myriam war wie gelähmt. Als er ihre Hände auf den Rücken zog, leistete sie kurz Widerstand, doch es war zu spät. *Oh mein Gott, ich laufe jetzt schon aus vor Lust. Meine Erregung wird unerträglich werden.*

»So, und nun werde ich dich wieder stopfen, Sklavin.«

Sie wimmerte, als er sie mit sanftem Druck auf die Knie zwang, den Kopf bis zum Boden geneigt.

»Eines Tages werde ich dich in dieser Position warten lassen, und dann werde ich dich wieder und wieder nehmen«, lachte er vergnügt. Um dies zu unterstreichen, stellte er sich verkehrt herum über sie, klemmte ihre Taille zwischen seinen Beinen ein und schob ihr den neuen Plug in den Anus. Er war sehr vorsichtig und ließ sich Zeit, den Stöpsel unter behutsamem Drehen und

Drücken hineinzubekommen. Es brannte und Myriam kämpfte instinktiv gegen die Fesselung an. Als es noch einmal kurz und heftig schmerzte, rang sie nach Luft. Der Plug, der jetzt in ihr steckte, war auf jeden Fall zu dick, um herausgedrückt zu werden.

»So, und nun gehen wir weiter.«

Ruben half ihr auf die Beine, tätschelte ihr die Wange und befestigte dann eine Führungsleine am Halfter. Es blieb ihr nichts anderes übrig, als ihm artig zu folgen. Ihre merkwürdige neue Lage versetzte sie in eine Art euphorische Stimmung. Ruben zeigte keine Gnade, aber vielleicht wollte sie diese auch gar nicht. Er schritt forsch vorwärts und sie folgte ihm auf einem Waldweg bergan, in kurzer Zeit schweißgebadet und schnaufend wie ein Walross. Von Zeit zu Zeit stoppte er, damit sie zu Atem kam und kontrollierte dabei auch den Sitz den Plugs und der Fesseln.

Es war ein eigenartiges Gefühl, mit diesem Ding im Hintern zu laufen, abgesehen von ihren Fesseln, dem Knebel und ihrer Nacktheit. Ihr Körper war von oben bis unten erregt. Ihre Nippel standen prall und dunkel ab, ihre Brüste kamen ihr geschwollen vor, ihr Schoß war ein einziger See der Lust, und ihre Adern schienen nur noch von Endorphinen durchströmt zu sein.

»Lauf nicht so breitbeinig, du bist kein Ackergaul«, rügte Ruben, suchte sich einen Ast, den er mit einem Messer glättete und trieb sie damit weiter voran.

Einmal blieb sie einfach stehen. Der Plug rieb und drückte und ihr war viel zu heiß. Für solche Wanderungen mangelte es ihr einfach an Fitness.

Zu ihrer Überraschung schimpfte er nicht. Er schlang die Führungsleine um einen Ast, setzte sich auf den Boden, an einen Baum gelehnt, holte eine Thermoskanne und ein Brot heraus, und machte es sich gemütlich.

Eine Zeitlang blieb Myriam einfach stehen und wartete. Aber mit jeder Minute wurde sie wütender. Was fiel ihm ein, vor ihren Augen zu essen und zu trinken, und sie nicht zu beachten. Sie hatte auch Durst.

»Hmmmpf!« Wütend stampfte sie mit einem Fuß auf.

»Ich weiß, dass dir das nicht gefällt. Aber denk daran, du bist freiwillig hier und hast keine Rechte. Und glaub mir, was immer du darüber gehört oder gelesen hast, es gibt viele verschiedene Formen, und mir gefällt gerade dieses Spiel.«

Er stand auf, holte eine Flasche mit Sonnenlotion aus dem Rucksack, ging zu ihr, sah auf seine Hose herab und grinste. Verdammt, es machte ihn wirklich an.

»Aber ich kann warten. Glaub mir, ich leide mit dir.«

Selbstkasteiung? Und wozu?

Die Antwort kam prompt. »Dafür ist der Genuss später umso größer. Aber zuerst darfst du genießen, damit du keinen Sonnenbrand bekommst. Beine auseinander.«

Er schraubte die Flasche auf und spritzte ihr ein wenig der Lotion auf das Dekollete, die Arme, den Rücken, die Beine. Wo die flüssige Creme hinab lief, kitzelte es wie verrückt. Das Streicheln seiner Hände war teuflisch. Genussvoll verteilte er die Lotion überall, nur ihre Brustwarzen sparte er aus. Seine Hände umfassten ihre Brüste, er beugte sich vor und saugte an einem Nippel, liebkoste mit den Fingern den anderen.

Myriam schloss die Augen. Es war teuflisch. Wie sollte sie wütend auf ihn sein, dass er sie bei dieser Hitze den Berg hinauf schleifte, wenn er andererseits ihre Lust anfachte? Die Berührung ihrer Brustwarzen schickte unendlich köstliche Lustgefühle in ihren Schoß. Seine Hand glitt zwischen ihre Schenkel und streichelte zärtlich über ihren Kitzler. Gerne spreizte sie ihre Beine noch weiter. Stöhnend vor Lust war sie wieder bereit, alles für ihn zu tun, nur um ab und an dieses unglaublich erregende Gefühl geschenkt zu bekommen.

»Bis wir oben sind, riechst du nur noch nach Lust, Sklavin«, lachte er.

Nach dem viel zu kurzen Vergnügen zog er sie wieder an der Führungsleine unerbittlich hinter sich her. Das Gefühl, in diesem Spiel seine Sklavin zu sein, die seinen Launen und Begierden zu jeder Zeit ausgeliefert war, war berauschend. Hätte ihr das jemand zu einem früheren Zeitpunkt erzählt, dass diese Situation unglaublich stimulierend wirken würde, so hätte sie diejenige für komplett gehirnamputiert gehalten. Nun war sie diejenige, von der andere das behaupten würden.

Endlich blieb Ruben stehen und nahm den Rucksack vom Rücken. Ihr war ein wenig schwindlig und ihre Arme schmerzten von der ungewohnten Haltung. Außerdem kam sie vor Durst fast um.

»Beug dich vor.«

Als sie nicht gleich reagierte, packte er sie im Genick und drückte sie sanft nach vorne, bis ihr Kopf nach unten hing. Er schlang einen Strick um ihren Oberkörper und die Beine, so dass sie sich nicht mehr aufrichten konnte. Zusätzlich schlang er in einer Acht einen weiteren Strick um ihre Fesseln, so dass sie nicht laufen konnte. »Eine kleine Pause«, kommentierte er. »Ich muss mich mal in Ruhe in die Büsche schlagen.«

Sie hörte das sadistische Grinsen aus seiner Stimme heraus. So anstrengend hatte sie sich das alles nicht vorgestellt.

Eine Weile war sie allein. Ihr Rücken schmerzte und die Sonne brannte auf ihren schutzlosen Po. Dann kam Ruben zurück. Seine Hand tätschelte ihren Po und er kontrollierte den Sitz des Plugs. Machte ihn an, was er sah, wie das Ende aus ihrem Anus herausragte? Es schmerzte nichtr, war ihr aber trotzdem lästig.

»Bald können wir die nächste Größe einführen«, stellte er vergnügt fest.

Was? Wie viel mehr denn noch? Sie fühlte sich genügend gedehnt. Wieder fuhr er ihr über den Po, die Ritze hinab, berührte kurz ihre Schamlippen. Diesmal zuckte ihre Vagina begehrend.

Berühr mich, streichle wenigstens meine Brustwarzen. Gib mir das Gefühl, dass du mich willst. Doch nichts dergleichen geschah. Wenigstens löste er alle Fesseln und half ihr, sich aufzurichten.

»Streck dich, schüttle deine Arme aus.«

Er wartete, bis sie sich gelockert hatte, dann nahm er ihr den Knebel ab und reichte ihr die Wasserflasche. Sie durfte sich hinter einem Busch erleichtern, dann legte er ihr wieder den Knebel an.

Ohne weiteren Kommentar schulterte er den Rucksack, ging weiter und erwartete wohl, dass sie ihm freiwillig folgte. Was hätte sie auch anderes tun sollen? Hoffentlich kamen sie bald dort an, wo er hinwollte.

Der Bewuchs wurde lichter, dann kam eine Alm in Sichtweite, und das Läuten von Kuhglocken war zu hören. Oh nein, er würde ihr doch nicht etwa zumuten, anderen Menschen zu begegnen, oder doch? Als hätte er ihre Gedanken gelesen, blieb er stehen, klippte wieder die Leine an ihrem Kopfgeschirr ein und schloss die Handfesseln hinter ihrem Rücken.

Etwa zehn Minuten später erreichten sie die Alm.

»Jojohoohoo«, ertönte der Ruf einer kräftigen Männerstimme.

»Jojohooaoo«, erwiderte Ruben und schirmte suchend mit einer Hand die Augen gegen die grelle Sonne ab.

Am liebsten wäre Myriam im Boden versunken. Was für einen skurrilen Anblick mochte sie abgeben, mit einem Knebel zum Schweigen verdammt, an einem Strick hinterher gezogen, wie ein Stück Vieh, und mit einem Plug im Anus.

Ruben beachtete ihr protestierendes Grunzen nicht. Als sie sich gegen den Strick stemmte und nicht weitergehen wollte, holte er eine gewöhnliche Fliegenklatsche aus dem Rucksack und trieb sie mit Hieben auf Po und Schenkel vor sich her. Es brannte wie Feuer und Myriam beeilte sich, vor ihm herzulaufen.

Kurz darauf erreichten sie ein Gatter, und sahen das Sennerpaar, das mit der Heuernte beschäftigt war. Beide kamen näher und gaben Ruben zur Begrüßung die Hand.

»Servus Zenzi, servus Seppi.«

Die beiden mochten Mitte dreißig sein, so genau war das angesichts ihrer kräftigen Sonnenbräune nicht festzustellen. Unter ihren direkten Blicken schoss Myriam die Röte ins Gesicht und sie senkte kurz die Lider.

»Ruben, grias di. Bist auch amal wieda da, und no dazua mit so am feschn Madl«, kommentierte der Mann, die Augen penetrant auf ihren Busen gerichtet.

»Warst eh scho lang nimma mit oana hier obn«, erwiderte die Frau, nicht weniger interessiert ihr Gegenüber von oben bis unten musternd. Mitgefühl war in ihrer Miene nicht abzulesen.

Aha, er hatte sich schon lange nicht mehr mit einer Frau hier auf der Alm gezeigt. Was hatte das zu bedeuten? War das gut oder schlecht für sie selbst?

»Das ist Myriam. Sie ist noch ein wenig störrisch und braucht eine strenge Erziehung.«

»Man sieht's«, lachte die Frau und wischte sich den Schweiß von der Stirn. Verlegen waren die beiden jedenfalls nicht.

»Kommt's mit und setz's Euch. Mögt's an Kaiserschmarrn?«

»Na klar«, bestätigte Ruben erfreut. »Ich hab so gehofft, dass du das frägst.«

Er nahm Myriam Knebel und Fesseln ab und bedeutete ihr, sich neben ihn auf die Bank vor der Hütte zu setzen. Um zu reden klebte ihr die Zunge viel zu sehr am Gaumen. Hoffentlich gab es hier wenigstens etwas zu trinken. Zu ihrer Erleichterung spendete ein Sonnenschirm Schatten über den beiden handgefertigten Holzbänken und den dazwischen stehenden Tisch. Für heute hatte sie genügend Sonne getankt und wagte nicht an den Rückweg zu denken.

Die Hütte schien ihr ein wenig größer als Rubens zu sein. Wenige Meter entfernt befand sich ein Unterstand fürs Vieh und eine Tränke, die von einem Bergbach oder einer Quelle gespeist wurde. Die Sicht über die Weiden war großartig. In der Ferne streckten sich Berggipfel, die obersten Spitzen gezuckert. Es war ohne Zweifel eine von dem Geläut der Kuhglocken begleitete Idylle. Eine eigene Welt, in der einem Dinge wie Handys, Fernseher oder Autos fremdartig erscheinen.

»Wie geht's euch denn so?«, fragte Ruben, während sie Zenzi in der kleinen Küche hantieren hörten.

»Na ja, gut wie immer«, erwiderte Sepp, der Getränke von drinnen geholt hatte. Er stellte für Ruben und Zenzi ein Glas Bier auf den Tisch, für Myriam und sich selbst Apfelsaftschorle. »Prost! Bier für die Doms, Saft für die Subs«, erklärte er grinsend.

Er war auch ein – Sklave? Myriam atmete auf. Sie waren hier also unter Gleichgesinnten. Das machte die Situation für sie ein wenig erträglicher.

Ruben nahm einen langen Zug und wischte sich den Schaum vom Bart. »Ist Zenzi immer noch so schlagkräftig?«

Von drinnen mischte sich deren Stimme in die Unterhaltung ein. »Aba hallo! Sepp, ziag dei Lederhosn aus und zoag's eam.«

Der Sub verzog das Gesicht, als hätte er auf eine saure Zitrone gebissen, gehorchte jedoch ohne langes Zögern.

Myriam hielt den Atem an. Nun waren sie sich nicht unähnlich, beide nur mit Socken und festem Schuhwerk bekleidet. Bis auf einen Unterschied. Sepps Penis und seine Hoden waren von einem kleinen Käfig aus Metall eingeschlossen, der eng anlag und mit einem winzigen Vorhängeschloss versehen war. *Der Ärmste.* Eine Erektion konnte er sich in diesem Zustand nicht leisten, das musste überaus schmerzhaft sein. Jetzt verstand sie, warum das Paar bei ihrem Anblick nicht überrascht gewesen war. Die beiden lebten wohl schon länger nach besonderen Regeln.

»Du hattest also erst vor kurzem das Vergnügen einer Abreibung?«, fragte Ruben mit Blick auf Sepps Allerwertesten, der von deutlichen Striemen überzogen war.

»Wie man's nimmt«, antwortete Sepp mit schiefem Grinsen.

»Wie viel warn's denn?«

»Genügend«, knurrte der Sub, der wohl lieber das Thema gewechselt hätte.

Ruben sah Myriam an. »Du kannst schon mal überlegen, wie viel du aushalten würdest.«

Er hatte doch wohl nicht die Absicht, sie hier und jetzt, vor diesen beiden zu züchtigen, einfach nur, weil es ihm gerade gefiel? Sie atmete auf, als Zenzi mit einer großen Pfanne voller Kaiserschmarrn aus der Küche kam, der sofort einen köstlichen Duft verbreitete. Jeder erhielt einen Löffel und dann wurde wie früher bei den Bergbauernfamilien gemeinsam aus der Pfanne gegessen. Myriam merkte erst jetzt, wie hungrig sie der Aufstieg gemacht hatte.

Nach dem Essen übernahmen Myriam und Sepp den Abwasch und sie hatte Gelegenheit, sich ein wenig in der Hütte umzusehen. Diese war in zwei Räume unterteilt. Im größeren gab es einen Herd, der zugleich den Raum an kühlen Tagen beheizte, einen Herrgottswinkel mit Eckbank, Tisch und einem Kruzifix an der Wand. Eine Vitrine beherbergte Töpfe und Geschirr und in einem Bord an der Wand waren Tassen und Gläser gestapelt. Es war der Raum, in dem gelebt wurde. In dem kleineren stand ein breites Bett und ein Bauernschrank sowie ganz altmodisch ein Gestell mit Waschschüssel und Krug. Sepp erzählte Myriam, dass er längst eine einfache Dusche gebaut habe, die sich hinter der Hütte befände, um über ein Minimum an Komfort zu verfügen. Allerdings sei das Wasser kalt. Das Besondere am Schlafzimmer war jedoch, dass von der freiliegenden Deckenkonstruktion große Kuhglocken an breiten, mit Stickereien verzierten Lederhalsbändern herabhingen.

»Früher hingen die im Stadl«, erklärte Sepp. »Bis uns amoi in der Nacht zwoa gstohln wurden.«

»Aber eure Kühe tragen doch Glocken?«

»Ja schon, ab nur kloane, damit wir sie leichter wiederfinden, wenn sie zu weit weglaufen. Diese Glocken werden nur beim Almabtrieb verwendet.«

In der Mittagssonne war es viel zu heiß, um zu arbeiten. Zenzi und Ruben führten vertrauliche Gespräche und hatten die beiden Subs fortgeschickt. Im Schatten des Unterstands legten sich die beiden ins Gras und tauschten weitere Informationen aus. Dabei erfuhr Myriam, dass Zenzi und Sepp schon fast zehn Jahre ein Paar waren und er sich in seiner Rolle als Sub überaus wohl fühlte. Zenzi war streng, aber gerecht, und Sepp mochte die sexuellen Spiele. Er konnte sich nichts Aufregenderes vorstellen. Irgendwann fielen Myriam die Augen zu und sie erwachte erst, als Ruben sie rief, um mit ihr hinab zu steigen.

Morgenstund'

Die Sonne war kaum aufgefangen, als Ruben aufstand und Myriam schon wieder aus dem Bett scheuchte. Gähnend streckte sie sich. In der Hütte war es kühl und es graute ihr bei der Vorstellung, sich draußen mit kaltem Wasser zu waschen.

Am Abend zuvor hatten sie nach ihrer Ankunft zusammen Spaghetti und Sauce Bolognese gekocht. Es war ungewohnt, auf einem Holzkohleherd zu kochen und Ruben zeigte ihr, worauf zu achten war. Eigentlich konnte Myriam sich kaum noch auf den Beinen halten und es grenzte an ein Wunder, dass sie sich nur eine kleine Blase an der linken Ferse gelaufen hatte. Es machte ihr sogar Spaß, zusammen mit Ruben das Essen herzurichten und aus dem Beet hinter der Hütte frische Kräuter für die Sauce zu ernten.

Dabei zeigte Ruben ihr auch den Trog, den eine kalte Quelle speiste. Einige Meter unterhalb der Hütte und von einigen Büschen verdeckt befand sich das Plumpsklo, ein einfaches Holzhäuschen über einem Sitz aus Holz. Wenigstens war es sauber und Toilettenpapier vorrätig. Die fremden Geräusche in der Nacht jagten ihr allerdings soviel Angst ein, dass sie den Weg zwischen Toilette und Hütte jedesmal rennend zurücklegte.

Das Frühstück fiel ebenso spartanisch aus wie Myriams Morgenwäsche. Eine Tasse schwarzer Kaffee und ein Stück Brot ohne Belag. Dann ging es schon wieder los, natürlich erst, nachdem er ihr erneut einen Plug eingeführt hatte. Es ging leichter als am Vortag, und diesmal war das drängende Gefühl nicht ganz so präsent, weil sie sich vorbereitet und ihren Darm völlig entleert hatte. Ruben hatte an alles gedacht und ihr die nötigen Utensilien für einen kleinen Einlauf in die Hand gedrückt.

Bevor sie losgingen, schmierte er sie von oben bis unten mit Sonnencreme ein und knebelte sie. Nun trieb er sie wieder vor sich her, eine Reitgerte in der Hand, die ab und an schmerzhaft über ihre Haut zog oder auch nur drohend an ihrem Po vorbei pfiff, wenn sie etwas langsamer wurde. Stehen blieb er nur, wenn er es für angebracht hielt, dass sie beide etwas tranken. Auf Myriam wirkte sein Vorwärtsdrängeln, als wollte er einen Rekord aufstellen und denselben Weg jeden Tag schneller hinter sich bringen. Das letzte Drittel zog er sie an der Leine hinter sich her.

Auf der Alm war zunächst niemand zu sehen, bis sie den Anbau hinter der Hütte betraten. Dort war Sepp wie jeden Morgen damit beschäftigt, die Milch zu einigen Laiben Bergkäse zu verarbeiten.

»Servus mitnand. Heit gibt's koan Kaiserschmarrn, die Zenzi ist ins Dorf nunter und kimmt erst morgn wieda. Und dass i ned kochn kann, des woast ja.«

»Das passt schon«, erwiderte Ruben. »Wir sind ja auch nicht wegen Zenzis Kochkünsten da, sondern wegen dir.«

Myriam runzelte die Stirn. Wegen Sepp? Etwas zu essen wäre ihr jetzt durchaus recht gewesen.

»Ich hab gedacht, du magst vielleicht a bisl Spaß haben.«

Sepp schien nicht gleich zu verstehen und Myriam wusste auch nicht, was er damit meinte. Der Senner deckte die Form, die er zuletzt befüllt hatte, mit einem feuchten Tuch ab und wischte sich die Hände an der Schürze ab.

Ruben trat hinter Myriam, griff mit beiden Händen eine ihre Brüste, und drückte sie zu einer länglichen Form zusammen. *Aua!* Was sollte das?

»Na, willst?«

Sepp bekam glänzende Augen. Er streckte eine Hand aus und fuhr mit dem Daumen über Myriams Brustwarze, die sich sofort verhärtete. »Du moanst, i derf amol ...?«

Ruben ließ Myriam los und grinste. Er reichte Sepp die Führungsleine und die Reitgerte. »Wenn sie nicht spurt, weißt du ja am besten, was zu tun ist. Brauchst dich nicht zurückzuhalten.«

Myriam fühlte sich auf einmal unwohl in Gegenwart der beiden Männer. Was war denn jetzt los?

»Spiel a bisl mit ihr. Ich schau derweil mal, ob ich den Schlüssel irgendwo finde.«

Was für einen Schlüssel? Und überhaupt. Myriam war verwirrt. Wenn Sepp selbst ein Sub war, wieso übertrug Ruben ihm dann auf einmal die Rechte eines Doms? Oder hatte sie das falsch verstanden?

Sepp schien sein Glück noch nicht zu fassen. Er leckte sich über die Lippen, ging einmal um Myriam herum und begutachtete sie von allen Seiten, als wäre sie eine der Kühe oder Kälber, die er den Sommer über auf der Alm hütete. Sie musste unbedingt mit ihm reden und hob die Hände, um den Verschluss des Knebels am Hinterkopf zu öffnen.

Autsch! Sepp hatte nicht gezögert und ihr mit der Reitgerte auf die Hände geschlagen. »Finger weg!« Dann trieb er sie vor sich her nach draußen und versetzte ihr dabei mit der Reitgerte einige Hiebe auf die Oberschenkel. »Du bist wia a eigensinnigs Kaibi.«

Aua! Myriam sprang entsetzt hin und her und Sepp lachte. »Glaub mir, i woas, wia des ziagt! Ruben kann des gwiss no besser als i.«

Verdammt, was hatten die Männer denn mit ihr vor? Widerwillig folgte sie Sepp in einen alten Heustadl, der wenige Meter weiter oberhalb der Hütte stand. Innen war er in mehrere Boxen unterteilt, die mit frischem Heu ausgestreut waren.

Sepp schlang die Leine um einen Pfosten. »Damit du mir nicht davon läufst!«, verriet er augenzwinkernd. Mit einer Heugabel schob er in einer der Boxen das Heu in der Mitte zusammen und legte eine Decke darüber.

Sie musste es wenigstens versuchen, ihnen davon zu laufen. Myriam griff nach dem Karabinerhaken, mit dem die Leine an ihrem Halsband befestigt war.

Autsch! Die Reitgerte zischte zweimal über ihre Pobacken und trieb ihr Tränen in die Augen. Für einen Sub, der selbst den Schmerz kannte, ging er ziemlich hart ran.

»Nicht unartig sein!« Sepp warf einige Seile über den Rand der Box. »So, rein da und auf alle Viere.«

Er hatte doch wohl nicht vor, sie zu besteigen, als wäre er ein Stier und sie die Kuh?

Sepp löste die Leine und deutete in die Box. Als Myriam sich nicht rührte, lachte er. »Ah so!« Er schwang erneut die Reitgerte und zog ihr einen kräftigen Streich über den Po, sodass sie einen Sprung nach vorne machte und es vorzog, sich hinzuknien. Die Striemen brannten zu heiß auf ihrem Po, als dass sie mehr davon riskieren wollte.

Sepp verwendete zwei der Stricke, um Myriams Knöchel zu umschlingen und das Ende jeweils durch einen metallenen Ring im Boden zu ziehen, den sie aufgrund des vielen Heus nicht gesehen hatte. Dann gab ihr einen leichten Schubs, so dass sie nach vorne auf die Hände fiel. Jetzt erfasste sie doch ein prickelnder Schauer. Sie war den beiden ausgeliefert – für ein Spiel.

»Du bist ja noch gar nicht fertig, Seppi«, kritisierte Ruben, der nun dazu kam. »Und die Beine müssen viel gespreizter sein, sie ist zwar noch ein Neuling, hält aber schon einiges aus. Sie soll spüren, dass sie eine Lustsklavin ist, die keine Rechte hat.«

»Okay«, erwiderte Sepp und korrigierte nach. Kurz darauf waren Myriams Schenkel weit auseinandergespreizt und ihr Geschlecht war offen zugänglich. Sie stöhnte. Ihr Kopfkino malte sich die wildesten Szenen aus. Vielleicht würde sie den ganzen Tag wie ein Stück Vieh in dieser Box verbringen und mehrfach besprungen werden. Oder die beiden würden die Melkmaschine an ihren Brüsten anschließen und ... *oh nein.* Andererseits konnte sie nicht verdrängen, dass sie wie tags zuvor das nackte Laufen stimuliert hatte. Noch war ihr Schoß warm und feucht, auch wenn ihre Erregung in den letzten Minuten ein wenig abgeflaut war.

Als Ruben nun liebevoll über ihren Po strich und seine Hand

zwischen ihre Schenkel wanderte, erregend über ihre Perle fummelte, da zitterte sie nicht vor Angst, sondern vor Erregung. Ein Finger drang tief in sie ein und sie stöhnte auf vor Lust. Leider machte er nicht weiter, sondern gab er ihr einen ordentlichen Klaps und stand wieder auf.

»Prima, Sepp. Ihre Muschi ist bereit für die Besamung.«

Seine Ausdrucksweise war empörend. Aber das Kribbeln in ihrem Schoß nahm dabei zu. *Ja, nehmt mich. Bespringt mich beide. Stillt meine Lust!* schrie der kleine Teufel in ihrem Kopf.

Ruben hielt Sepp etwas entgegen. »Hier, Seppi, ich hab ihn gefunden. Ich weiß, dass dich die Zenzi ziemlich kurz hält. Sollst auch mal Spaß haben.«

»Wenn die Zenzi das rausfindet, kriege ich tagelang keinen hoch und kann nicht mehr sitzen.« Seine Stimme klang ernsthaft besorgt und zugleich bebte sie vor Lust.

»Von mir erfährt's die Zenzi bestimmt nicht. Also, wenn du es ihr nicht erzählst? Und selbst wenn, ein wahrer Sub genießt doch jede Bestrafung, oder? Ich kann dir einen Spaß geben, denn die Zenzi dir nie erlaubt.«

Sepp stieß ein gieriges Keuchen aus. Seine Hose flog davon und er öffnete den Keuschheitsgürtel mit dem Schlüssel, den Ruben ihm gegeben hatte.

Zu Myriams Verwunderung legte Sepp sich zu ihr ins Heu, nahm einen der bereit gelegten Stricke und begann mit ruhigen Bewegungen damit, ihre Brüste sorgfältig damit zu umwickeln. Noch hing sein Geschlecht schlaff herab wie es der Peniskäfig geformt hatte.

Myriam zuckte zusammen. Eines der Bilder im Internet hatte sie schockiert, auf dem einer Frau, die an ein Andreaskreuz gefesselt war, der Busen so fest geschnürt gewesen war, dass der sichtbare Bereich blau angelaufen war. Der Anblick hatte sich wie die Bilder eines Horrorfilms in ihrem Gedächtnis eingebrannt.

»Nicht zu fest«, mahnte Ruben, wofür Myriam ihm ein stimmloses Danke schenkte.

Sepp legte die erste Schlinge etwa in der Mitte ihrer Brust an, und begann von dort aus zu wickeln. Zwischen ihren Brüsten kreuzte er das Seil, so dass diese nicht nur kurz darauf eine pralle kompakte und in die Länge gedrückte Form angenommen hatten, sondern auch enger zusammengerückt waren. Als er fertig war, war zu beiden Seiten noch ein kleines Stück frei, das nicht umwickelt war. Zuletzt verknotete er die Enden sorgfältig. Es schmerzte ein wenig, aber es war auch sehr aufregend, ihre Brüste in dieser Form vom Körper abstehen zu sehen, kontrolliert wie ihre Gliedmaßen, und Myriam wimmerte verwirrt vor Lust in den Knebel.

Währenddessen hatte Sepps Schwanz sich prall aufgestellt und zuckte lüstern. Aber er schien es nicht eilig zu haben. Offenbar galt sein Interesse mehr dem Stimulieren ihrer Brüste. Er nahm einen ihrer Nippel in den Mund und saugte und boxte mit dem Mund gegen ihren Brustwarzenhof, als wäre er ein Kalb an der Zitze, dass die Milch zum Fließen bringen will.

Ruben hatte sich derweil auf den Stallboden gesetzt und lehnte mit dem Rücken an der Boxenwand, um ihnen zuzuschauen. Gefiel ihm, was er sah? Schwoll das Bisschen von ihrem Busen, was nicht umwickelt war an oder bildete sie sich das bloß ein? Die Einschnürung war nicht besonders stark, dennoch schmerzten ihre Nippel und es zog in ihren Brüsten, was ihr wiederum Lust bereitete. Ihr Schließmuskel arbeitete nun wild gegen den Fremdkörper an, als ob er ihn hinausdrängen wollte und sie hatte darüber jegliche Kontrolle verloren. Auch ihre Vagina beteiligte sich an diesem lustvollen Aufruhr, aber es fühlte sich eher an, als versuche sie sich zu öffnen, bereit einen prallen Penis in sich aufzunehmen. Wäre sie nicht geknebelt, würde sie jetzt Ruben anflehen, sie zu ficken. Ja – genau so, und sie erinnerte sich an das, was er gesagt hatte. Nichts wünschte sie sich in diesem Moment sehnlicher, als in dieser demütigenden Position schnell und hart genommen zu werden. Wie war es nur möglich, sich so vor Lust zu verzehren und völlig die Kontrolle zu verlieren? In ihrem Kopf war für nichts anderes mehr Platz als zu denken *Nimm mich, nimm mich!*

»Ruben?«

»Ja?«

»Derf i no amal von vorn ofangn? Des is so geil.«

Ruben lachte laut. »Na klar, koste es aus. Wir haben Zeit. Gib's ihr härter. Ich hab ihr nicht erlaubt, geil zu sein, und sie läuft gerade aus.«

Das stimmte. Myriam fühlte, wie warm und klebrig ihre Schamlippen waren. Es war berauschend, dass sie ihre Geilheit vor Ruben niemals würde verbergen können. Und allein der absurde Gedanke, dass sie seine Erlaubnis dazu bräuchte, erregte sie noch mehr.

Sepp gab ein lüsternes Keuchen von sich. Er löste die Verschnürung und sie begriff, er wollte dieses Vergnügen des Abbindens nochmal neu auskosten. Diesmal allerdings ging er strenger ans Werk. Er wickelte den Strick nur um eine Brust, sehr sorgfältig und verschnürte sie bis zur Basis. Kein Fleckchen Haut schaute mehr hervor, nur der Brustwarzenhof und ihr Nippel. Myriam bäumte sich in ihren Fesseln auf. Der Anblick war angsteinflößend. Doch zugleich pumpte ihre Vagina vor Lust und sie wünschte sich, dass Ruben sie endlich nehmen würde. Sodann fuhr Sepp fort und umwickelte ihre zweite Brust ebenso streng.

»Wunderschön«, keuchte er entzückt, seine Augen glasig und weit aufgerissen, sein Schwanz steil und mit einer glänzenden Perle auf der Eichel.

»Prächtig«, bestätigte Ruben. »Aber etwas fehlt noch.«

»Was?«

Offenbar bestand seine Antwort aus Gesten, die sie von ihrer Warte nicht sehen konnte, denn plötzlich sprang Sepp auf und lief aus der Hütte. Es dauerte nicht lange und er kehrte mit einer Kuhglocke zurück, wie sie die Rinder aktuell auf der Weide trugen. Die beiden waren wohl nicht ganz dicht! Fehlte nur noch, dass sie hinausgeführt wurde und sich zwischen den Kühen bewegen sollte.

»Hübsch«, kommentierte Ruben, nachdem Sepp ihr die Glocke angelegt hatte. Glücklicherweise war diese nicht allzu schwer, eher leicht, als wäre sie aus Aluminium. Myriam aber kam sich damit ziemlich dämlich vor. Bei der geringsten Bewegung erklang ein helles Bimmeln und die beiden Männer ergötzten sich einige Minuten lachend daran.

Schließlich zog Ruben sie in eine aufrecht kniende Position und hielt ihre Hände auf dem Rücken fest. Sie stöhnte und kämpfte gegen seinen Griff an, aber er kontrollierte sie ganz und gar. Immerhin schmerzte sein Griff nicht.

Ihre Brüste standen nun steil vom Körper ab, wirkten noch intensiver von der Verschnürung gepresst, und der kleine Teil, der spitz und frei heraustrat, nahm jetzt eine dunklere Färbung an. Unter der einsetzenden Spannung baute sich auch mehr und mehr ein Druckschmerz auf. Die Glocke schmiegte sich dabei zwischen ihre Brüste, als gehörte sie dorthin und degradierte zu dem, was sie in diesem Augenblick war: eine Sklavin, über die ihr Herr nach seinem Belieben bestimmte. Himmel, war das aufregend. Das lüsterne Ziehen in ihrer Vagina war kaum zu ertragen.

Sepps Blick war gierig und seine Eichel tropfte, als er sich vor ihr hinkniete. »Mei, wann i des amal bei der Zenzi machn dürft.« Angesichts des größeren Busens der Domina würde das bestimmt noch bizarrer aussehen.

Dann senkte er seinen Kopf. Abwechselnd saugte er an einem der Nippel. Myriam schrie vor Lust und Schmerz in ihren Knebel. Ihre Nippel waren sensibler und praller als je zuvor, wurden ebenfalls von einem lustvollen Schmerz heimgesucht. Sie war außer sich, wand sich in Rubens Griff, warf ihren Kopf nach links und rechts und schrie. Ihre Lust steigerte sich zu einer fast unerträglichen Qual. Schweiß stand auf ihrer Haut. Ihre Muschi lief über, kitzelnd suchte sich ihr Saft einen Weg die Innenseite der Schenkel herab und ihre Schamlippen waren heiß und geschwollen. Sie fühlte sich so unendlich hilflos, den beiden ausgeliefert, und zugleich wünschte sie sich nichts mehr, als die daraus resultierende außergewöhnlich intensive Lust noch länger zu empfinden. Diese Lust, die ihr Dom kontrollierte.

»Hier Seppi, ich hab noch was für dich.«

Myriam brauchte einen Moment, um zu begreifen, was die

beiden kleinen Metallteile zu bedeuten hatten, dann schüttelte sie erschrocken den Kopf. Nein, ihre Lust war kaum auszuhalten, und ihre verschnürten Brüste waren wie eine kleine Folter. Zusätzliche Schmerzen würde sie nicht ertragen.

Aber es war nicht ihre Entscheidung. Rubens Griff ließ kein Ausweichen zu. Hilflos musste sie zusehen, was geschah.

Sepps Miene strahlte vor Lüsternheit. Vorsichtig stülpte er den metallenen Ring über eine von Myriams Brustwarzen, klippte sodann die Nippelklemme fest, die mit einer Stellschraube verbunden war, und verfuhr auf der anderen Seite identisch. Dann bestätigte er genussvoll langsam die Schraube, was dazu führte, dass sich der Druck zwischen dem Ring und der Nippelklemme verstärkte und Myriam Brustwarze langsam länger und länger gequetscht wurde.

Der Schmerz war kaum zu ertragen oder war es mehr ihre Angst vor dem Neuen? Ihre Schreie drangen nur als dumpfe Laute nach außen, ihre Zunge versuchte vergeblich den dicken Knubbel wegzudrücken, der sie unten hielt. Sie fühlte, wie ihr Speichel das Kinn hinunter lief, und weiter den Hals hinab. Da wurde sie plötzlich nach vorne gestoßen.

Sepp lag wieder unter ihr, packte sofort zu und knetete mit einer Hand ihre linke Brust, soweit dies angesichts der Verschnürung überhaupt möglich war, und stimulierte mit der anderen seinen Schwanz.

Rubens Hände lagen heiß auf ihren Hüften und drückten sie nach unten. Machte ihn ihre hilflose Stellung an, wie sie vor ihm kniete, auf allen vieren, ihre Beine weit gespreizt und ihr Geschlecht offen und ungeschützt? Was hatte er vor? Würde er sie jetzt endlich vögeln? Egal, hauptsache ihr Verlangen wurde gestillt. Sie wollte ausgefüllt sein. Sie wollte es spüren, wie es sich anfühlte, in dieser ausgelieferten Stellung hart genommen zu werden. Ihre Vagina zuckte und war bereit. Und falls ja, ja falls Ruben vorhatte stattdessen ihr Hintertürchen zu entjungfern – sie war auch dazu bereit.

Tu endlich was!

Doch stattdessen entfernten seine Hände den Knebel und drückten ihren Kopf auf Sepps Schoß herunter. Einer ihrer erotischen Träume wurde wahr! Begierig stülpte sie ihren Mund über Sepps Geschlecht. Sein Schwanz schmeckte nach Blüten, wohl von dem Lavendelduschgel das am Boden der von ihm konstruierten Dusche gestanden hatte. Zenzi verlangte von ihm, dass er dreimal täglich duschte, nicht nur, um trotz Peniskäfig ausreichende Hygiene walten zu lassen, sondern auch, um seinen Schwanz mit dem kalten Wasser am Erigieren zu hindern.

Wie sehr musste der Sklave diesen Luxus genießen, von ihrer Zunge und ihrem warmen Mund verwöhnt zu werden! Hingebungsvoll saugte und leckte sie über seine Eichel.

»Oh, das ist großartig, ja, ja mach weiter so …« Sepp hielt mit beiden Händen ihre Brüste umklammert und schrie vor Lust.

Finger teilten ihre Schamlippen und ein harter Schwanz eroberte ihre Vagina. Oh nein, das war zu viel! Konnte sich der Geist vom Körper lösen? Da war nichts mehr, womit sie denken konnte. Ihr Gehirn war völlig abgeschaltet. Sie bestand nur noch aus Lust. Purer, unbezähmbarer, alles verschlingender, das Herz sprengender Lust, die sämtliche Nerven ihres Körpers in sinnliche Schwingungen versetzte.

Jeder Stoß schwang sie vor und zurück, versetzte ihre Vagina in wundervolle Zuckungen. Mit einer Hand hielt sie Sepps Hoden fest, mit der anderen versuchte sie sich irgendwie auf dem Boden abzustützen.

Dann verschwamm alles vor ihren Augen, bunte Sterne tanzten und sie wurde ein Teilchen der Unwirklichkeit. Wie ein Orkan fegte der Orgasmus durch ihren Körper hindurch und machte alles, was zuvor geschehen war, bedeutungslos. Ihr Schrei wurde von Sepps Schwanz gedämpft, auch Ruben brüllte seinen Höhepunkt heraus und sie fing wieder an zu saugen, fühlte Sepps Hand in ihren Haaren, wie er sanft ihren Kopf auf seinem Schoß hielt. Und dann kam er als letzter von ihnen, laut brüllend und sie schluckte seinen Saft und saugte und leckte ihn sauber, bis er wimmerte und sie anflehte aufzuhören.

Geschwächt von soviel Erregung und rundum zufrieden, sank Myriam ins duftende Heu. Ruben hatte ihre Fesseln gelöst, ihr über den Körper gestreichelt und ihr etwas ins Ohr geflüstert. Aber sie hatte kaum mitbekommen, was es war. Irgendetwas Nettes. Eine Weile träumte sie vor sich hin, in Rubens Arm gekuschelt, dann standen sie alle drei auf, um zur Hütte zu gehen und sich zu stärken.

»Ich hoffe für dich, dass Zenzis Strafe nicht zu schlimm ausfällt«, sagte Ruben, als sie sich später von Sepp verabschiedeten. Der Peniskäfig umschloss wieder sicher seinen Schwanz.

Sepp grinste. »Ich bin hart im nehmen, und das war es auf jeden Fall wert, mein Freund. Danke.«

Nachdenklich trottete Myriam hinter Ruben her. »Was meintest du damit, dass Zenzi ihn strafen würde? Wofür?«

Ruben drehte sich um und lächelte. »Ein braver ergebener Sklave beichtet seine Verfehlungen. Zenzi wird ihm also für sein Vergnügen eine anständige Abreibung verpassen.«

Geheimzugang

Ich will ganz und gar Sein werden, sagte Myriam sich vor, um das innere Zittern in den Griff zu bekommen. Die Tage in den Bergen waren aufregend und abwechslungsreich gewesen und rückblickend mochte sie kaum glauben, dass dies wirklich alles geschehen war. Am aufregendsten war ihr Erlebnis mit Sepp und Ruben zusammen gewesen, das nicht nur sie, sondern auch die beiden Männer erschöpft hatte. Beide hatten sie später gelobt, wie toll sie mitgespielt habe. Es erfüllte Myriam ein wenig mit Stolz.

Wann sie das erste Mal Analsex haben würden, blieb weiter Rubens Geheimnis. Er verlangte, dass sie den Analplug Tag und Nacht trug, und inzwischen war das für sie besser auszuhalten.

Tagsüber erkundete er nun neue Wege mit ihr und zeigte ihr die Schönheit der Berglandschaft. Es ließ sich nicht immer vermeiden, dabei Wanderern zu begegnen, aber Ruben hatte vorgesorgt. In Windeseile zauberte er ein Sommerkleid aus dem Rucksack, mit dem sie ihre Blöße bedecken konnte, bis sie wieder alleine waren.

Abends kochten sie gemeinsam und dabei erfuhr Myriam jedesmal ein wenig mehr über Ruben und seine Arbeit, seine Wünsche und Bedürfnisse. Sein wirkliches Interesse galt einer lebenslangen, verlässlichen Partnerschaft, fand sie heraus, und solange er nicht die Frau gefunden hatte, die bereit war, ihn so zu nehmen, wie er war, mit seinem Job als Tätowierer und der Vorliebe für bestimmte sexuelle Leidenschaften – solange würde er lediglich von Zeit zu Zeit *spielen*. Ihr Widerwille gegen seine Tattoos war inzwischen abgeflaut und bei näherer Betrachtung offenbarte sich ihr ein liebevoller und vertrauenswürdiger Charakter. Wäre er der Mann, mit dem sie es ein Leben lang aushalten und glücklich werden könnte?

Nun waren sie zurück und Myriam betrat zum ersten Mal seine Erdgeschosswohnung, die sich in einem Mietshaus hinter dem Tattoostudio bestand, zu erreichen über einen kleinen Hinterhof.

Die Wohnung war ehemals eine Schreinerwerkstatt gewesen. Der Boden war mit alten Fliesen ausgelegt, die teilweise gesprungen waren und ihren ursprünglichen Glanz verloren hatten. Anstelle gewöhnlicher Fenster gab es im Wohnzimmer zwei fast deckenhohe, in Metallschienen laufende Glastüren, die man bei schönem Wetter beidseits aufschieben konnte.

Der Raum war einfach eingerichtet. Eine Sitzecke bestehend aus einem rissigen Ledersofa, einem vom Licht abgeschossenen Ledersessel und einem alten Ohrensessel, an dessen Armlehnen wohl eine Katze ihre Krallen gewetzt hatte. Alte Aktenschränke mit Rollos aus Holz und ein Couchtisch mit einer Platte aus knorrigem, unebenem Holz rundeten die Einrichtung ab.

»Du scheinst nicht viel Geld mit deinem Laden zu verdienen«, stellte Myriam mit einem Rundumblick fest.

»Du meinst wegen der Einrichtung?« Ruben zuckte mit den Schultern, als wollte er kundtun, dass es ihm egal war, ob es ihr bei ihm gefiel. »Ich brauch nichts Neues. Ich mag alte Sachen und was Ausgefallenes. Jedes Teil hier hat seine Bestimmung und kann eine Geschichte erzählen.«

Das mochte sein und traf bestimmt sogar auf die Bilder zu, mit denen die Wände dekoriert waren. Alte Filmplakate, eine Collage aus Zeitschriftenschnipseln, ein Ölbild, das eine alte Tankstelle mit einem Motorrad davor zeigte. Die einzige Ausnahme waren technische Geräte wie die moderne Stereoanlage und ein Flachbildfernseher.

»Was ist das?«, fragte Myriam und deutete auf ein paar Gegenstände aus Metall, die vollgestaubt auf einem Bord an der Wand lagen.

»Motorradschrott«, erwiderte Ruben. Es klang ein wenig unwillig, als würde er dazu nur ungern mehr sagen, weil sie davon sowieso keine Ahnung hätte.

»Aha, und warum lagerst du das in deiner Wohnung statt es wegzuwerfen?«

Er nahm eines der Teile in die Hand und zeigte es ihr. »Siehst du, hier fehlt ein Ritzel.« Die gleichmäßige Anordnung der Zacken des Zahnrads war an einer Stelle unterbrochen, obwohl das Metall ziemlich massiv war. »Ist mir beim Schalten abgebrochen und in den Getriebekasten gefallen. Ausgerechnet im Urlaub, mitten in Spanien.« Er zuckte mit den Schultern und legte das Zahnrad wieder exakt zurück in die Staublücke, die es hinterlassen hatte.

»Ja und? Was ist dann passiert?«

»Ich musste ohne vierten Gang nach Hause fahren.«

Und weiter? War das ein großes Problem oder gar gefährlich? Musste sie ihm jedes Detail aus der Nase ziehen?

»Ach so. Und jetzt? Fährst du noch Motorrad?«

Ruben nickte. »Eine Triumph. Steht da hinten.«

Erst jetzt verstand Myriam, dass das große Gebilde in der dunklen Ecke, wo der Raum einen Winkel bildete, gar kein Möbelstück war. Sie hatte nur flüchtig daran vorbei geschaut und es gar nicht richtig wahrgenommen.

»Zeig's mir.«

Ruben zog ungläubig eine Augenbraue hoch. »Erzähl mir nicht, dass du auch Motorrad fährst.«

Myriam sah lächelnd zu ihm auf. »Bis jetzt noch nicht. Ich bin noch nicht einmal bei jemandem mitgefahren. Bitte, zeig mir deine Schätze.«

Mit einem lauten Seufzen, als wäre ihm das gerade furchtbar lästig, ging er hinüber und zog behutsam die Plane herunter.

»Bei dem Licht sieht man ja gar nichts.«

Fünf Spots gingen an, die genau auf die Maschine gerichtet waren, als er einen Schalter an der Wand drückte. Myriam verstand nichts von Motorrädern und hatte auch noch nie einen Freund gehabt, der Motorrad fuhr. Aber die mattschwarze Lackierung, kontrastierend zu den wenigen chromblitzenden Elementen gefiel ihr sofort und sie konnte sich Ruben sehr gut darauf vorstellen, wie er durch die Landschaft fuhr. Die Maschine war tief, wuchtig, beeindruckend und vermutlich sehr schwer. Etwas anderes hätte zu Ruben auch gar nicht gepasst.

Von Harley Davidson hatte sie schon mal gehört, war das eine? Sie wollte sich nicht blamieren oder ihn beleidigen, indem sie etwas Falsches sagte.

»Ah, eine Triumph«, las Myriam auf dem Emblem am Tank und strich mit ihren Finger vorsichtig über den Lack. Glatt, fast weich, und ohne irgendeinen Makel. Die Maschine war auf jeden Fall staubfreier und gepflegter als Rubens Wohnung. Das schien ihm sehr wichtig zu sein.

Konnte er soviel Zuwendung auch auf sie übertragen? Oder würde sie für ihn immer nur ein Spielzeug bleiben, das man austauschen konnte, wenn es langweilig wurde?

»Pass mit deinen langen Fingernägeln auf«, knurrte er.

»Erzähl mir was über dein Prachtstück.«

»Englisches Fabrikat. Triumph Thunderbird, 1700 Kubik. Willst du noch die Newtonmeter und den Reifendruck wissen?«

Sie lachte. »Nein, danke. Ich versteh davon ja doch nichts. Mir genügt, dass sie geil ausschaut.«

Flackerte da ein erfreutes Leuchten in seinen Augen auf?

»Und, ist das eine alte Maschine?« Wenn er sie gut pflegte, sah man ihr das Alter vielleicht nicht an.

»Nein, die ist relativ neu. Ich bin kein Schrauber. Ich will einfach nur fahren, wenn ich Zeit dazu habe.«

»Nimmst du mich mal mit?« Es war bestimmt ein erhebendes Gefühl, durch die Landschaft zu gleiten. Bei Ruben würde sie bestimmt keine Angst haben, sondern sich sicher fühlen.

»Einzelsitz, wie du siehst.« Er deckte die Maschine wieder sorgfältig zu und machte das Licht aus. »Wobei man einen Soziussitz nachrüsten kann.«

Heißt das, du ziehst es in Erwägung, mich mal mitzunehmen?

Auch Küche und Schlafzimmer wirkten zusammengewürfelt. Es gab viel Altes und dazu nur wenig Neues dort, wo es zweckmäßig war oder einem gewissen Komfort diente. Insgesamt strahlte alles einen unverwechselbaren und liebenswerten Charme aus, stellte Myriam abschließend fest. Wie Ruben. Vielleicht war er doch sensibler, als er sich die meiste Zeit gab.

»Und wie geht es mit uns weiter?«

»Keine Ahnung.«

Das nahm sie ihm nicht ab. »Was hättest du gemacht, wenn wir noch länger geblieben wären?«

Er zuckte mit den Schultern und ließ sich auf das Sofa fallen. »Dich härter rangenommen.«

Was hatte er denn bisher gemacht? »Und warum tust du es dann nicht jetzt?« Sie lehnte sich weit aus dem Fenster, aber dieses Risiko musste sein.

»Das willst du nicht wirklich. Du hast ja keine Ahnung, wie pervers ich sein kann.«

Was hielt ihn zurück? »Willst du dich auch in Zukunft mit mir treffen?«

»Vielleicht. Wenn es mir nicht zu langweilig wird.«

Ein wenig positiver hatte sie sich seine Antwort eigentlich schon vorgestellt. Nun durfte sie sich ihre Enttäuschung nicht anmerken lassen. Ihr Herz flatterte.

»Du glaubst, weil ich eine Anfängerin bin, halte ich nichts aus?« Ihr Rücken war schweißgebadet. »Und was ist mit dem, was du mir in den Bergen abverlangt hast?«

»Es geht nicht nur darum, diese Spiele und die Schmerzen zu ertragen. Es muss uns beiden Spaß machen, nicht nur mir. Wenn es dich nicht erregt, ist es eine reine Folter. Das wäre nicht okay.« Seine Augen hatten sich verengt und musterten sie durchdringend, aber es gelang ihr eine gleichgültige Miene zur Schau zu tragen.

»Dass es mir Spaß macht und ich nass vor Lust werde, dürfte dir ja wohl kaum entgangen sein.«

Machte er sich etwa Sorgen, sie zu überfordern? Provozierend langsam zog Myriam ihre Jeans über den Po herab, bückte sich ein wenig, drehte den Plug heraus und warf diesen achtlos von sich. Rubens Miene blieb unverändert, auch während sie ihre Hose hochzog und schloss.

»Na dann, wenn du kein Interesse mehr hast. Adios. Es war nett mit dir.«

Myriam war schon fast an der Wohnungstür, als sie hinter sich Schritte hörte und er sie plötzlich am Oberarm festhielt. »Moment. Ich hab dir nicht erlaubt zu gehen«, knurrte er. Es gefiel ihm wohl nicht, dass sie ihm die Entscheidung abnahm. »Du willst also wissen, was eine echte Liebessklavin zur Freude ihres sadistischen Herrn zu erleiden hat?«

»Klar«, erwiderte sie keck. »Warum wohl bin ich vor dir auf die Knie gegangen, hm? Warum hatten wir all die Tage nichts anderes als Sex und Spaß?«

Sein Griff wurde härter. »Keine Gnade, kein Safeword.« Sein Tonfall klang wie eine echte Drohung.

Myriam schluckte. »Einverstanden. Wir hatten doch bis jetzt auch kein Safeword.« Es war nicht einfach, seinem bohrenden Blick standzuhalten.

»Du wirst leiden, bis du vor Schreien heiser bist.«

Sie nickte nur, aus Furcht, ihre Stimme könnte ängstlich klingen. Ihre Knie fühlen sich mit einem Male butterweich an.

»Du wirst um Gnade flehen, weil du einen Orgasmus willst. Aber ich werde hart bleiben.«

»Du bist der Herr. Dein Gesetz gilt«, erwiderte sie rau.

»Ich werde nicht aufhören, bevor deine Schenkel klitschnass sind von deinem Saft.«

Hatte er das nicht auch in den Bergen durchgezogen? Was sollte denn noch passieren?

»Natürlich, Herr.« Und wenn er so gemein wäre, dass es sie nicht erregte und sie trocken wie ein Handtuch wäre? *Blödsinn!*

»Ausziehen«, forderte er dumpf. »Sofort.«

Na endlich kam Bewegung in die Sache. In Sekundenschnelle stand sie nackt vor ihm. Er zeigte mit der Hand zurück und sie lief vor ihm her ins Wohnzimmer.

»Los, auf den Tisch mit dir.«

Sie gehorchte und kniete sich im Vierfüßlerstand hin.

»Beine auseinander.«

Sie fühlte, wie sich ihre Schamlippen schwerfällig und klebrig voneinander lösten, als sie ihre Beine weiter auseinander schob. Aufreizend wackelte sie mit dem Po hin und her.

»Das wird dir schon noch vergehen. Ich werde dich heute nicht fesseln. Du wirst stillhalten und gehorchen, verstanden?«

»Ja, Herr.«

»Ab und an wirst du dich dafür bedanken, dass ich dich hart rannehme.«

»Ja, Herr.«

»Du brauchst eindeutig eine strengere Erziehung. Ich will, dass du mir zu Füßen liegst und mir jeden Wunsch von den Augen abliest. Dein Arsch sollte schon mal vor Angst zucken. Und wenn ich mit dir fertig bin, werde ich dich ficken, dass dir hören und sehen vergeht.«

Es kam ihr vor, als redete er sich in ein Rollenspiel hinein. Hatten seine Worte zu Anfang hart geklungen, so lag nun eine gewisse Erregung in seiner Stimme, die ihr die Gewissheit gab, dass sie dies ihm zuliebe aushalten wollte. Er machte ihr keine Angst. Sie fühlte sich bereit. Für alles.

»Es kann nicht angehen, dass du für jedermann frei zugänglich bist, du kleine Schlampe.«

Es war nicht ihre Idee gewesen, dass sich Sepp mit ihr vergnügt hatte. Oder woran dachte er gerade?

»Du gehörst mir, verstanden? Mir allein!« Er packte mit beiden Händen zu und grub seine Finger in ihren Po. Ein Zucken durchlief ihre Vagina. Wenn er sie jetzt gleich nehmen würde, hätte sie nichts dagegen einzuwenden. Eine Stimulation war nicht mehr nötig, sie war schon feucht.

Unvermittelt ließ er sie jedoch wieder los, ging um den Tisch herum und stellte sich neben sie.

Ihre Köpfe befanden sich fast auf gleicher Höhe und er griff unter ihr Kinn und drehte ihren Kopf zur Seite, so dass sie sich in die Augen schauen konnten. »Du rührst dich nicht von der Stelle, bis ich wiederkomme. Keinen einzigen verdammten Millimeter.«

Wie war die korrekte Antwort? Bestimmt erwartete er, dass sie sich unterwürfig und gehorsam zeigte. »Ja, Herr.«

»Du läufst nicht weg, du fasst dich nicht an. Du wartest gehorsam auf dein Figging. Klar?«

Sonnenklar! Auch wenn sie keine Ahnung hatte, was er meinte. »Darf ich eine Frage stellen, Herr?«

»Nein«, knurrte er. »Du wirst abwarten, was Figging bedeutet.«

Das wollte sie gar nicht fragen. »Herr, gibt es auch etwas, was mir grundsätzlich erlaubt ist?«

Er wirkte überrascht, dann verzog sich sein Mund zu einem breiten Grinsen. »Du darfst so geil sein, wie du willst«, sagte er leise, mit einem scharfen Unterton. »Aber wehe dir, wenn du dich selbst befriedigst oder einen Orgasmus hast. Es wird mir ein Vergnügen sein, dich dafür zu strafen. Hart zu strafen, verstanden? Wenn nötig, kaufe ich dir einen Keuschheitsgürtel.«

Der Schauer, der ihr bei seinen Worten über den Rücken lief, hätte kaum köstlicher sein können. »Ja, Herr, ganz wie du befiehlst.«

Amüsiert über ihre Antwort lachte er und gab ihr einen Klaps auf den Po. »Blick nach unten. Und rühr dich ja nicht!«

Kurz darauf kündete das Zufallen der Haustür davon, dass er gegangen war und sie tatsächlich alleine gelassen hatte. Myriam drehte vorsichtig den Kopf, bereit jederzeit wieder die korrekte Position einzunehmen. Sie sah ihm hinterher, wie er den Hinterhof durchquerte und im Durchgang des Vorderhauses auf der anderen Seite verschwand. Im selben Augenblick wurde ihr bewusst, dass es keine Vorhänge gab und das Zimmer von gegenüber einsehbar war, oder wenn jemand auf dem Weg zu den Mülltonnen daran vorbei ginge.

Im selben Moment brach ihr der Schweiß aus den Poren und ihre Muskeln spannten sich an, vom Tisch zu springen. *Nein.* Bestimmt hatte er das bedacht. Sie wollte ihm gehorchen, egal ob es einen peinlichen Moment geben würde oder nicht. Es war so aufregend, und warum das so war, würde sie vielleicht nie verstehen. Ob das nun Liebe war oder ob sie ihm einfach verfallen war, war nebensächlich. Noch nie hatte sie so intensiv gefühlt, und allein das war es wert, dieses Abenteuer zu intensivieren und daran zu arbeiten, dass daraus mehr würde.

»Wie ich sehe, warst du artig.«

Hatte er etwas anderes erwartet? Obwohl ihre Knie inzwischen schmerzten. Wie lange war er fort gewesen?

»Ich werde dafür sorgen, dass das so bleibt.« Er holte etwas aus der Einkaufstüte und hielt es ihr vors Gesicht. »Weißt du, was das ist?«

Gekauft hatte sie dieses merkwürdige knorrige Gebilde noch nie, und es handelte sich um ein ungewöhnlich großes, dickes Exemplar. Aber seit sie einmal in einem asiatischen Restaurant ein damit gewürztes Essen bestellt und sich über den sehr spezifischen Geschmack geärgert hatte, wusste sie zumindest, wie es hieß, damit ihr dies nie wieder passierte.

»Ähm, Ingwer?«

Er nickte. »Du wirst erstaunt sein, was man damit alles machen kann.« Summend verschwand er in der Küche. Er würde doch wohl nicht ein Gericht mit Ingwer kochen und erwarten, dass sie das aß? Was sollte sie denn jetzt machen? Allein der Gedanke daran zog ihr die Kehle zu.

Es dauerte nicht lange, und Ruben kehrte zurück und hielt ihr erneut den Ingwer ins Blickfeld, der diesmal allerdings eine völlig andere Form angenommen hatte. Auf der einen Seite zwei Verdickungen, am anderen Ende fast spitz, ähnelte die geschälte Ingwerwurzel nun einem Buttplug.

»Du willst doch nicht etwa …«, keuchte Myriam entsetzt.

Ruben grinste. »Du wirst von dem neuen Reiz begeistert sein.«

Sicher? Myriam erstarrte. Gemüse in ihrem Hintern? Sie traute sich nicht, etwas zu erwidern, aber Ruben erwartete wohl ohnehin keine Reaktion. Er tätschelte ihren Rücken, drückte sie vorne herunter, bis ihr Kopf fast die Tischplatte berührte, ließ seine Hand breit auf ihrem Rücken ruhen und rieb den Ingwer über ihre Brustwarzen. Täuschte sie sich, oder reizte der Ingwer ihre sensiblen Knöpfe durch leichtes Brennen? Nein, das bildete sie sich bestimmt ein.

Dann trat er hinter sie. Es war ihr ein wenig peinlich, dass sich ihr Po durch die geduckte Stellung noch mehr empor und ihm entgegen reckte. Sie fühlte sich so unendlich nackt, während er ihr Geschlecht betrachtete. Ihre intimsten Stellen lagen frei und waren aufgrund der erhöhten Position für ihn bequem zugänglich. Aber – er konnte von ihr verlangen, was er wollte.

Seine kräftigen Hände zogen ihre Pobacken weit auseinander und sie presste unwillkürlich ihre Analmuskeln zusammen.

»Locker lassen«, knurrte Ruben.

Seine Zähne kratzten über ihre Pobacken, als wollte er hineinbeißen und sie erschauerte. Dann fühlte sie seine Fingerspitzen. Er zog ihre Schamlippen auseinander, erst die äußeren, dann die inneren, und seine Zunge leckte zärtlich darüber. Myriam stöhnte auf. Der Reiz war so zart, so sinnlich. Leider war es nur ein kurzer Augenblick, dann schob sich etwas zwischen ihre Schamlippen, drückte diese machtvoll auseinander und fluppte hinein. Ihre Vaginalmuskeln zogen sich eng um den Eindringling zusammen. *Der Ingwer-Plug!* In diesem Moment setzte ein leichtes Brennen ein und ihr Kopf ruckte verstört nach oben.

»Dein Kopf bleibt unten!«

Wimmernd gehorchte sie. Ihre Vagina ging langsam in Flammen auf, erwärmt vom Saft des Ingwers, begleitet von einem intensiveren, dennoch nicht unangenehmen Brennen. Aber Myriam fürchtete sich vor dem, was daraus noch werden könnte.

Sanft bewegte Ruben die Ingwer-Wurzel hinein und hinaus, über ihre empfindsame Perle, die Labien entlang, und wieder hinein.

Ein teuflischer Reiz. Der Plug füllte sie mehr als ein gewöhnlicher Dildo aus, weil er um einiges dicker war – und ihr schoss durch den Kopf, dass er ihr in ihrer Muschi zehnmal lieber war, als wenn sie ihn hätte in den Mund nehmen müssen. Soweit also hatte sie sich schon mit ihrer Situation als Liebessklavin arrangiert, dass sie das eine gegen das andere abwog?

Obwohl sie nicht festgebunden war, fühlte sie sich Ruben vollkommen ausgeliefert und gerade dies schürte ihre Erregung. Es war anstrengender, als sie es sich vorgestellt hatte, die von ihm gewünschte Stellung ohne sich zu rühren einzunehmen. Nebenbei hielt Ruben mit einer Hand ihre Pobacken auseinander und dann, als sie es überhaupt nicht mehr erwartete, fuhr er mit dem Ingwer den Damm hinauf und presste die Spitze des Plugs gegen ihren Anus.

Sie stöhnte laut auf.

Der Plug war von ihrem Lustsaft ausreichend glitschig, so dass er zunächst mühelos in ihr Hintertürchen eindrang und es Stück für Stück weiter aufspreizte. Oh Gott war sie ihm ausgeliefert! Das verdickte Ende jedoch wollte und wollte nicht die Spannung überwinden.

»Locker lassen!«

Als ob das so einfach wäre.

»Aua, das brennt.«

»Wirklich?«

Im selben Moment schrie sie erschrocken auf, denn er rieb ein weiteres Stück Ingwer über ihre Klitoris. Es war ein merkwürdiges Gefühl, wie eine Mischung aus Kribbeln und Schmerz. Abgelenkt von dem ungewöhnlichen Reiz ließ ihr Widerstand ein wenig nach und Ruben gelang es nun mit einer leichten Drehung, den Ingwerplug in ihren Anus zu schieben, so dass dieser jetzt feststeckte.

Instinktiv duckte Myriam sich ein wenig mehr nach vorne und versuchte den Druck von ihrem Po zu nehmen.

»Halt still. Oder willst du, dass ich dir deinen Ungehorsam mittels einer Züchtigung austreibe?« Er erteilte ihr ein paar Klapse auf den

Po, die überhaupt nicht fest und dennoch intensiv waren. Oh ja, es mochte Wahnsinn sein, aber sie verspürte gerade eine tiefe, wenn auch unverständliche Sehnsucht nach Schmerz, und sei es nur, um sie von dem teuflischen Brennen und der unerklärlichen Wärme abzulenken, welche der Ingwer in ihrem Hinterteil verursachte.

»Ja, Herr, bitte züchtige mich.«

»Halt deine Pobacken weit auseinander!«

Keuchend gehorchte sie. Seine Schritte entfernten sich kurz, kamen zurück. Irgendetwas schlug er auf ihre Schamlippen, es klatschte großflächig, war aber nicht hart sondern ein wenig nachgiebig und elastisch. Als handelte es sich um breite Blätter. Jedenfalls war es mehr erschreckend als schmerzend, putschte ihre Lust bis zur grenzenlosen Unerträglichkeit auf, wobei ihre Schamlippen noch mehr anschwollen. Bestimmt könnte sie ihre Schenkel nicht mehr schließen, selbst wenn sie dürfte, und morgen würde sie ganz sicher nicht sitzen können, weil alles überreizt und noch immer angeschwollen war!

»Was ist das?«, ächzte sie ängstlich und versuchte vergeblich zwischen ihren Beinen einen Blick auf das zu erhaschen, was er ihr auf ihren offen dargebotenen Schoß schlug.

»Ertrage es für mich!«, war seine ausweichende Antwort.

Der Raum um sie herum existierte nicht mehr, auch der unangenehme Druck auf ihre Knie war nun bedeutungslos geworden. Ihr Körper bebte vor Erregung, und sie wünschte sich beinahe, er würde ihn noch mehr unterdrücken, ihre Brüste wieder umschnüren wie auf der Alm, ihren Mund mit einem Knebel stopfen, sie vollkommen unterwerfen, und sie dann schnell und hart nehmen. Was war nur geschehen, dass sie plötzlich so ganz andere sexuelle Wünsche empfand, und nach einer Lust gierte, von der sie vorher nicht geahnt hatte, dass es sie geben könnte.

Andererseits war das Brennen und die Dehnung ihres Hintertürchens kaum noch zu ertragen, und ihre Klitoris pochte ununterbrochen. Alles zusammen trieb ihr den Schweiß aus den Poren und jagte ihr soviel Endorphine durch den Körper, dass alles andere bedeutungslos wurde und sie sich nur noch eines wünschte: ihm zu gefallen und sein Herz zu gewinnen, damit er sie nicht eines Tages fortschickte.

Seine Hände hatten den Plug losgelassen und streichelten jetzt zärtlich über ihren Körper, ihre Lenden entlang, wogen ihre Brüste und strichen über ihre harten Nippel. Ihr Schmerzempfinden hatte wohl zugenommen, denn obwohl seine Berührung sehr zart und sinnlich war, jagten blitzartige, schmerzhafte Schauer über ihre Haut. Ob das wohl etwas mit dem Ingwer zu tun hatte? Und was plante Ruben als nächstes? War es möglich, ihre Begierde noch mehr zu steigern? Es war eine Lust und eine Qual.

Plötzlich ließ er von ihr ab. Sie hörte ein Ratschen, Rascheln und Quietschen, und es wurde ein wenig schummriger. Hatte er etwas vor die Glastüren gezogen?

Seine Finger drehten den Plug in ihrem Anus. Die Wärme, die von ihm ausging, hatte sich inzwischen auf ihren gesamten Unterleib ausgedehnt. Sie verglühte bei lebendigem Leib. Doch damit nicht genug, Rubens Finger drangen nun in sie ein, dehnten ihre Vagina. *Nein!* Ein Schrei entglitt ihrer Kehle, als sie begriff, dass er einen zweiten Plug vorbereitet hatte und in ihre Vagina schob. Würde sie dieses warme Brennen, das ihr Hintertürchen quälte, in ihrer sensiblen Spalte ertragen?

Mit zitternden Händen bemühte sich Myriam ihre Position beizubehalten, während seine Fingernägel in langgezogenen Streifen über ihre Pobacken kratzten. Offensichtlich gab es nichts, was ihm nicht einfallen würde, sie herauszufordern.

Als er sie an den Hüften packte und vom Tisch herunter zog, hielt sie kurz den Atem an. Das ging ja Schlag auf Schlag! Ehe sie sich an die eine Situation gewöhnte, folgte sogleich die nächste, und ehe sie begriff, was er denn nun schon wieder vorhatte, fand sie sich vor ihm kniend auf dem Fußboden wieder.

Es bedurfte keiner Aufforderung. Sein Geschlecht wölbte sich unübersehbar unter seiner Hose. Sie schaute kurz zu ihm auf und sein knappes Nicken genügte als Erlaubnis Hand an ihn zu legen.

Mit zittrigen Fingern öffnete sie Gürtel, Knopf und Reißverschluss, und befreite seinen Schwanz aus der Enge. Ein Tropfen glänzte verlockend auf der Spitze und sie leckte ihn ab, bohrte ihre Zunge in die kleine Spalte, um ihr weitere Lustperlen zu entlocken, und schob ihre Lippen langsam über sein Geschlecht, einen festen Ring mit ihrem Mund bildend.

Ruben keuchte laut auf.

Mit einer Hand kraulte sie seine prallen Säcke und betastete die leichte Behaarung. Die andere Hand legte sie auf seinen knackigen Hintern, packte zu und knetete ihn. Wie männlich herb sich alles anfühlte! So gefiel es ihr.

Sein tiefes brünstiges Stöhnen genügte als Bestätigung, dass ihm gefiel, was sie machte, und er wurde noch lauter, als sie mit ihrer Zunge um seine zurückgezogene Vorhaut spielte, vor und zurück über seine Eichel leckte und die austretenden Tropfen sorgfältig einsaugte und schluckte. Seine Finger krallten sich in ihre Haare, hielten ihren Kopf fest und er begann nun seinerseits in ihren Mund vor und zurück zu stoßen, gerade so tief, dass es sie nicht würgte.

Das Gefühl wiederum, wenn auch anders als bisher, in allen Öffnungen gestopft und ein Opfer seiner Begierden zu sein, war so übermächtig, dass sie im selben Moment, als er erneut ihren Mund fickte, von ihrem Orgasmus überrollt wurde und gegen seinen Penis prustete. Ihre Vagina und ihr Anus pumpten wie wild, und sie spürte überdeutlich die Stöpsel, die sich nicht herausdrücken ließen.

Kaum war ihr Höhepunkt vorbei, ohne dass er wie von ihr erwartet in ihren Mund abgespritzt hatte, zog Ruben sich zurück, packte sie an den Lenden und zog sie vom Tisch, und drückte ihren Oberkörper nach vorne, so dass sie tief nach unten gebeugt vor ihm stand. Würde er nun endlich in ihren Schoß eindringen? Bereitwillig spreizte sie ihre Beine noch mehr.

Scheinbar gefiel ihm ihr Anblick, denn er umrundete sie mehrmals. Wieder fühlte sie sich unendlich nackt und verletzlich. Ja, so wollte sie für ihn sein, der nur sein Geschlecht entblößt hatte und sonst voll bekleidet war. Ganz der Herr, der nur an dem Akt interessiert war und sie für seine Begierden benutzte. Ihre schutzlose Nacktheit hingegen war das Symbol ihrer Stellung als Sklavin. Myriam seufzte. Nie hätte sie gedacht, dass Erniedrigung so lustvoll sein könnte.

Sein Atem ging schwer vor Erregung. Vorsichtig drehte er den Ingwerplug heraus. Die Wärme und das Brennen des Eingangs hörten dennoch nicht auf, und ehe Myriam verstand, dass er nicht die Absicht hatte, in ihre Vagina einzudringen, war es schon passiert. Sein Schwanz entjungferte mühelos ihr durch die Dehnung geschmeidig gewordenes Hintertürchen.

Die neuen Empfindungen waren überwältigend. Kein Schmerz, kein unangenehmer Druck, und sie wurde auch nicht von Schamgefühl bedrängt. In diesem Augenblick war das, was zwischen ihnen beiden geschah, einfach nur richtig und unglaublich aufregend. So sehr, dass ein weiterer Höhepunkt durch ihren Unterleib raste und dabei das in ihre Spalte eingeführte Ingwerstück mit einem *Plop!* herausdrückte.

Ruben brüllte wie ein wildes Tier. Brannte der Ingwersaft, der noch auf ihren Schleimhäuten haftete, so schmerzhaft auf seiner empfindsamen Eichel? Falls ja, so hatte sie mit ihm kein Mitleid. Selbst schuld. Ihr Mund verzog sich zu einem hämischen Grinsen. Oder war es doch eher der Brunftschrei höchster Erregung?

Einige letzte tiefe Stöße, die nicht nur ihren Anus in Schwingungen versetzte, sondern sich bis in ihre Vagina ausdehnte, in Wellen durch ihren Unterleib waberte, und ihr Verlangen weiter schürte, fast bis zu einem weiteren Höhepunkt – doch bevor es dazu kam, fühlte sie das Zucken seines Schwanzes und wie er seinen Saft in sie hineinpumpte. Nun war sie ganz und gar von ihm als seine Sklavin markiert und sie fühlte ein wenig Stolz. Aber das war bedeutungslos verglichen mit ihrer tiefen inneren Ruhe und dem Glücksgefühl, das sie ganz und gar ausfüllte. Dies war *ihr* Leben. Sie war angekommen.

Showtime – eine perfekte Sklavin

Die Einladungen zu den Partys der letzten vier Monate hatte Ruben ausgeschlagen. Seiner Meinung nach war Myriam noch nicht soweit, ihre Kunstfertigkeit als gehorsame Sklavin in der Gesellschaft anderer zur Schau zu stellen. Sie hatten darüber gesprochen und sie wusste, dass dieser Tag kommen würde. Der Gedanke, all jenen gegenüber zu treten, die sie als neugierige Voyeurin kennengelernt hatten, war für sie ein wenig beunruhigend.

Inzwischen war sie ausgebildet und selbstbewusst genug, das erste Mal ohne Probleme zu meistern. Viel war in dieser gemeinsamen Zeit geschehen. Nicht nur sexuell hatten sie sich einander angenähert, auch wenn das die Haupttriebfeder ihrer Verabredungen geblieben war. Myriam hatte mittlerweile auch mehr Verständnis für seine Arbeit als Tätowierer entwickelt, als er gehofft hatte. Einige Male hatte sie zugesehen, ein wenig bleich um die Nase, wenn die Nadel lossurrte. Dabei hatte sie begriffen, dass dies sein Leben war, seine innere Bestimmung, seine Art sich kreativ zu entfalten.

Im Gegenzug hatte er festgestellt, dass sie durchaus nicht oberflächlich und nur auf Äußerlichkeiten ausgerichtet war, sondern wie er nach innerer Geborgenheit und einem idealen Partner strebte, auf den man sich verlassen konnte. Und der es darüberhinaus verstand, mit den kleinen persönlichen Macken des anderen zurecht zu kommen.

So war aus ihrer anfänglich aus rein sexuellen Motiven begonnenen Beziehung eine leidenschaftliche und vertrauensvolle Liebe gewachsen. Dabei hatte er es darauf gar nicht angelegt. Es hatte ein wenig gedauert, bis er sich eingestand, dass sie ihm mehr bedeutete als ein Abenteuer. Die Angst, dass eines Tages alles vorbei sein würde, steckte tiefer in ihm drin, als ihm bewusst gewesen war. Hatten ihn seine verflossenen Beziehungen so sehr geprägt?

An manchen Tagen war es nicht einfach. Myriam konnte störrisch und zickig sein, eine Eigenschaft, die ihm völlig gegen den Strich ging und die er ihr gerne abgewöhnt hätte. Andererseits war dies ein wunderbarer Anlass für eine ausgiebige Züchtigung. Allerdings spielte sie in diesen Momenten nicht freiwillig mit. Sie war nicht bereit zu akzeptieren, dass er seine Dominanz als ihr Herr auch dann auslebte, wenn es ihr gerade nicht passte. Es war zwar nicht so, dass Ruben sie nach seinen Wünschen formen wollte. Nein, sie war ein Individuum und hatte ein Anrecht auf eigene Persönlichkeit. Sonst wäre es ja auch langweilig geworden. Alles was zwischen ihnen geschah, basierte auf Freiwilligkeit. Aber er hasste überflüssigen Stress und schlechte Laune, und nichts anderes drückte Myriams zickiges Verhalten in seinen Augen aus.

Jetzt, nach diesen vielen Wochen war es besser geworden. Gelegentliche Meinungsverschiedenheiten verliefen ganz normal, und wenn sie sich danach liebten, war die Welt wieder in Ordnung.

Als er ihr an diesem Morgen eröffnet hatte, dass sie abends ausgehen würden und er von ihr erwartete, eine perfekte Sub zu sein, nackt, devot und ihren Herrn bedienend, da hatte sie ihn mit großen Augen über den Frühstückstisch hinweg angesehen.

»Nackt?«, hauchte sie.

»Selbstverständlich nackt, *Sklavin*«, erwiderte er und biss voller Genuss in sein Honigbrötchen.

Sie war knallrot angelaufen und hatte keinen Bissen mehr herunter gebracht. Den ganzen Tag über war sie ungewöhnlich schweigsam gewesen. Als ihr in der Küche ein Glas aus der Hand fiel und zerbrach, bewahrte er Ruhe und nahm sie fest in seine Arme, um ihre Nervosität zu besänftigen.

Nun stand sie drüben bei den anderen Subs, lachte entspannt und schwatzte, und hatte ihre Aufregung abgelegt. Sie hatte nicht gewusst, dass heute keine große Party stattfand, sondern nur ein gemütliches Abendessen in kleiner Runde.

Wie schön sie war, seine kleine Sklavin. Ganz bewusst hatte er heute auf unnötige Accessoires verzichtet. Er hätte Myriam wie ein Zirkuspferd ausstaffieren oder streng mit Fesseln und Knebel kontrollieren können. Aber für ihn war es vollkommen, sie pur, ganz ohne spezielle Erniedrigung oder offensichtlichen Druck, in die Runde der Doms und Subs einzuführen. Deshalb trug sie nur ihr metallenes Halsband und ein paar rote Highheels. Ihre feuerroten Haare hatte sie kunstvoll hochgesteckt, was ihren zarten Nacken noch mehr betonte.

Ruben hatte nicht zu viel erwartet. Ohne Leine und ohne Murren war sie ihm vom Auto ins Haus gefolgt. Bereits im Garten hatte er ihr den Mantel abgenommen, unter dem sie nackt war. *Eigentlich wirkt sie ziemlich zerbrechlich. Ich werde gut auf sie aufpassen müssen.*

Ihr lautes fröhliches Lachen drang zu ihm herüber und sein Herz wollte überlaufen vor Glück. Der Zufall hatte sie vor Wochen in diesem Haus zusammengeführt. Alles war so perfekt, dass er ein wenig Angst davor hatte, es könnte wie eine Seifenblase zerplatzen.

Laurin stand auf einmal neben ihm und klopfte ihm auf die Schulter. »Na Alter, alles klar? Du hast dich in letzter Zeit ziemlich rar gemacht.« Er wusste warum, denn sie hatten ab und zu telefoniert und daher kannte Laurin die Gründe. Trotzdem war es schön, mal wieder miteinander zu reden und sich dabei in die Augen zu schauen.

»Zu Tisch!«

Die Sklaven stoben auseinander und ein jeder eilte zu seinem Dom und folgte ihm ins Esszimmer. Während die fünf Doms und eine Domina Platz nahmen, huschten ihre Subs leise wie Schatten herum und trugen die Platten auf. Nadine und Laurin hatten den ganzen Tag in der Küche gestanden und viele kleine Gaumenfreuden gezaubert, die nun auf großen Platten und in tiefen Schüsseln vor sich hin dampften. Ruben lief bei dem Anblick der vielen unterschiedlichen Köstlichkeiten das Wasser im Mund zusammen. Wein und Wasser standen auf dem Tisch und jeder würde sich selbst nehmen, wonach ihm der Sinn stand.

Nach und nach verschwanden die Subs unter dem Tisch, zu Füßen ihrer Doms. Dies war der einzige Aspekt, der Ruben nicht behagte. Er würde beim Essen lieber Myriam gegenübersitzen und gemeinsam mit ihr speisen. Wobei er sich vorstellen konnte, dass sie die Situation gut zu nutzen wusste. Ein Lächeln umspielte seine Lippen.

Kurz darauf spürte er, wie ihre Hände seine Lederhose berührten und sie sanft seine Unterschenkel umfasste. Es war gut, sie bei sich zu wissen. Die Chemie zwischen ihnen stimmte.

Kurz überlegte er, was er ihr geben könnte. Ihr Magen hatte schon auf der Fahrt ein wenig geknurrt und es lag ihm viel daran, sie in jeder Hinsicht zu motivieren. Die meisten Speisen waren nur auf einem Teller und mit Besteck zu verzehren. Einzig das in Scheiben geschnittene, kross gebackene Ciabatta bot sich an, welches mit einer Schicht frisch zubereiteter Bruschetta bestrichen war.

Schaute jemand her? Ruben reichte das Stück Brot vorsichtig zwischen seinen Schenkeln nach unten. Ein leise mahlendes Geräusch von Zähnen war zu hören. Als er seine Hand zurückzog, hielt Myriam seine Finger fest und leckte sie sorgfältig ab. Es war nicht zu vermeiden, dass ein bisschen Bruscetta daran klebte, und genauso machte sie es wenn – verflixt, keine erotischen Fantasien! Er wollte jetzt keinen Ständer riskieren.

Noch eine Scheibe für seine Sub, dann würde es auch ihm selbst schmecken. Leo saß ihm gegenüber und schenkte ihm ein verständnisvolles Lächeln.

Leises Kichern war unter dem Tisch zu hören. Die Subs schienen sich offenbar gut zu amüsieren. Als Ruben gerade dabei war, ein Stück Lamm und Kartoffel mit gut gewürzter Sauce zum Mund zu führen, hätte er fast das Besteck fallen lassen. *Nur nichts an-*

merken lassen! Hände nestelten an den schwer zu öffnenden Metallverschlüssen seines geknöpften Hosenschlitzes. Er schob die Tischdecke ein wenig zurück und warf einen Blick hinab. Es war ihr doch wohl klar, dass sie riskierte, sich ihre langen, sorgfältig manikürten Fingernägel zu ruinieren, auf die sie soviel Wert legte?

Von ihrem Gesicht sah er nur ihre rosigen weichen Lippen. Atemlos schaute er ihr zu, wie sie behutsam seinen Schwanz herausholte, über seine feuchte Eichel streichelte und dabei lächelte. Ein verhaltenes Hüsteln von Leo veranlasste ihn aufzuschauen. *Herrgottsack, er auch?* Seinem glückseligen Gesichtsausdruck nach zu schließen wurde Leo gerade sehr erotisch verwöhnt. Die Sklaven hatten sich wohl abgesprochen?

Huch! Ruben zuckte zusammen. *Sie macht das gut. Überwältigend gut.* Ihre Zunge flitzte sanft über seine Eichel hin und her, und ihre Finger kraulten zärtlich seine Eier. *Was ist das?* Knabberte sie etwa mit ihren Zähnen an seiner Vorhaut? Er hielt die Luft an und instinktiv verspannten sich seine Muskeln. Endlich hörte sie damit auf, stattdessen vollbrachte nun ihre Zunge wahre Kunstwerke erotischen Kitzels.

Dies waren die aufregendsten Minuten, die er seit langem erlebt hatte. Er war Wachs in ihrer Hand und es war ihm egal. Wenn sie sich jetzt etwas wünschen würde, so würde er zu allem Ja sagen, egal was sie verlangte. Hauptsache, sie hörte nicht auf.

Hatte sie sich das etwa gemerkt und wörtlich genommen, was er erst einige Tage zuvor zu ihr gesagt hatte? *Ich will, dass du mir zu Füßen liegst und mir jeden Wunsch von den Augen abliest.* Falls sie das vorhatte, so war sie die liebevollste und zugleich geilste Frau, die ihm jemals begegnet war. Seine Frau.